陆春祥笔记新说系列

字字锦

陆春祥 著

GUANGXI NORMAL UNIVERSITY PRESS
广西师范大学出版社
· 桂林 ·

字字锦
ZI ZI JIN

图书在版编目（CIP）数据

字字锦 / 陆春祥著. --2 版. --桂林：广西师范
大学出版社，2020.10
（陆春祥笔记新说系列）
ISBN 978-7-5598-2388-5

Ⅰ.①字… Ⅱ.①陆… Ⅲ.①中国文学－古典
文学研究 Ⅳ.①I206.2

中国版本图书馆 CIP 数据核字（2020）第 112120 号

广西师范大学出版社出版发行

（广西桂林市五里店路 9 号　邮政编码：541004）
网址：http://www.bbtpress.com
出版人：黄轩庄
全国新华书店经销
广西广大印务有限责任公司印刷
（桂林市临桂区秧塘工业园西城大道北侧广西师范大学出版社
集团有限公司创意产业园内　邮政编码：541199）
开本：889 mm × 1 194 mm　1/32
印张：10.375　　字数：250 千
2020 年 10 月第 2 版　　2020 年 10 月第 1 次印刷
定价：65.00 元

如发现印装质量问题，影响阅读，请与出版社发行部门联系调换。

精神是智慧的池塘

序言：另一种乌木

大地下面除了藏有金银财宝等，还有一种叫"乌木"的宝贝。2012年的春节，四川彭州有个农民，在自家承包地地下深处，发现了7根乌木，最长达34米，直径1.5米，总重量达到了60吨。价值无法计算，光运费就花了百万元。

然而，这起掘宝事件引发了官司：农民说，这是他在自己的领域发现的，应该归他；所在地的镇政府说，这是国家的财产，因为土地属国家和集体所有，几乎所有的法律都说，这个应该归国家所有。

官司随他们去打，单说乌木。

古人早说过：家有乌木半方，胜过财宝一箱。乌木是地壳运动的产物。地震、洪水、泥石流将地上的生物全部埋入古河床等低洼处，埋入淤泥中的部分树木，在缺氧、高压的条件下，加上细菌等微生物的帮助，经过数千年乃至上万年的锻造，炭化成了乌木。

2004年5月，我在成都三星堆，第一次看到这样的宝贝，乌黑锃亮，奇形怪状，想象它数万年前受难时的姿势，感叹大自然的神奇和岁月的沧桑。

是什么让它价值连城？

我想大约有三个原因：一是本身的品质，有许多乌木就是楠木形成的；二是时间的积淀，数千上万年的酝酿，足够让它宝贵；三是现实之需，稀少，质好，再也不可能有了，自然就珍贵。

回到主题，浅说经典。

经典不用碳十四测定，它的年代都很清楚地写在作者的生平中、传记里。

经典的产生，不会像乌木那样壮烈，但仍然是时代的产物。

在我看来，这些经典字字都是锦绣，数百上千年的锤炼就是最好的明证。

离开了百家争鸣各种思潮各自为王的先秦时代，就不会有诸子百家；没有诸子百家，当然不会有思想汪洋恣肆的荀子。窥一斑而知全豹，中国古典哲学和古希腊哲学足足可以媲美。

教育是永恒的话题。没有生而知之者，圣人也不例外。教育大师颜之推，虽然生活动荡不安，虽然位卑人下，但是，他仍然坚守着中国古代士大夫那种执着的家教理念，难道他仅仅是为了子孙？

对官员总是有不怎么满意的情绪，这也难怪，没有哪一个朝代的老百姓不对官员有微词，因此，当官实在不是件容易和轻松的事。唐太宗为了对得起"贞观"两个字，不知道花了多少心思，委曲求全装孙子，苦口婆心教臣下，为的是让基业长久一点，更长久一点。

好学生子贡请教孔子如何治国。孔子说：简单三条，足兵，足食，民信之也。有足够强大的国防，就不会受人欺侮，有吃不完的粮食，那我们还怕甚？再一个就是老百姓必须有坚定的信仰！子贡再问：三样东西如果去掉一样呢？孔子说：那只有将国防去掉了，人总不能不吃饭噢。子贡还问：两样东西如果去掉一样呢？孔子想想说：有你这样问的吗？那只有将吃的去掉了。子贡表现出和我们一样的吃惊：那不饿死了吗？孔子很淡定：人即便饿死，也不能没有信仰啊，没有信仰，活在世界上有什么意思呢？

因此，心学大师王阳明的思想、学术重点就是，教人如何构建起自己独特的思想坐标，贫寒没关系，必须有自己的信仰。

颜之推、苏东坡、洪迈、刘基、王阳明、朱国桢、张岱等，都在谆谆教导着我们，做人一定要有自己的思想！

于是，经典就成了另一种品质的乌木。

因此，经典作品也至少要有两个条件：一是良好的品质，一是良好的声誉。没有品质和声誉，时间会毫不留情地将其淘汰。

我们不遗余力地说要读经典，是因为经典作品里有微言大义，横看成岭侧成峰，还因为经典作品有现实意义，可识庐山真面目。

人生太短，好书太多，我们只有去读经典。

经典太多，人生太短，我们只有选择经典之经典。

我读，乱翻，管见，趣解，断章，怎样都行。

至于经典中悖的误的过时的，这没有关系，笑过嘲过就可以了，世界上本来就没有百分之百的纯金！

经典是我们通向成功的桥梁，经典也可以温暖你我的心！

我的经典。

你的经典。

目录

《列子》——
愚公只是一个精神符号

说起《列子》，大家都知道愚公的故事，就我来说，在没有通读它以前，也仅止于此。读完以后，我的体会是，愚公也只是一个精神符号而已，难怪老人家要把他移山的故事用来励志，励全国人民的志。盲目地开山肯定是愚蠢的，如果感动不了天帝，那么，愚公所做的一切将什么也不是，成功了才有战略可言。读《列子》，就当是一种精神行动吧。

壹

腰间系着根绳子的隐士

孔子游于太山，见荣启期行乎郕之野，鹿裘带索，鼓琴而歌。孔子问曰："先生所以乐，何也？"对曰："吾乐甚多。天生万物，唯人为贵。而吾得为人，是一乐也。男女之别，男尊女卑，故以男为贵，吾既得为男矣，是二乐也。人生有不见日月、不免襁褓者，吾既已行年九十矣，是三乐也。贫者士之常也，死者人之终也，处常得终，当何忧哉？"孔子曰："善乎！能自宽者也。"

子贡倦于学，告仲尼曰："愿有所息。"仲尼曰："生无所息。"子贡曰："然则赐息无所乎？"仲尼曰："有焉耳，望其圹，罢如也，宰如也，坟如也，鬲如也，则知所息矣。"子贡曰：
"大哉死乎！君子息焉，小人伏焉。"仲尼曰："赐！汝知之矣。
人胥知生之乐，未知生之苦；知老之惫，未知老之佚；知死之
恶，未知死之息也。"

——《列子·天瑞第一》

范县郊外。身穿鹿皮大衣，腰间懒散地用一根绳子系着，闭着
眼摇着头，边唱边弹——当游泰山的孔子看见荣启期如此投入时，
大吃一惊，世间还有这么快乐的人啊！

孔子一定要把这个问题弄清楚。他就问：隐士啊，您到底是为
什么如此高兴呢？荣启期站起来，整整衣服，很潇洒地将长头发往
后拢去，然后一二三地讲给孔子听。

我呢，快乐的理由有很多啊。首先，天地间物类成千上万，其
中人是最可贵的，而我有幸能成为一个人，你说我有多快乐啊，我
比那些其他物类真的要快乐很多。其他物类有没有快乐也难说呢，
反正我是有快乐的。而人呢，又分男人女人，男女嘛，是有区别的，
在我们这个社会里，是以男为贵的，而我又有幸成为男人，我们男
人的优势太多了，这个您也知道的，不用我细说。不管怎么讲，我
们男人在管理着这个社会呢，一切的女人都听命于我们男人，这是
我快乐的第二个原因。人的寿命是有长短的，有的人一生下来就没
有了，有的人小小年纪就夭折了，而我已经活到九十岁了，我见过
了太多的人情世故，经过了太多的大风大浪，像我这个年纪的人真
是不多，因此，我感到非常的快乐，我的许多日子都是赚来的，因
为我已经活够了。这就是我第三个快乐的原因。听说您很有名，我
这三个快乐的理由能说服您吗？

孔子很感慨：您能这样想，真是让我大开眼界，和您相比，我还远远没有达到您这样的境界。您如此宽慰自己，真是个快乐的人。

泰山行，让孔子一行获益不少。

于是，他们继续前往卫国。

暮春时节，在卫国的田野里，有一个披着皮袄的老人在人们收割过的田里捡拾庄稼，一边走，一边唱，无忧无虑，自在自得。孔子回头对弟子们说：那边那位老人肯定有故事，谁去采访一下呢？

子贡主动要求，他在田埂边上采访了老人。老人名叫林类，也是隐士，接近一百岁。哇，比荣启期还老！子贡的关键问题是：林老先生，您这一生有没有后悔过的事情？林老先生摸摸飘逸的白长须回答：我有什么好后悔的啊？子贡因为在此前的采访中，已经比较全面地了解了林类的一生，于是直击林类要害：您年少时不勤奋，长大后不上进，现在这么大年纪了，还没有老婆和孩子，您有什么快乐的事情，一边捡庄稼，一边还高兴地唱歌？

林类哈哈大笑，他看着子贡说：其实，我感到快乐的事情，你们都经历过。只是你们不把这些当成快乐，反而当成忧愁罢了。我年少时不勤奋，长大不上进，不是我不勤奋，不上进，而是我不求名，不求利，与世无争；没有老婆孩子，我就没有什么好牵挂的。所以，我能活到这个年纪；所以，我在将要离开人世时还能很快乐。子贡有些不理解了：活着是人之常情，而死去都是人们不愿意的，您为什么把它当成快乐呢？

林类又笑了，这正是我的生死观和你们不一样的地方呢。我认为，死和生，对人来说，只是一往一返。往返你懂不？就是去和来的意思。生，来了；死，去了。我去到那个地方，连我自己也不知是个什么地方，说不定比我们现在这个地方要好呢，说不定我死去要比活着过得好呢，于是我就很向往死。不好意思，我只能和你说这么多了，我没有更多的话要说了。

子贡把采访内容和孔子说了后，孔子若有所思：果然，这是个不一般的老头，我就知道他是个很有头脑的人，值得采访。但是，他对生死的理解还没有达到我的道我合一、生死两忘的高度。

于是，在这一次的出行中，孔子就结合前面两个实例进行现场教学。

孔子说：看来，对于快乐的理解各人有各人的不同，理解不同，各人的表现方式也完全不一样。我是这样想的，既然快乐不能被理解透彻，我们是不是要搞清楚不快乐的原因？什么是不快乐的主要原因呢？据我的人生经历，我认为就是忧愁，是忧愁阻挡了我们的快乐。所以，我们要把忧愁弄清楚，人们为什么忧愁？如何解决忧愁？

和忧愁连在一起的，就是前面那位林类说的，如何对待死亡。前几天，子贡同学向我抱怨，说他很想休息一下，他已经厌倦读书了。我对他说：你只要活着，就找不到一块可以休息的地方。对于君子来说，死的意义是很大的，死就是离开忧愁的一种彻底的休息。人人都有厌恶死的感情，而不知道死是永久的休息，生是短暂的，死的时间要比生长得多了。古人不是把死人称为"归人"吗？既然死人是归人，那么活着的人就是"行人"了，"行人"有多累，你们是知道的！

颜回这个时候插嘴说：老师，前些时间，我参加一个聚会，听到过这样一个段子，说我们这个时代的人，人人都焦虑、郁闷、忙碌。是不是可以这样认为，这个"焦虑、郁闷、忙碌"就是我们不快乐的原因，或者忧愁的原因？

孔子对学生结合实际提出自己的观点，非常高兴。孔子说：鲁国君臣表现很差，国家一天比一天乱，仁义一天比一天衰败，人与人的感情一天比一天淡漠，为什么会这样呢？基本上就是颜回说的"焦虑、郁闷、忙碌"，人人都处于这样一种物欲状态，我的治国理论在鲁国行不通，它还能对整个天下以及后世发挥什么作用呢？所以，我也是"焦虑、郁闷、忙碌"啊，这样下去绝对不行的，我们一定要想办法改变目前这种现状。

子贡听了孔子的议论，茫然若失，不知所措。回家后想了七天七夜，不吃不喝不睡，人都瘦得像副骨头架子。

他想的一个问题是，快乐难道就这么难得到吗？忧愁就这么难去掉吗？荣启期和林类真正快乐的原因他还没有完全理解。

做一个思考者真的很辛苦，做孔子门下的思考者就更辛苦了！

商丘开奇遇记

……商丘开复从而泳之，既出，果得珠焉。众昉同疑。子华昉令豫肉食衣帛之次。俄而范氏之藏大火。子华曰："若能入火取锦者，从所得多少赏若。"商丘开往，无难色，入火往还，埃不漫，身不焦。范氏之党以为有道，乃共谢之曰："吾不知子之有道而诞子，吾不知子之神人而辱子。子其愚我也，子其聋我也，子其盲我也，敢问其道？"

商丘开曰："吾亡道。虽吾之心，亦不知所以。虽然，有一，于此，试与子言之。曩子二客之宿吾舍也，闻誉范氏之

晋国有个范氏家族很厉害，范家有个叫子华的儿子名声很大，大到什么程度？就是凡他看重的，朝廷就给以爵位；他不赞成的，朝廷立即罢黜。于是，他家里门客如云。

有一天，来了位郊野老农，叫商丘开。该商年老体弱，又黑又瘦，邋里邋遢，门客中没有一个人对他好，但子华收留了他。

这些门客竭尽所能地欺侮他。一次大家来到了一个高台，有人诳哄他：谁能从这里跳下去，赏赐黄金百两。大家争着答应，商丘开信以为真，第一个跳下，只见他姿态优美，像飞鸟一样轻快，着地后，一点也没有损伤。大家都认为，这是偶然，没什么大不了的。又一次，这些门客指着一条河拐弯处的深潭说：里面有珠宝，谁会潜水，谁就可以得到。商丘开就按他们说的，潜入水中，出水时果然得到宝珠一颗。从此，门客就开始怀疑他不是一般的人。

子华知道这些事情后，就让商丘开进入可以吃肉穿好衣服的行列了，就是说提拔了他。不久，范家的仓库失火，子华高喊：谁能从火中把锦缎拖出来，我就按拖出来的数目多少奖励给他。

商丘开没有任何的犹豫，迅速冲进大火，拖出很多东西。他在大火中往返自如，火苗烧不着他的身子，尘埃也不往他身上落，直到把该抢的东西全部抢出来为止。

这个时候，子华以及所有的门客，都认为商丘开是不一般的人。于是众人都向他道歉，并说跳高台、入深潭都是骗他的，而且，大家一致要求他讲讲神秘的道术。

商丘开擦擦汗，一脸的诚恳：同学们哪，道术我真的是没有。我所做的，我也不知道是怎么回事呢。只是有一点感受给大家说一下。我远道来到范家，是出于对范家的信任，我听说的和到范家看到的事实完全一样，这就更坚定了我对范家忠诚的决心，对这里的一切都感觉顺畅，任何时候都没有不满情绪，平时唯恐自己的行为有什么过失，往往把自己的身体都忘记掉了。我心中根本没有自己的利害，只有"诚"这一个字罢了！

从此以后，范家的门风也发生了很大的变化。宰我听说这件事后，就告诉了老师孔子，孔子评论说：你们不知道吗？最讲诚信的人，是可以感动一切外物的！动天地，泣鬼神，东西南北，天上地下都不会遇到阻力。

诚信应该是个很古老的话题了，相信孔子时代也经常会讨论这个话题的。那么，诚信的主要支撑点是什么呢？

孔子有一次给颜回同学上课时曾经谈到过这个话题。孔子认为，心中要不装着东西，或者把某种东西看轻，这样才有可能做到诚。他举例说，民间有一种有趣的游戏，如果用瓦片作赌注的时候，心就灵巧；用银钩作赌注的时候，心就糊涂；用黄金作赌注的时候，心必定昏乱。其实，赌技没有改变，只是赌注不同而人的心情不同。越是怕输，内心越是紧张，越紧张越重外，越重外，内心越乱，越慌乱，内心越拙笨。

孔子上面说的，但凡我们玩过牌的，但凡有点小搞搞的，都会有这样的经历。媒体上经常有这样的报道：某老年活动室，老年人小搞搞，小到什么程度？一颗子五毛钱，或者一块钱。那么，按照各地打牌的规则，就如麻将，如果在三牢时来个杠头开花，那也有六十四颗，算一算，多少钱？赌注可大可小，大到一个晚上，一个有名的地产商可以输掉两千万；小到几十块。输两千万的可以不动声色，因为他们那个圈子里，说不定什么时候就赢回来了。输几十块的可能会出问题：某老人，好牌将和时，突然血压升高，杠开的同时，人也倒下了。这样的事情，几乎每天都会在全国各地发生，情节大致相同，都是因为那个赌注。如果换成纸片，还会发生吗？一般情况，不会发生，这都是那个"外"的原因。

诚信需要不被外物所左右。同样地，它还需要不因外物的诱惑而分散注意力。

> 仲尼适楚，出于林中，见佝偻者承蜩，犹掇之也。仲尼曰："子巧乎！有道邪？"曰："我有道也。五六月累坑二而不坠，则失者锱铢；累三而不坠，则失者十一；累五而不坠，犹掇之也。吾处也，若橛株驹；吾执臂若槁木之枝。虽天地之大，万物之多，而唯蜩翼之知。吾不反不侧，不以万物易蜩之翼，何为而不得？"孔子顾谓弟子曰："用志不分，乃疑于神。其佝偻丈人之谓乎！"丈人曰："汝逢衣徒也，亦何知问是乎？修汝所以，而后载言其上。"
>
> ——《列子·黄帝第二》

正值炎夏，孔夫子仍然带着他那群学生为理想而奔波。在去楚国的路上，经过一大片树林，看到一位驼背老人举着竿子粘知了。只见他身手敏捷，速度非常快，一只连着一只，就像在平地上捡东西那样容易。孔子一行看得惊讶，孔子就问：您的技术真是太神了，其中有什么深奥的道理吗？——孔子就是这么好学，三人行，必有我师哎。驼背老人很自信地说：当然有的，我每年都要花五六个月的时候来练习累丸（叠小石子）。如果在竿子上头累两个而不掉，那么知了就很少能逃掉；如果累三个而不掉，那么十个知了中只有一个逃掉的；如果累五个而不掉，那么就像在平地上用手捡一样简单。你们没有看到我的动作吗？我不管站在哪里，都像一根木头桩子一样，抬起的手臂，不管从哪个角度看，都像两根枯树杈子。虽然，天空是如此的广大，虽然，地上万物是那么的繁多，然而，在我眼中，只有知了的翅膀。我不回头，不转身，绝对不会因为你们的到来而分散我粘知了的注意力。我能这样做，那些知了怎么会跑得掉呢？

更神奇的故事还有。

楚国有一个钓鱼高手叫詹何的，神奇无比。他只用一根细细的茧丝做钓线，用一根麦芒一样的小针做鱼钩，用又小又细的荆竹做鱼竿，用什么做钓饵呢？半粒米饭。准备完这些东西，他专门到百丈深渊、湍急的流水中去钓，往往能钓到像车子那么大的鱼，而他的钓丝不断，钓钩不直，钓竿不弯曲。

詹何是真有钓鱼的本事，不像严光。严先生专门跑到我家乡富春山边的富春江去钓鱼，坐在东台上，放根长线，其实是做做样子的。他当皇帝的老同学来找他做官，他不去，他就坐在这，看看青山，看看流云。

有一天，詹何被楚王叫去聊天了。楚王也很好学，他要向各路高手学习治国的道理。楚王感到奇怪，不要说他奇怪，我们大家都奇怪呢。

詹何却讲得很随意。他这样对楚王说：我曾经听我爸爸在世时说过，有个叫蒲且子的人很善于射鸟，他用的弓力量是最小的，系上最细的茧丝，顺风放箭，一次能射中飞翔在云天之上的两只黄鹂。能做到这一步，是因为他用心专注，手的力量用得均衡。我就是从这件事中得到的启发，经过五年的训练，我才懂得了其中的规律。每当我来到河边，拿起鱼竿时，我的思想上不存在一点杂念，一心一意地钓鱼，我握竿的力量始终保持均匀，专心致志，任何事物都不能分散我的注意力。我能以弱胜强、以轻制重、事半功倍的原因也许就在这里吧。

詹何的道理的确很简单啊，楚王想，治理国家不也要这样吗？把天下都运乎于掌上，还有什么事情做不成呢？

原来，商丘开的诚，能有这么大的力量，真不简单。我们往往会把"诚"狭义理解，把重点放在"信"上。其实，"诚"的基础，就是内心的专注，内心专注于"诚"，才会真诚，否则一天到晚把"诚"字挂嘴上，根本不是"诚"，即便"诚"字是"言"字旁，也没什么用处的。

叁

颠倒迷惘病

秦人逢氏有子，少而惠，及壮而有迷罔之疾。闻歌以为哭，视白以为黑，飨香以为朽，尝甘以为苦，行非以为是。意之所之，天地、四方、水火、寒暑，无不倒错者焉。

　　杨氏告其父曰："鲁之君子多术艺，将能已乎？汝奚不访焉？"

　　其父之鲁，过陈，遇老聃，因告其子之证。老聃曰："汝庸知汝子之迷乎？今天下之人皆惑于是非，昏于利害。同疾者多，固莫有觉者。且一身之迷不足倾一家，一家之迷不足倾一乡，一乡之迷不足倾一国，一国之迷不足倾天下。天下尽迷，孰倾之哉？向使天下之人其心尽如汝子，汝则反迷矣。哀乐、声色、臭味、是非，孰能正之？且吾之言未必非迷，而况鲁之君子，迷之邮者，焉能解人之迷哉？荣汝之粮，不若遄归也。"

　　　　　　　　　　　　　　　　——《列子·周穆王第三》

　　秦国人逢氏有个儿子，小时候非常聪明，长大后却得了一种病。这种病的症状是这样的，他听见人家唱歌以为是在哭，见到白色的东西以为是黑色的，吃香的东西觉得很臭，喝甜的东西认为很苦，做错事以为做对了。总之，凡是他能想到的地方，如天上地下，四面八方，水火五行，四季寒暑，没有一样不是错乱颠倒的。

　　这是一种什么病呢？问了好多医生，都诊不出名堂，自然也医不好了。大家只是说，这大概是一种迷惘病吧。

　　逢氏到处求医。有一次把儿子带到鲁国去，途经陈国，正巧碰到了老子，闲谈中把儿子的病告诉了老子。老子听了后说：我以为只是他的看法和别人不一样罢了，哪里是病啊。现在全天下的人都迷惘，都被利害和物质弄得晕头转向。如果说这是一种病，那么，天下患这种病的人到处都是，真正清醒的人是找不到的。打个比方，如果现在全天下的人，都和你儿子一样，那么，你不就成了迷惘病人吗？而我说的这些话，未必不是迷惘，鲁国那些君子，更是迷惘中最迷惘的人，他们哪里会医治别人的迷惘呢？你赶紧回家吧！

龙叔谓文挚曰："子之术微矣。吾有疾，子能已乎？"文挚曰："唯命所听。然先言子所病之证。"龙叔曰："吾乡誉不以为荣，国毁不以为辱；得而不喜，失而弗忧；视生如死，视富如贫；视人如豕，视吾如人。处吾之家，如逆旅之舍；观吾之乡，如戎蛮之国。凡此众疾，爵赏不能劝，刑罚不能威，盛衰利害不能易，哀乐不能移。固不可事国君，交亲友，御妻子，制仆隶。此奚疾哉？奚方能已之乎？"文挚乃命龙叔背明而立，文挚自后向明而望之。既而曰："嘻！吾见子之心矣，方寸之地虚矣。几圣人也！子心六孔流通，一孔不达。今以圣智为疾者，或由此乎！非吾浅术所能已也。"

——《列子·仲尼第四》

宋国隐士龙叔，找名医文挚看病。文挚很有名的，齐威王、齐文王的病他都看过。

龙叔照例自述自己的病状。他说：我受到家乡的夸奖，不知道这是一种荣耀；受到举国的诋毁，不觉得这是一种耻辱；生活中得到好处，心里不知道高兴；平时受到损害，感情上不觉得悲伤；以为活着同死去差不了多少，把富贵和贫穷看成一个样；觉得人和动物如猪狗没有什么区别；分不清自己和他人；等等。我还有好多和别人不一般的病状，请问这是什么病？有什么地方能医治呢？

文挚让龙叔背向光亮站着，从他背后向着光亮处张望。过了一会儿，文挚说：好了，我看到您的内心了。您的心虚静，差不多就是个圣人哎。您的心有七孔，其中六孔通达，只有一孔有些滞塞。您把圣人的心智当成毛病来让我看，说实话，我医术太浅，我看不了您这圣人的毛病！

经过高人指点，逄氏儿子和龙叔的病，都不是病，他们只是混浊社会中一种清醒的表达方式罢了。在他们眼里，这个社会有很多现象和他们格格不入，以丑为美，以黑为荣，耻辱没有了，只想成名，想尽一切办法成名，不管利用什么方式。老子一针见血，文挚也是医道极高，一个人如果把贫穷和富贵看得一样，那么，他是什么境界？如果这个社会都像龙叔这样，那么，这个社会不就实现大同了吗？

这样有趣的话题，我们继续。

瑞士小说家马克斯·弗里施有本叫《佩利坎之夜》的小说集，里面有篇《桌子还是桌子》，故事具有颠覆性。

这位孤独的老人，在某个天气好得可怕的日子里，突然感到，他再也无法忍受重复不变的生活。于是用一种极其荒诞的想象力和近乎执拗的劲头，把屋子里的一些家具进行了语言上的重组。桌子不再叫桌子，叫茶壶；茶壶呢，称为地毯；可怜的地毯就叫桌子吧；照相簿当床，那床就是咖啡；当然，那种香气扑鼻的可可饮料则称为照相簿。做完这一切，老人很开心，"这有什么不可以呢？"于是每天早晨他从咖啡上醒来，冲一杯香浓的照相簿，坐到茶壶前，翻看旧时的床。

一个可以交流的语言体系，其实是很庞杂的，并不是这么简单地改几个词就可以行得通，如果那样，充其量只是个游戏。于是，他必须继续改造语言。从名词到动词，到语法结构，最后，老人成功创造了一种只有自己才能听懂的语言。当他在街上散步时，听到人们说"你好"之类的语句时，他不禁大笑。因为这个简单的句子，在他的语言世界里完全是另外一个意思。聪明的读者于是可以推断出这个故事的结局：老人渐渐忘记了他原来的语言，慢慢听不懂身边人说的话了，他不能与人交流了，当然他更加孤独了。

这个怪诞的故事，我还找到了相应的版本，只是要比瑞士小说家早多了，不知这位小说家是不是受了咱们先人的影响。

晚唐，有个自称无能子的隐士，写了一本叫作《无能子》的哲学著作，里面有个狂人，很是有趣：樊氏之族有美男子，年三十，或披发疾走，或终日端居不言。言则以羊为马，以山为水。凡名一物，多失其常名。其家及乡人狂之，而不之罪焉。从外形上讲，这个狂人还是有点特色的，长发披肩，也不太与人交流，但这并不是重要的，重要的是，他的表达方式，把羊叫为马，把山叫为水，把地叫为天，把天叫为地。哎，你还别说，他还是挺有创意的，虽然别人异之，但他自己有十足的理由：那些风云雨露、烟雾霜雪、山岳江海、草木鸟兽、华夏夷狄、帝王公侯、士农工商、是非善恶、邪正荣辱，皆强名之也，人久习之，不见其强名之初，故沿之而不敢移焉。他们能强名，我为什么不能强名呢？想想也是这个理啊，就许你们叫得，我就不能叫？我偏要这样叫。

有一点是肯定的，孤独老人和樊姓青年都从他们的创意中获得了一种近乎造物主的快感。前一种有助于小说主题的表达，只用这样的故事就足够写出老人的孤独了，而不用其他文字去描述现代社会的老人有多孤独，有多少老人在孤独，我们要多关心这样孤独的老人；后一种还可以表达对当时社会的针砭，这个社会肯定有许多不如人意的地方，再怎么兴盛，也还是有许多的不足，怎样来表达对这个社会的批评呢？总不能一味地唱赞歌吧，何况是问题百出的晚唐？

桌子还是桌子，山变成水，不管怎样讲，他们的创意都还只是个人行为，说他们有病也好，孤独也好，他们不会影响别人。但是，另一种形式的"桌子还是桌子"却不是这样。

改名的事情是经常发生的，大到一个地方、一个单位改名，小到某个人的改名。改名干什么？不就是换一种称呼吗？干吗要换一个名字？不就是原来的名字"不如人意"吗？屯溪不行，黄山没有人不知道的；大庸你不知道是哪疙瘩，张家界就举世瞩目了。还有很多呢，灌县更名为都江堰，崇安更名为武夷山市，通什更名为五指山市，南坪更名为九寨沟县，中甸县唤为香格里拉……石家庄太土，要改什么正定，贵州安顺市有人提出要改为黄果树市，新疆罗布泊地区的某县提出改名为楼兰市等。湖南新晃、贵州赫章、贵州水城等地为了争夺"夜郎县"地名进行了激烈竞争，并做了大量准备工作，至今这场争论尚无结果。改吧，改吧，叫什么不是叫啊，想改什么改什么！

前年，我们报社来了个实习生，名字怪怪的，不是笔名，叫"桃溪一念"，不要说读者弄不清楚，我们也弄不清楚。大概是读者问得多了，有一天，这个实习生只好在我们的沟通版上写了篇文章：《我为什么叫"桃溪一念"？》原来是他老爸别出心裁，舍弃祖宗传下来的姓，独创出来的。这个实习生说，他时刻感到肩上的担子很重，为什么呢？因为他就是"桃溪"这个姓氏的祖宗啊，这辈子如果不混出个人样，以后怎么向他的子孙交代呢？想想也是，不过，我是彻底佩服"桃溪一念"的老爸了，光宗耀祖他就没什么事了，而且他也真正做到了光宗耀祖，因为他创造了中国的又一个姓氏啊。

桌子还是桌子，其实不稀奇的，谁有那么大的本事，能让桌子不是桌子、山不是山，那就是惊人创造了。起码是改变了物质的物理属性，整个世界都要为之改变的。

假如，整个社会都有迷惘病，迷惘的症状是，把钱看成纸，把金子看成石头，如此颠倒，或许，就能看穿它们的本质了。一切问题迎刃而解！

补记：真是巧得很，春祥正在整理这部书稿的时候，忽然读到了一则国际新闻。

据英国《每日邮报》网站 2013 年 3 月 15 日报道，塞尔维亚乌日采市政厅的一名工作人员患有一种非常罕见的脑部疾病。在她眼中的世界完全颠倒，市政厅则专门为其准备了一种特殊的官方表格让她进行填写。

据悉，这位名叫博亚纳·达尼洛夫的女子今年 28 岁，由于其大脑处理影像的功能存在缺陷，所以在阅读报纸和看电视时必须将纸张或屏幕倒过来看才可以，她的家人为此专门给她准备了一台倒置安装的电视给她看。

"这对其他人来说或许相当不可思议，但对我来说再正常不过，因为我出生的时候就已经是这样了，而这也正是我看世界的方式。"达尼洛夫说道。

哈佛大学和麻省理工学院的神经学专家认为，达尼洛夫所患上的是非常罕见的"空间定向障碍"。"他们说我的眼睛所看到的是正确的方向，但我的大脑会颠倒影像的真实方向，"达尼洛夫说道，"不过他们似乎不太清楚造成这种情况的原因，只知道我的脑部确实会颠倒影像，专家说以前也曾碰到过颠倒写字的案例，不过还从来没有遇到过我这种情况。"

看来，颠倒只是一种认知世界的特别方式。正像有人说的，口吃不是残疾，也是一种语言风格，口吃只是沉默落在词语和它的意义之间。

肆

齐景公游牛山

　　齐景公游于牛山，北临其国城而流涕曰："美哉国乎！郁郁芊芊，若何滴滴去此国而死乎？使古无死者，寡人将去斯而之何？"史孔、梁丘据皆从而泣曰："臣赖君之赐，疏食恶肉可得而食，驽马栈车可得而乘也，且犹不欲死，而况吾君乎？"晏子独笑于旁。公雪涕而顾晏子曰："寡人今日之游悲，孔与据皆从寡人而泣，子之独笑，何也？"

　　晏子对曰："使贤者常守之，则太公、桓公将常守之矣；使有勇者而常守之，则庄公、灵公将常守之矣。数君者将守之，吾君方将被蓑笠而立乎畎亩之中，唯事之恤，行假念死乎？则吾君又安得此位而立焉？以其迭处之，迭去之，至于君也，而独为之流涕，是不仁也。见不仁之君，见谄谀之臣。臣见此二者，臣之所为独窃笑也。"景公惭焉，举觞自罚，罚二臣者各二觞焉。

　　　　　　　　　　　　　　　　　——《列子·力命第六》

春光无限好。

这一天，齐景公带着一帮人登上了临淄南面的牛山。

面向北方，眺望着美丽的京城，齐景公热泪盈眶，忽然诗如潮涌：我大齐国的国土，多么辽阔啊！草木茂盛，一望无际。郁郁葱葱，令人感慨无限。哎呀，人为什么会像江河那样不停地流逝而最终死去呢？如果自古没有死，我就不会离开齐国到别的什么地方去了吧？

看着齐景公泪流满面，史孔、梁丘据两位侍臣也禁不住声泪俱下，他们附和说：我们依靠君王您的恩惠，食有鱼肉，出有车马，我们还不愿意去死呢，何况君王您呢！

众陪臣伤心一片，只有晏子在一旁偷偷地笑。

齐景公看到晏子这样的表情，很不高兴，他擦擦眼泪说：我今日游玩，心情不好，他们都陪着我难过，你为什么暗笑，你什么意思嘛？

晏子回答说：我的王啊，道理很简单，如果让贤明的君主永远掌管国家，太公、桓公就不会离去；如果让勇武的君主永远掌管国家，庄公、灵公也不会离去。如果这几位君主都永远掌管这个国家，请问，还轮得到您吗？依我看，您大概只能做一个农夫，披着蓑衣，戴着斗笠，现在这个季节，您一定在田野中，一天到晚在忙活庄稼的事，您还有什么工夫去考虑死的事情呢？历代君王一个接一个地登位，一个接一个地死去，这才轮到了您呀！不停地生，不停地死，不断地轮换，这是自然规律。而您却因为人会死亡而痛哭，更有一些人陪您哭，我认为这十分矫情，这就是我笑的原因。

妄想永远，这大概是所有皇帝的梦想了。历朝历代，有多少皇帝在寻找或研制长生不老药呢？

即便知道这是规律，也要想尽办法去改变，纵然改变不了。

在承德避暑山庄的林下戏题碑前，我伫立很久。松林掩映中，那块两米多高的大碑，前后左右两侧共有六首乾隆写的诗。大热天，在自己的庄园里，看景累了，走路累了，然后找一处地方坐下来，虬枝密叶，风移影动，花草遍地，心情极好，诗兴大发。写就写吧，皇帝写诗已经不奇怪，尤其是诗产量巨大的乾隆，我感兴趣的是他写的主题，六首诗基本只有一个，就是表达想退下来的心愿。

1775 年 6 月，乾隆四十年，他的第一首《林下戏题》诞生了：

偶来林下坐，

嘉荫实清便。

乐彼艰偻指，

（朝臣致仕都称林下，向如沈德潜、钱陈群、张泰开、邹一桂辈已皆为古人。今虽有告休者，不过一二，而品行学问亦不及彼数人也。）

如予未息肩。

炎曦遮叶度，

爽籁透枝穿。

拟号个中者，

还当二十年。

（余尝立愿，至八十五岁即当归政，距今尚有二十年，方得遂林泉之乐耳。）

这首诗中，两个括注都是他自己加的，他怎么肯放弃帝王之位呢？他立下一个志愿，再干二十年，也就是做满六十年，就让位了。他肯定知道齐景公的故事，他也知道，不可能活得太长，如果活不到八十五，那就算了，如果活到了八十五，我也够了。历史上有几个皇帝活到八十五？这一点他很清楚。这个时候，他只是打算而已。但要表达出来，向世人说明他的志向。

过了十年，1785年夏天，他又写了首《林下一首叠乙未韵》：

> 十干又逢乙，
> 九度憩斯便。
> （丁酉、戊戌二年未至山庄，故云）
> 画障老人目，
> 笋舆内侍肩。
> 天倪意与合，
> 月胁句休穿。
> （不为奇句也）
> 迅矣称林下，
> 一旬非远年。

这里意思也极为明白，中心思想是，周围的环境和我意趣相符，我很享受，我很快就能做林下人了，还有十年时间，不算遥远的。

1793年，也就是乾隆五十八年，按照做满六十年自动退位的打算，还有两年就到期了，他又写了一首。这首我们省略。

1795年，乾隆已经做满六十年的皇帝了，按照他自己说的，应该退休了，于是他百感交集，回首往事，自愧不如唐尧虞舜，写下了《林下一首三叠乙未韵》：

> 春秋廿如瞬，
> 时节迅西便。

舜僢昔虚语，

尧慊今愧肩。

清闲复午憩，

嘉荫喜风穿。

不可无诗纪，

乾隆六十年。

二十年一眨眼，比虞舜成了空话，比唐尧更惭愧，诗实在不怎么样，纯粹流水账，最后一句还真的可以。也许这就是他的自豪所在。

退就退了吧，他远比别的皇帝幸运，活了这么久，做了这么久。你以为他的林下诗写完了吗？还没有呢！

1796年，名义上当了"太上皇"，其实他还在指挥着嘉庆，这个怎么样，那个怎么样。然后，林下诗又写了"四叠""五叠"。写"五叠"的时候，弘历已经八十八高龄了，梦寐以求做林下人，可是，还是要让他操心。

我这么不厌其烦地三引乾隆的林下诗，只是想说，齐景公发感慨，内心是真实的，也正好反映出一个恒见的主题：人的趋利性。皇帝这个至高无上的位置，谁拥有了它，谁将主宰这个世界。能主宰这个世界，谁还会想不要呢？万历皇帝二十六年不上朝，一方面说明他的团队是一个好团队，另一方面，同样说明，他即使不干皇帝的事，皇帝的位置还是要的，虽然他从小就领受了做皇帝的辛苦，然而，总是利大于弊。

做皇帝的感觉真是没得说了。没体验过，但我读过太多这样的文字。公元前198年，未央宫落成，刘邦大摆豪宴，当着众群臣的面，他捧着玉制的酒杯，起身向差点被项羽煮了的老父亲敬酒，得意扬扬地说：爹啊，当初您不是经常说我在外面鬼混吗，好吃懒做，比不上我哥勤劳勇敢，现在您看看，我的产业和他相比，谁的多呢？

又过了三年，刘邦路过沛县，在沛宫备下酒席，把父老乡亲都请来畅饮，酒喝得高兴时，刘邦唱起了自己写的歌：大风起兮云飞扬，威加海内兮归故乡！

我们完全可以想象得出，刘邦在上面两个场景中的表现——嘚瑟，是个人，都会这样嘚瑟的，这么成功，不表现一下，岂不是锦衣夜行？

> 杨朱曰："万物所异者生也，所同者死也。生则有贤愚、贵贱，是所异也；死则有臭腐、消灭，是所同也。虽然，贤愚、贵贱，非所能也，臭腐、消灭，亦非所能也。故生非所生，死非所死；贤非所贤，愚非所愚；贵非所贵，贱非所贱。然而万物齐生齐死，齐贤齐愚，齐贵齐贱。十年亦死，百年亦死。仁圣亦死，凶愚亦死。生则尧舜，死则腐骨；生则桀纣，死则腐骨。腐骨一矣，孰知其异？且趣当生，奚遑死后？"
>
> ——《列子·杨朱第七》

对这些问题，杨朱甚至看得比晏子还透。

杨朱说：对于万物来说，生与死是齐等的，贤与愚是齐等的，贵和贱也是齐等的。活了十年是死，活了一百年也是死。仁人圣贤要死，恶棍傻瓜也要死。人没有长久活着的道理，生命不是因为珍视就能长久，身体不是因为爱惜就能健康的。所以，你们大家就追求今生的快乐吧，哪有工夫考虑死后的事情呢？

杨朱虽然一根筋，一味强调现今，也不是没有道理。至少，齐景公听了晏子的话，不会哭了，他会好好把握当下，该干什么就干什么；至少，乾隆不会为了表达退下来的愿望，还要一而再再而三地"林下"，他不就是矫情吗？做了六十年还不够啊？难道天下就你会做皇帝？

伍

梦非梦

下面我要叙述的，是一个现实版的古代梦。

周之尹氏大治产，其下趣役者侵晨昏而弗息。有老役夫筋力竭矣，而使之弥勤。昼则呻呼而即事，夜则昏惫而熟寐。精神荒散，昔昔梦为国君。居人民之上，总一国之事。游燕宫观，恣意所欲，其乐无比。觉则复役。人有慰喻其勤者，役夫曰："人生百年，昼夜各分。吾昼为仆虏，苦则苦矣；夜为人君，其乐无比。何所怨哉？"尹氏心营世事，虑钟家业，心形俱疲，夜亦昏惫而寐。昔昔梦为人仆，趋走作役，无不为也；数骂杖挞，无不至也。眠中啽呓呻呼，彻旦息焉。

尹氏病之，以访其友。友曰："若位足荣身，资财有余，胜人远矣。夜梦为仆，苦逸之复，数之常也。若欲觉梦兼之，岂可得邪？"尹氏闻其友言，宽其役夫之程，减己思虑之事，疾并少间。

——《列子·周穆王第三》

说是周国有个尹姓的地主（姑且这么称他，因为他有点像周扒皮），他家的雇工一天工作十七八个小时，干的是和牛马一样的活。其中有位没有名字的老头，我叫他高玉宝吧。这高玉宝每天都筋疲力尽，他常常白天一边干活，一边叹气，夜里疲惫不堪，倒床就睡。奇怪的是，高玉宝夜夜做梦，而且都是梦见自己做皇帝，吃香喝辣，嫔妃成群，游山玩水，其乐无穷。醒来后一切依旧，照样做苦力。有人常常问老高，你这样辛苦，难道不埋怨吗？老高说：人生百年，昼夜各分，我白天做苦力，累是真累啊。然而，我晚上做皇帝，我的快乐没有人能比得上的，我已经很满足了，我还有什么可埋怨的呢？

　　再说那个周扒皮，一天到晚就是考虑怎么让家产多起来，每时每刻防止他人偷懒，辛苦得要命，身心俱疲，晚上也常常倒头就睡。奇怪的是，他也夜夜做梦，而且都是梦见自己给人做苦力，每天都干各种脏活累活，还经常被人打骂，所有做苦力的滋味他都尝到了，且常常在呻吟中说梦话，不到天亮，梦话不止。

　　周扒皮很痛苦，于是去找了心理医生。

　　医生告诉他说：你居高楼，衣锦绣，乘车马，你有财，你有地位，你已经大大超过一般人了，你为什么还不满足？财富你追求得完吗？你梦里给别人做苦力，吃尽了苦头，那是因为痛苦和快乐是可以循环往复相互转化的，这是大自然的规律，谁也改变不了。而且，你想在醒时和梦间都得到快乐，那是根本不可能的事情！周扒皮若有所悟，回家后马上减轻了高玉宝们的劳动强度，对财富也不像以前那样苦苦追求了。于是有了一个很好的结果：他的苦梦也一天天减少甚至消失了。

　　我说这个故事或者寓言是现实版的古梦，主要是因为，它和我们现实生活太相像了。我们未必有高玉宝夜里那般幸福，但他是我们平民生活良好心态的典型代表。虽然我们很少人会像老高那样想，但确实需要这样的心态，劳动累点（体力和脑力都累的），只要有度，累不死人，布衣暖，菜根香，粗茶淡饭，往往纯真，让人心定心宁。而周扒皮的行为和心态恰恰又是我们许多人身影的集成。财富多少是个度？什么时候我们才不会去和人攀比？什么样的生活才是幸福生活？活着像尧舜一样贤明，死后却是一堆枯骨，活着像桀纣一样残暴，死了也是一堆枯骨，枯骨都是一样的，谁还会知道他们之间的差别呢？除却精神内涵，抛却政治因素，单从生命角度说，我们的口头禅是：健康是 1，其他都是 0。说得很朴实很透彻啊。

我们领导经常批评我的一个行为是：晚上睡觉要关机，且屡批不改。我叹苦道，入睡困难，若中间吵醒，基本上睡不到天明，而我们领导常常会在半夜布置工作，那时正是我睡觉的关键时刻。今年世界睡眠日的主题，让我又多了一条深夜关机的理由：关注中老年人的睡眠。

有两个中年人的睡眠一直让我很羡慕。因为他们不仅会睡，还会做梦，做很美很甜让世人永远羡慕让历史永久记载的梦。

一个是庄周梦蝶。

有一天，中年人庄周（没有考证过，想当然），工作时间偷闲，大白天到后屋菜园地里的凉床上午睡。凉风习习，是一个很适合做梦的时刻，于是，他变成了蝴蝶。飞啊飞，停在花朵上，闻香，那些在田里劳作的人怎么这么辛苦呢？长长的惬意和愉悦之后，蝴蝶又变成了庄周。醒来的庄周，很惆怅，很惶恐，这么有思想的哲学家，对这个问题一下子糊涂了：蝴蝶是我吗？我是蝴蝶吗？清人张潮说，庄周梦为蝴蝶，庄周之幸也，蝴蝶梦为庄周，蝴蝶之不幸也。看来，后人把庄周和蝴蝶当成一体了，谁让庄周做了这么个有名的梦呢？

另一个是黄粱一梦。

有一天，中年穷知识分子卢生（没有考证过，根据推演想当然）上京赶考，在一家旅店里，他碰上了吕道士。卢生总是埋怨自己穷困，吕道士就拿出一个刚刚研制成功的新枕。于是，一个著名的枕头就产生了著名的故事。卢生枕着新产品做梦了。娶美妻，中进士，升节度使，做宰相，生了一大群子孙，活到了八十多岁，眼看得病要死了，店老板叫醒了他：这位同志，可以起来吃晚饭了，我们的小米饭马上要煮好了！梦后的卢生，经过和吕道士的认真探讨，认为即使梦中境况实现，也不过如此，于是放弃考试，下决心去深山修道了。

庄周梦蝶黄粱一梦，细究起来，还有很多的哲学意味，我如此粗暴地把它们综合在一起，想说的意思也很简单，就是在现实和梦境之间，我们其实是可以找到比较均衡的桥梁和通道的，关键是"舍"和"得"。

我的理想是，勤劳一日，安眠一夜。

请领导原谅，深夜我就不开机了噢。

《荀子》——
恶也是推动历史进步的因子

壹　山里有玉，连草木都会润泽

贰　每碗水中都有十万条小虫，怎么喝呢？

叁　高富帅桀和纣的可悲下场

肆　天上的银河悬在高处，为什么不落下来呢？

伍　音乐就是高兴和快乐

陆　冷清寂寞时，可以表现出一个人的修养功夫

在先秦广阔的天空下，一位姓荀名况的哲学家，面对强大的孔孟儒学，发出他富有逻辑思想的不同声音，酣畅淋漓：天人可以相分（儒家天人合一），要法后王（儒家法先王），王道和霸道可以兼用（儒家倡王道，反霸道）……更主要的是，他提出人性恶（儒家强调人性善），也就是说，人与生俱来都是想满足自己欲望的。正因为人性的普遍弱点，所以，我们要以各种规章和纪律约束，用道德品格涵养，使其达到完善。因此，恶也是推动历史进步的因子！

虽然荀子和儒家大唱反调，但他应该是个善于兼收并蓄的哲学家、思想家，从荀子身上，我们看到他思想的许多闪光点。

壹

山里有玉，连草木都会润泽

荀子用众多通俗的比方告诫人们，学习是不可以停止的，要学习，更要积善成德。

他的立论依据是：正因为人性的恶，才要用善去改变。这就像薄的想变厚，丑的想变美，窄的想变宽，穷的想变富，贱的想变贵，道理都一样，自己本身条件不具备才会向外寻求。于是他认为，人的本性中，本来没有礼义，所以要努力去学习求得它，天性不知礼义，所以要思考以求知道。因为人没有礼义就会混乱，不知礼义就会悖乱。

　　既然通过学习能得到礼义，那么，从理论上讲，路上的普通人也可能成为大禹的。普通人掌握了学习的方法，专心致志，认真思索，仔细考察，日积月累，积累善行不停息，就会到达神明的境界。普通人有可能成为大禹那是一定的，普通人却未必成为大禹，这就好比，脚可以走遍天下，却鲜有走遍天下的人。道理就这么简单。

　　好，现在让我们回到荀子《劝学》的经典课堂里，聆听先生的谆谆教导。

　　　吾尝终日而思矣，不如须臾之所学也；吾尝跂而望矣，不如登高之博见也。登高而招，臂非加长也，而见者远；顺风而呼，声非加疾也，而闻者彰。假舆马者，非利足也，而致千里；假舟楫者，非能水也，而绝江河。君子生非异也，善假于物也。

　　　南方有鸟焉，名曰蒙鸠，以羽为巢，而编之以发，系之苇苕，风至苕折，卵破子死。巢非不完也，所系者然也。

　　　　　　　　　　　　　　　　　　　　——《荀子·劝学》

第一，学习是一件必须实干的事情。

　　大道理你们都懂的吧，靛青从蓝草中提取，却比蓝草的颜色更青，冰是由水凝结而成的，却比水更冷，把笔直的木材做成弯曲的轮子，再怎么复原，它都不会回到原来的样子了，这中间蕴含着什么道理呢？我以为这就是一个从量变到质变的过程：水在零度以上仍然是液体，在零度以下就变成了固体，液体和固体，是两种不同的形态，促使形成这两种不同形态的主要原因，是外力，然而，这个外力的促使过程并不是瞬间完成的，它需要一个过程，这个过程因各种事物的不同而不同，没有这样的过程，液体就不会变成固体。如果我们广泛地学习，并且不断地反省自己，那么，你就会聪明智慧，行为也就很少有过错了。我们不断学习的过程也是一个由水到冰式的过程，只不过学习的过程贯穿人的终身。

要完成这样的过程，来不得半点虚假。你必须一天天地学，一天天地积累。我们曾经终日胡思乱想，因为道理我已经懂了，那就想象吧，想象是一件美好的事，想象也是一件不累的活，可是，我们想了许久许久，都没有一个结果，远远不如片刻学习得到的知识多。一个基本常识是，当我们站在平地上时，人的视野是非常有限的，你根本不可能望到比较远一点的地方，即便你踮起脚尖朝远望，也无济于事。可是，当我们爬上一座小山坡时，视野一下子改变了，眼前的景象尽收眼底，一览无余，什么原因呢？道理也很简单，因为小山就在你的脚下呢，你正是借助了外物而改变了自己。

无论你实现量变到质变，或者借助外力，都必须实干，都要由你一步步去完成。你不可能凭空落到小山顶上，那样你会摔死，你必须一脚脚踩上去，脚踏实地的，不怕苦累的。

第二，学习必须扫除一些障碍。

芦苇丛中，和风煦阳，景色甚是不错，有一群蒙鸠鸟兴高采烈地来到了这里。它们用自己的羽毛做巢，又用毛发细细地编织，它们把家安在了芦苇秆上，很惬意噢。它们很舒心地在上面养儿育女。有天，突然刮来一阵大风，啪啪啪，芦苇秆纷纷折断，啊呀，鸟蛋摔破了，幼鸟也死了。为什么会这样呢？并不是因为它们的屋盖得不好，而是所盖之屋依附的东西太脆弱了，经不起折腾，如果它们学学燕子，把巢筑在人们居住的屋子里，那就不会遭受风吹雨打了。

从这个角度说，我们人类定居时，一定要选择乡邻，一定要亲近有品学之士，而不作选择或是盲目选择是我们学习要扫除的一个障碍。

积土成山，风雨兴焉；积水成渊，蛟龙生焉；积善成德，而神明自得，圣心备焉。故不积跬步，无以至千里；不积小流，无以成江海。骐骥一跃，不能十步；驽马十驾，功在不舍。锲而舍之，朽木不折；锲而不舍，金石可镂。蚓无爪牙之利，筋骨之强，上食埃土，下饮黄泉，用心一也。蟹六跪而二螯，非蛇鳝之穴无可寄托者，用心躁也。

……

昔者瓠巴鼓瑟而流鱼出听，伯牙鼓琴而六马仰秣。故声无小而不闻，行无隐而不形。玉在山而草木润，渊生珠而崖不枯。为善不积邪，安有不闻者乎？

——《荀子·劝学》

第三，学习必须积累和专一。

土丘岩石堆积得多了就成了高山，风雨自然就会兴起；涓涓细流汇聚得多了，就成为大河深渊，蛟龙也会在这里诞生。人也一样，积累善行养成了高尚的品德，自然就会达到最高的智慧，从而具备圣人的精神境界。坚持走下去，你就会到达千里之外，哪怕是一匹体质不怎么好的马，只要不放弃，一步步坚持，一天天坚持，终会到达目的地，我们千万不能做想一跃千里而一劳永逸的千里马，自以为有本事，却往往不能有所作为。因此，没有坚定不移的行为，就不会有巨大的成就。

同样的道理，我们还要向蚯蚓学习专一。它没有锐利的爪子和牙齿，更没有强健的筋骨，却上能吃到泥土，下能饮到清泉，原因就在于它的专心致志。从前有一个比丘，坐禅入定的时候，野火烧起来烧不到他，别人看到以为见到了鬼，便砍他，刀折断也砍不进去。因为他用心专一，所以刀不能入；因为身体柔软，所以火不能烧。

第四，学习当然还要讲究适当的方式方法。

方法至关重要，它是成功的关键。荀子这里强调两个方面，一个是学习经典，另一个是亲近贤师，向好的老师学习。

学习经典。荀子讲的学习，我们不妨将它的外延和内涵进一步扩大，不要局限于读书，还可以指为士、为君子、为圣人的学习。哪些经典呢？就他那个时代说，要学习记载古代政治事迹的《尚书》，要学习极致中和之声的《诗经》，还要学习万事的纲要、法律的根本《礼记》，当然，还有《春秋》《乐经》。总之，这些经典注重文明礼仪，广博精微，将天地间的所有道理都包括进去了。

亲近贤师。大家的水平其实并不一样，有的人要完全读懂上面的经典还会有一些困难，最好的办法是找一些好的老师。那些好的老师，本身就是通过学习而使自己成为各方面的楷模，他们是我们现实生活中的道德模范，再加上他们多年对经典的领悟，向他们学习，一定能很快有收获。当然，好的老师学费可能有点贵噢！

好了，荀子讲了一大通关于学习的道理，简单说来就是，学习是一件终身的事情，必须坚持和积累。再打个比方你们就更明白了。先前的伯牙鼓琴，连马儿都仰首而听，瓠巴鼓瑟，连水中的鱼儿都浮到水面来听，所以，声音不会因为小而听不见，行为不会因为隐蔽而看不见。山里有玉，连草木都会润泽的；深渊里有珠，连崖岸都不会干枯。如果你终身学习不断积善，哪里还会有人不知呢？

的确如此，不管在哪里，不管什么人，都要学习。

贰

每碗水中都有十万条小虫，怎么喝呢？

在荀子看来，修身养性，关系重大。虽说修的是你自己的身，然而不仅是你个人的安危，也事关国家的安危。

先看看我们对自然界的保护。

草木正在开花生长的时候，是不准进山采伐的，这是为了不妨碍它们的生长和繁殖；鱼鳖鳝鱼泥鳅产卵的时候，渔网毒药是不准投入湖泽的，这也是为了不妨害它们的生长和繁殖。春天耕种，夏天锄草，秋天收获，冬天储藏，四时如果不耽误，那么，五谷就会不断生长，百姓就会有余粮。

这就是自然界的休养生息，取与予，舍与得，相辅相成，不可偏废，这是规律。

对于自身修养，则更有讲究。见贤思齐是总原则。就是见有善行，一定要恭谨自查，我也像他这样做得好吗？见有不善的行为，一定要惊心警惕，我也有像他这样令人生厌或令人生恶的行径吗？自己身上的善，一定要固守，随便什么情况发生也不能改变，自己身上的不善，一定要像避开灾祸一样避开它，即便是小不善，也要坚决避开！

有个国王绕塔的佛经故事颇有意味。说的是从前有个国王，出门打猎，回来时绕塔礼佛，臣属们都笑他，国王察觉后问群臣：有黄金在釜中，釜中的水正沸腾，伸手取金，能得到吗？群臣回答：

不能得到。国王说：倒进冷水，可以得到吗？群臣回答：可以得到。国王说：我做国王的，出行打猎就像釜中的水正在沸腾，烧香、燃灯、绕塔就像把冷水倒进沸水中。我有善行也有恶行，我的这些恶行，虽然是不得已而为之，但我必须用善行来抵消所做的恶。

人不可能没有小恶。连释迦牟尼都说，每碗水中有十万条小虫，怎么喝呢？于是出家人外出每人带一个极细的篦子，用来过滤水，把虫子放归江河。因此，我们唯一能做的就是将功补过了。

坚持修身，个人就会达到无限的妙处。寿命可以延长，因为你心无旁骛，淡泊名利，各项机能保持得很好。寿命长了，同时，你修养的品德也到了炉火纯青的境界，你修养出来的名声甚至可以和尧舜相比。

对于国家来说，假如大部分人通过学习，达到或超越礼法的完美程度，国家就安宁了。国家就是由一个个的个体构成的。

那么，修身养性有哪些方法呢？荀子开出的方子主要有三帖。

治气养心之术：血气刚强，则柔之以调和；知虑渐深，则一之以易良；勇胆猛戾，则辅之以道顺；齐给便利，则节之以动止；狭隘褊小，则廓之以广大；卑湿、重迟、贪利，则抗之以高志；庸众驽散，则劫之以师友；怠慢僄弃，则炤之以祸灾；愚款端悫，则合之以礼乐，通之以思索。凡治气养心之术，莫径由礼，莫要得师，莫神一好。夫是之谓治气养心之术也。

——《荀子·修身》

第一帖：礼法。要根据每个人个性不同开出不同的药方。血气刚强的，用心平气和来调和；思虑过于深沉复杂的，用平易温良来和谐；性情勇猛暴躁的，要开导；行动快捷急躁的，要用恰当的举止节制；气量狭隘的，就用开阔的思想来扩大；志向卑下、思想迟钝的，就用高远志向来提升；低劣平庸的，用良师益友来帮助；过分朴实的，就用礼乐来润色。大凡调理性情，修养身心，按照礼的尺度去教育和帮助，这应该是最直接的途径了。

第二帖：老师。第一帖药是用来端正身心的，而老师则是用来端正礼法的。没有老师，我们怎么知道礼是这样的呢？如果自行其是，这就有点像让瞎子去辨别颜色，让聋子去辨别声音，除了悖乱狂妄之事，干不出别的了。

第三帖：轻物。生命以外的所有东西都是外物。君子可以支配外物，而不应该被外物所支配。身体虽然辛苦，但心安理得，我们就去做；利益虽少，但合乎道义，我们就去做。好的农夫不会因为洪涝和干旱而不去耕田，好的商人不会因为一次亏损而不做生意，同样的道理是，士君子不会因为贫穷而懈怠于修身养性。

志意修则骄富贵矣，道义重则轻王公，内省则外物轻矣。传曰："君子役物，小人役于物。"此之谓矣。身劳而心安，为之；利少而义多，为之。事乱君而通，不如事穷君而顺焉。故良农不为水旱不耕，良贾不为折阅不市，士君子不为贫穷怠乎道。

——《荀子·修身》

佛家认为，财产从来不是为个人所有。司马光用余财赞助邵雍治学，成就了一代哲学宗师。据说胡适去世的时候，身上仅有五毛钱。

就他个人来说，所有的钱，在死前都已经花掉了。财产真是生不带来死不带去的东西。

当然，和第一节的学习同样的道理，修身养性也需要持之以恒。

道路虽近，不走就不可能到达，事情虽小，不做就不会成功。君子有自己的追求目标，对谋求私利很不在意，对于祸害早早远离，对于耻辱警惕而回避，对于道义所在，却又极其勇毅去担当。

君子虽然贫穷，却志向广大，因为他心中有仁爱，因为他是智者。

叁

高富帅桀和纣的可悲下场

这里说的是一个很玄妙的命题，但我们通常津津乐道：一生二，二生三，三生万物，或者，太极生两仪，两仪生四象，四象生八卦，八卦生万物。也就是说，所有的生命或者非生命都是起源如此，虽然说不出具体的东西，但它为我们指明了存在的方向。任何事情都是有关联的，只是这个关联有显性和隐性之分。

荀子首先从人的外形说起。

观察人，不仅要将外表和内心相联系，更要研究他的所行所学。

盖帝尧长，帝舜短；文王长，周公短；仲尼长，子弓短。昔者，卫灵公有臣曰公孙吕，身长七尺，面长三尺，焉广三寸，鼻目耳具，而名动天下。楚之孙叔敖，期思之鄙人也，突秃长左，轩较之下，而以楚霸。叶公子高，微小短瘠，行若将不胜其衣。然白公之乱也，令尹子西、司马子期皆死焉；叶公子高入据楚，诛白公，定楚国，如反手尔，仁义功名著于后世。故事不揣长，不揳大，不权轻重，亦将志乎尔，长短小大，美恶形相，岂论也哉！

——《荀子·非相》

尧帝，周文王，孔子，身材高大，虽说进不了 NBA，但也足够显眼；舜帝，周公，身材矮小，是那种在人堆里很容易被忽视的人，周公还很瘦，好像立着的树干。禹和汤呢，惨了，禹瘸着走路，汤半身不遂。

更有在一般人眼里差不多是残疾的：卫灵公有个叫公孙吕的大臣，身高七尺，但脸长得很狭长，有三尺，额头宽却三寸，鼻子耳朵虽然都有，但相距甚远，可他的名声却震动了天下；楚国名人孙叔敖，是个秃子，左手比右手长，身高不及车前的横木，却使楚国称霸于诸侯。

而桀和纣呢，身材高大，面相俊美超群，身手敏捷有力，武功非常不错，是典型的高富帅。

但是，桀和纣两位帅哥的下场，大家都知道，身死国亡，后代的人谈到恶人，都要以他们为例，悲哀啊！

是有两端矣，有义荣者，有势荣者；有义辱者，有势辱者。志意修，德行厚，知虑明，是荣之由中出者也，夫是之谓义荣。爵列尊，贡禄厚，形势胜，上为天子诸侯，下为卿相士大夫，是荣之从外至者也，夫是之谓势荣。流淫、污僈、犯分、乱理、骄暴、贪利，是辱之由中出者也，夫是之谓义辱。

詈侮捽搏，捶笞膑脚，斩断枯磔，藉靡后缚，是辱之由外至者也，夫是之谓势辱。是荣辱之两端也。故君子可以有势辱，而不可以有义辱；小人可以有势荣，而不可以有义荣。有势辱无害为尧，有势荣无害为桀。义荣、势荣，唯君子然后兼有之；义辱、势辱，唯小人然后兼有之。是荣辱之分也。

——《荀子·正论》

从他们身上，荀子告诉我们，荣和辱各有两个方面，有内在的荣，有外在的荣，有内在的辱，也有外在的辱。品德行为好，有自己的独立思考判断，这是发自内心的荣，是义荣；官大俸禄高，上至天子诸侯，下为卿相士大夫，这是来自外部的荣，叫势荣。自己行为放荡，暴躁贪婪，骄横跋扈，这是发自内在的辱，叫义辱；被人辱骂殴打，砍头断尸，暴尸车裂，这是来自外部的辱，叫势辱。君子可以有势辱而不可以有义辱，小人可以有势荣而不可能有义荣。有势辱并不妨碍成为尧，有势荣也不妨碍成为桀。

荣和辱的辩证关系，上面讲得淋漓透彻了。义荣需要修炼、打磨，是一辈子的事情，理想的方式是，将势荣有效地转化为义荣，并且将势荣完全视为身外之物，既然来自外部，为什么不能把它看作身外物呢？而义辱，则基本上是人性中之弱点，眼里只有势荣，势必会受义辱，我的东西为什么不享受呢？即便不是我的，我有权有势，也照样可以变成我的，什么规则和限制统统没用。有义荣，即便运气不好，遭遇势辱，他照样会内心坚定而充实，我受的势辱，是表皮之苦，和我强大的信仰相比，根本不算什么。

人之所以为人，荣和辱应该是一个重要的价值判断标准。

饿了想吃，累了要睡，冷了需暖，这是人的动物本能，因此，光是身上没长毛，腿上长两只脚，还不算是人。人还必须遵守诸多的等级规则，诸如上下、长幼、亲疏。

荀子这个等级思想看来和孔子一脉相承。

孔子思想为许多人多方面接受，但他对"社会等级"的维护广受人批评。

这个问题，用辩证的观点看，还有很多可说的地方。如果孔子没有局限性，那他真是圣人了，而无论什么时代，圣人都是不可能出现的，更不要说当时的孔子也只是一个普通人，他只是比别人多了一些思考，为了实现自己的理想比别人执着而已。如果抛却局限性，那么，所谓的等级，并没有什么大的毛病，让人安分些，并在努力和拼搏中找到自己的位置，有什么不对呢？目前世界上许多国家，还保留着王室，虽然许多是象征性的，然而，那终究是数百上千年传下来的。因此，这个问题的关键在于，我们如何将社会等级有效地转化为一定的规则。如果这个等级是可以流动的，也就是说，只要你有足够的能力，就有上升空间，或者说获得较高的等级，那么，人人都会朝着这个方向去努力。凭本事，凭能力，秩序就会井然。

君主要像个君主，臣子要像个臣子，父亲要像个父亲，儿子要像个儿子，兄长要像个兄长，弟弟要像个弟弟，农民要像个农民，读书人要像个读书人，工人要像个工人，商人要像个商人，说的都是同样的道理，都是要我们遵行同一的道理。安于本分，忠于职守，谨遵礼义，有什么不对呢？不对的只是要极力维护现状，数千年不变，如果变成可以改变的相对规则，那不是很好吗？

《尚书》上讲，要做到整齐划一，关键在于不整齐划一。怎么说呢？还是等级。前面那个整齐划一，是指社会的稳定，国家的安定；后面的不整齐划一，是指要有一定的等级制度。人人平等，更多讲的是人格，而在管理层面上说，仍然会有等级。国家与国家之间的互访和接待，就是等级还需要存在的最好例证。

前两天有则社会新闻很让人感慨。

一奥迪 A8 追尾奥迪 A4，两车主下车查看，责任当然在 A8，可是 A8 车主却这样和 A4 车主讲道理：我的车比你好，一定是你错了！边上的民警都笑了。

A8 的车主一定遵行这样的逻辑：好车就是人中君主和大臣，差车都是普通老百姓，而君主和大臣是不会有错的，要错只能错在老百姓。还有，好车应该比差车有更多的优先权，因为好车出的钱多，好车可以在路上自由驰骋，差车要让行好车，差车没有让行好车，所以是差车的错！

要是这样的等级，那社会就完全没有公平可言，这是另类特例。

那么，如何将这个有等级的制度执行得比较理想化呢？若干年来的经验是，一定要有一条无形的线串起来，这就是礼义。要将数百上千年来好的礼义承继下来，想知道千年之远的事情，就要看现在，想知道亿万，必须先从一二数起，从近代可以推知远古，从一可以知道万，从细微之处可以知道事情的广大。

当然，就现代来说，必须将礼义这条线换成法律和规则线，另外再辅以礼义等道德线。如此，社会就和谐了。

肆

天上的银河悬在高处，为什么不落下来呢？

天行有常，不为尧存，不为桀亡。应之以治则吉，应之以乱则凶。强本而节用，则天不能贫；养备而动时，则天不能病；循道而不贰，则天不能祸。故水旱不能使之饥渴，寒暑不能使之疾，祅怪不能使之凶。本荒而用侈，则天不能使之富；养略而动罕，则天不能使之全；倍道而妄行，则天不能使之吉。故水旱未至而饥，寒暑未薄而疾，祅怪未至而凶。受时与治世同，而殃祸与治世异，不可以怨天，其道然也。故明于天人之分，则可谓至人矣。

——《荀子·天论》

自然界有它自己的运行规律，这个规律是不以人的意志为转移的。它不会因为尧的仁义而存在，也不会因为桀的暴虐而消亡。

而要知天，知道自然的运行规律，这是非常不容易的。荀子那个时代，可能弄不清楚，甚至有些糊涂，但不管从哪个角度说，有一点是已经弄清楚了：必须尊重自然的运行规律，我不清楚你，但我敬畏你，尊重你。这个原则现在和将来都适用。有了这样的前提，时代慢慢发展，终会不断搞清楚的。即使是现在，科学昌明，我们仍然有许多搞不清楚的地方。

我想举一个南北朝的知识分子代表颜之推对自然的看法，他的看法比较有典型性。

在他的认知能力里，天是各种虚气堆积而成的，地是各种实物积累而成的，太阳为所有阳刚之气的精华，月亮是阴柔之气的聚集，而星辰是宇宙万物的精华所在。他的疑问是，太阳、月亮是石头吗？石头应该是很坚固的东西，那乌鸟、白兔又如何在太阳月亮上存身呢？而且，石头在空气中又怎么能自行运转呢？难道作为气体的星星，掉到地上忽然变成石头了吗？大地既然是实质的东西，按理应当是沉重结实的，但如果向下挖掘，就可挖出泉水来，这说明大地是浮在水面上的，那么这积水的下面又是什么东西呢？江河泉水流经千山万谷，可它们又是从哪里来的呢？它们东流入海，可为什么又不见满溢呢？天上的银河悬在高处，为什么不落下来呢？有道是水往低处流，又为什么常升到天空呢（不升上去怎么会下雨）？

颜先生这些疑问可以说是天问，大部分问题依现在的科学观看来，已经很幼稚了，但在科学没有回答以前，真的是很让人抓破脑袋，人们看得见大自然生成的万物，却不知道生成万物的那种无形过程。

于是，人们把希望寄托在圣人的身上，认为只有圣人才能知晓自然的运行规律。其实，圣人也不能知天，只是他们会顺应自然，大概这就是他们强于普通人的地方吧。

好恶、喜怒、哀乐，这都是人的自然情感，耳、目、鼻、口，这都是人天生的感官。饮食、衣物等万物，不是人类的东西，人们却利用它来供养自己，人就在这个时候和自然发生联系了，而你顺应它，取之有度，就是福分，反之，就会成为祸害。人知道自己所能做的事和应该做的事，也知道人所不能做的事和不应做的事，和天，和地，和谐相处，那么，这就是真正的知天！

流星坠落，树木发声，人们都感到恐慌，其实这也没什么，这只是天地阴阳的变化，事物中较少出现的现象而已。感到奇怪可以，惧怕它们却没有必要。管理者贤明而政治稳定，即使这些现象出现在同一个时代，也不会有什么妨害；管理者昏聩而政治险恶，即使这些现象不出现，也没有什么帮助。

所以，最能干的人在于他有所不为，不去做那些不能做和不应做的事，最聪明的人在于他有所不想，不去考虑那些不能考虑和不应考虑的事情。

既然可以知天,那么,我们就要尊重自己的努力,而不羡慕那些由上天决定的事,这样做了,你就会日益进步。

这有三个层面。

第一,遵守各种礼义。

欲望是人的本能。鱼肉五谷,美味佳肴,是用来满足人嘴巴需求的,各种香味,是用来满足人鼻子需求的,音乐是用来满足人耳朵需求的。有本能而得不到,那他就一定会去寻求。如果寻求过程中,没有限度和界限,那么就一定会产生争夺,有了争夺就一定会混乱,混乱就会导致无法收拾的局面。而礼义就是满足人的各种欲望的。

因此,礼义就像天上的星星月亮那样明亮耀眼,礼义也像万物中的珠宝那样光亮,礼义如何用在治理国家上,它的功绩和名声也会像那些东西那样显著。尊重礼义,就会敬重贤人,爱护人民,称王天下。老百姓遵守礼义,就会忠于职守,安分守己。

第二,礼义是治国的标志。

朝代的兴衰之间,应该有一个通用的原则去顺应它,有了通用原则,社会就不会乱。社会发生混乱,是因为这个原则的运用发生了偏差。违背了礼义,就是昏暗的年代,昏暗的年代,天下就会大乱。

第三,全面认知事物。

世界上的每一样事物都只是万物的一部分,愚昧的人认识了一种事物的一部分,就认为是整个世界,这是典型的以偏概全,实在无知。

荀子很强势地批评了好多人:老子只强调柔顺和无为,而不懂得积极有为的重要,如果按照他的办法去做,那么人人都会消极顺从;墨子主张平等相爱,却不懂得尊卑有序的道理,如果按他的办法去做,那政令就无法推行。

说白了，礼义就是为了培养我们高尚情操的。比如我们敬畏生命，就会慎重对待死亡，因为我们活着的时间远远没有死的时间长，死只能有一次，而不可能有第二次，生命不可以复生，所以对待死者一定要敬重。而祭祀之礼就是为了表达我们对祖先亲朋好友的思慕之情。

所以，礼的道理是非常深刻的。它事关我们知天，和大自然和谐相处和平相处，也事关我们在天地间的尊严。

2012年8月8日，台风"海葵"袭击东南沿海。台风到来的时候，我发了条微博："由海葵想到了人与自然的关系，以为古往今来古今中外大概有几种：你死，我活；它活，我死；都活都死；不死不活；半死半活。"我说的一些状态几乎都在各种程度上存在，只是地区和程度不同而已。而以目前人类的发展速度和对自然的破坏程度看，可以说是半死半活状态。真不是儿戏。

伍

音乐就是高兴和快乐

夫乐者，乐也，人情之所必不免也，故人不能无乐。乐则必发于声音，形于动静，而人之道，声音、动静，性术之变尽是矣。故人不能不乐，乐则不能无形，形而不为道，则不能无乱。先王恶其乱也，故制雅、颂之声以道之，使其声足以乐而不流，使其文足以辨而不谒，使其曲直、繁省、廉肉、节奏，足以感动人之善心，使夫邪污之气无由得接焉。是先王立乐之方也，而墨子非之，奈何！故乐在宗庙之中，君臣上下同听之，则莫不和敬；闺门之内，父子兄弟同听之，则莫不和亲；乡里族长之中，长少同听之，则莫不和顺。

——《荀子·乐论》

没有音乐，生活就是个谬误。尼采这样说过。

我想他的理论依据就是，人的生活应该是丰富多彩的，这里面自然包括音乐，这么重要的元素不包括，那我们的人生就是不完整的。

其实，荀子远比尼采有先见。他早就认为，音乐对于引导人民、国家治理都具有重要的作用。他甚至批评墨子，墨家一味反对礼乐，是无知的表现。

音乐是如何出现的？众说纷纭，不论是劳动人民干活的哎哟哎哟说，还是先王制作雅、颂音乐引导民众说，我觉得都没有什么关系，音乐就是高兴等情绪的表达嘛，它是人不可避免的情感之一，高兴了就一定会嗟叹歌咏，发抒于声音，手舞足蹈，表现于动作。随后出现的怨怒哀乐，也都是水到渠成的事情。

音乐会有哪些作用？啊，那太多了！冲锋号响起，能够鼓舞杀敌的勇气，听听雅、颂，思想情感也会变得开阔。所以，音乐是统一天下人的重要东西，是和顺人性情的良方。

但是，音乐和现实也出现了一些问题。

男人穿着华丽的服装，打扮得像个女人，风俗淫荡，一心好利，行为污杂，其音乐邪僻不正，而内容则邪恶华丽。所以，关键还是引导，对于这种不良现象要坚决抵制，要用礼义去教育和熏陶。

音乐生于人心，感人的力量最深，改变人的情感也最快。所以先王非常谨慎地制定音乐。音乐中正平和，百姓就和睦而不至于淫放，音乐严肃庄重，百姓就整齐而不陷于纷乱。反之，音乐妖艳淫邪，人民就会放纵散漫，就会混乱，而相互争夺，那么国家就会受到威胁。

所以说，音乐是快乐的表现。君子喜欢音乐是为了提高道德修养，小人喜欢音乐是为了满足个人欲望。音乐朝着正确的方向走，就是治理百姓的最好东西。

意大利作曲家布索尼说：音乐就是声音的空气。

嗬，如果没有空气，人类自然不能存活，这个比喻的深度要比前面尼采的谬误说更进一步，谬误只是一种不完整而已，生活质量低劣，但还是可以苟活下去的。

神经学家奥利弗·萨克斯说：音乐留在脑中的印记比其他所有的人类经历都要深。

嗬，我想大概是因为音乐能唤醒情感，而情感能带来或加深记忆吧。

其实，在先秦的时空中，各个学派的思想碰撞犹如百花争艳。代表不同阶级的利益、具有不同政治倾向的众多学派的出现，包括儒、墨、道、名、法、阴阳等各家各派的学者，他们都不同程度地发表过对音乐的看法和意见，并且互相争辩，形成了百家争鸣的生动局面。

荀子只是说了音乐的作用，但还没有生动的事例。我想用《列子·汤问》中的几个经典故事佐证一下。

师文，郑国乐师，水平已经很高了，然而他听说有人弹琴能弹得鸟儿闻之空中飞舞，鱼儿听之能水面跳跃，他就又去拜鲁国乐官师襄为师。

数年后，他的琴声已经能将四季转换：春天的时候，他悲凉的琴声响起，忽然刮来阵阵带有凉意的秋风，草木都结出了果实；面对秋色，他柔和的琴声响起，温暖的春风徐徐回荡，绿树青青，鲜花芬芳；夏日里，他激越的琴声响起，霜雪交加，河水凝结；冬日里，他欢快的琴声响起，烈日当空，坚冰融化。乐曲将要结束的时候，他又来个大总结，顷刻之间，祥和之风徐徐而吹，彩云缤纷，时隐时现，甘露清凉，自天降下，清泉涌流，甜美如醴。

这是什么水平？孙悟空啊！当然是夸张，但是夸张中我们感受到了那种娴熟高妙的音乐表达手法，惊为天音！

小伙子薛谭，很有天赋，跟着秦青学唱歌，自认为唱得差不多了，可以出去走走穴了，便想告辞。老师也不阻拦，并且在郊外为他饯行。这个时候，老师自弹自唱，悲壮的歌曲，响亮的歌声，振动林木，直冲云霄，连天上在飘移的云彩也停止不动了。薛小伙听得呆了，立即向老师认错，还要继续学习呢！

秦老师估计是故意留了一手没教，天上正在行走的云不动了，想必也是巧合，因为声音和云彩属两种不同的物理范畴，不可能相互影响的。但秦老师的唱法肯定是高难度，一定吓住了薛学生！

下面是古老而又新鲜的伯牙和钟子期的故事。

伯牙善鼓琴，钟子期善听。伯牙鼓琴，志在登高山，钟子期曰："善哉！峨峨兮若泰山！"志在流水，钟子期曰："善哉！洋洋兮若江河！"伯牙所念，钟子期必得之。伯牙游于泰山之阴，卒逢暴雨，止于岩下，心悲，乃援琴而鼓之。初为霖雨之操，更造崩山之音。曲每奏，钟子期辄穷其趣。伯牙乃舍琴而叹曰："善哉，善哉！子之听夫，志想象犹吾心也。吾于何逃声哉？"

——《列子·汤问第五》

著名音乐家伯牙先生，善于操琴，著名音乐评论家钟子期善于听琴。看两人如何默契。伯牙弹琴，这个时候他想表达的意思是登临高山，钟评论家马上激动地赞叹说：妙极，妙极，高山啊高山，这山峰直插云霄，和泰山一个样子！伯牙见此，悄悄地把琴声表达为滔滔的江水，钟评论家马上又拍手：妙极，妙极，浩浩汤汤，无边无际，跟长江黄河一个样子！总之，凡是伯牙心里想要通过琴弦表达的，钟评论家一听琴音，就知道得清清楚楚。

音乐的神奇，神奇的音乐人，古代已经登峰造极。

我曾经在好几个场合看过编钟表演。尽管规模不一样，乐器仿制的水平不一样，表演者的水平也不一样，但是，当你看着那些倒垂的编钟，叮叮当当，《春江花月夜》等古曲，在乐工的轻轻敲击下，时而发出清脆嘹亮而又悠扬的高音，时而还伴着浑厚深沉的低音穿插，主旋律、和声，层次清晰明朗，顿觉精妙神奇。

第一次到丽江时，我就被纳西古乐所吸引。大幕拉开时，台上坐着数排老琴师（不少为白须白发飘飘的耄耋老人），他们操着手中的老乐器（据说都有上百年的历史），还有古老的曲调（有不少为中国或世界最古老的曲子），一下子将所有的观众征服。台上背景板后，有一排老人的黑白大照片悬挂，那些都是已经去世的纳西古乐琴师的遗照。一场音乐会听下来，虽然没有完全理解，但思绪几乎都随着整场演出而沉浸在纳西古今交错的时空中。

音乐将我们的时间长度拉长了，长到数百万年前的原始蛮荒社会；音乐将我们的空间广度拓宽了，宽到和人类和谐相处的太空，以及人类的精神空间。

音乐的能量巨无霸！

陆

冷清寂寞时，可以表现出一个人的修养功夫

故为蔽：欲为蔽，恶为蔽；始为蔽，终为蔽；远为蔽，近为蔽，博为蔽，浅为蔽；古为蔽，今为蔽。凡万物异则莫不相为蔽，此心术之公患也。……圣人知心术之患，见蔽塞之祸，故无欲无恶，无始无终，无近无远，无博无浅，无古无今，兼陈万物而中县衡焉。是故众异不得相蔽以乱其伦也。

——《荀子·解蔽》

是人就容易犯错误，而促使人犯错的最大原因，莫不在于看不清事物，或主观，或片面，有东西把我们的心给遮掩了。没有遮蔽都还要犯错呢，何况心有各种各样的蔽，黑白颠倒的事也在所难免了。

荀子很全面地帮我们分析了蔽是怎么造成的：心之所好能成为蔽，心之所恶也能成为蔽；只看到起始能成为蔽，只看到终结也能成为蔽；只看到远处能成为蔽，只看到近处更能成为蔽；博学有可能成为蔽，浅薄自然成为蔽；泥古不化是蔽，知今不知古当然也是蔽。

这样的列举太多了，一句话就是：世界上的事物都是有差异的，有差异就会互相形成蔽塞，这是人思想方法上的通病。

思想方法上的偏颇，坏处是很多的，所以，我们一般人都会学得中庸一些：不特别喜好一样东西，也不特别憎恶一样东西；不过分强调开始，也不过分强调结局；不偏重近，也不偏重远；不过分博大，也不过分浅近；不泥古，也不薄今。也就是说，他们考虑问

题，要把各种不同的事物都排列出来，在中间建立一个正确的标准。说中庸也好，说适度也罢，人们这样做，就是为了减少错误。

达到这样的境界，其实是有方法的，那就是三个字：虚、壹、静。

人何以知道？曰：心。心何以知？曰：虚壹而静。心未尝不臧也，然而有所谓虚；心未尝不两也，然而有所谓一；心未尝不动也，然而有所谓静。……知道察，知道行，体道者也。虚壹而静，谓之大清明。万物莫形而不见，莫见而不论，莫论而失位。坐于室而见四海，处于今而论久远，疏观万物而知其情，参稽治乱而通其度，经纬天地而材官万物，制割大理而宇宙理矣。

——《荀子·解蔽》

虚，就是虚心。

按我的理解，这有两个层次。

其一，把心腾空，以便能装得下最重要的东西。现在我们来比较一下两个生活中常用的容器：一个是一斤装的酒瓶，一个是半两装的酒杯。我们喝白酒为了表现自己能喝，往往喜欢小杯，越小越好，往半两杯里倒一点点，差不多就满了。反过来，如果将半两酒倒入空的酒瓶，那么，它只是一点点，最多二十分之一，想要把酒瓶装满，那就要注入二十杯小酒。这里头就有一个生活哲理了，小的容易满，而大的不容易满，不容易满的原因很简单，就是因为酒瓶容量大。如果我们能常怀酒瓶之虚心而又有酒杯之忧满的话，那我们就会少犯不少错误。由酒瓶和酒杯两个容器可以类推出去，总之，是小和大的关系。把酒瓶腾空，就能装很多酒杯里的酒。

王阳明对他的学生黄直说：写文章思索并没有坏处，但写完了还常记在心里，就会被文章所牵累，心中有一个东西，这就不好了。

其二，把心夯实，不因为已经获得的而妨碍将要接受的新东西。人容易犯错，从一个角度讲是无知，而无知最大的原因是，只坚持和固守已有的东西，不去接受新鲜事物。他总以为，他已经很有知识了，能力很强了，他就是第一，这个单位这个部门这个行业，他就是老大，殊不知山外有山楼外有楼，强中更有强中手。学无止境、学海无涯，这些成语大概都是针对这种人的。从表面上来说，他未必不知道这样浅显的道理，但事实上他就是拒外，从内心拒外。人一生的最大罪过，除了自私自利，大概就是自以为是了。比如，我们常常会遭到别人各种程度的攻击，往往会不由自主地反击，反击攻击者的缺点和错误。其实，哪个没有过失，假如苛求只有没有过失的人才有资格指责自己，那么我们终身就听不到别人的指责了。我们应该感谢那些指责过自己的人，因为是他们给自己带来了益处，至于他本身有没有错误，哪有那么多时间去计较呢？

把心腾空和把心夯实，角度不同，道理都一样，都是要虚，虚心。

壹，就是专一。这个专一和前面学习的专一有相似的地方，但更深入。

前面分析了虚的两个层次，这其实是解蔽的大前提。也就是说，你第一步必须虚心，但虚心了也并不见得所有的事都成功了，它还需要壹，专一了，就能认识全面。

打个比方。青原惟信禅师在法堂上，对众门人说：老僧三十年前未曾参禅时，见山就是山，见水就是水。待到后来，参禅悟道后，见山反不是山，见水也不是水。而今三十年过去了，身心已老，该休歇时，依然见山只是山，见水只是水。专一，大概就类似于禅师的第二阶段，见山不是山，见水不是水。因为他已经从一高一低自然境界山水的矛盾状态，进入到扫平高低不见自然山水的融合状态了。

释迦牟尼在山洞作跏趺坐，身无遮蔽，不避风雨，全体放下，摒除一切，从一日一食到七日一食，形如枯木，苦行六年，最后在菩提树下才有了彻底的醒悟。这样专一的程度非佛而不能有。所以，后来的悟禅修禅，都要求专一。

有一天，沃尔斯索普的一棵苹果树上落下一个苹果，恰巧砸到了牛顿的头上，他就想，苹果为什么向下掉而不向上去呢？这基本上是个傻问题，可是牛顿不这样想，他在结合他的研究想原理，终于，他发现了万有引力。所以，许多有成就的科学家都有这样的专一故事，专一才是他们成功的前提。

如果单纯从数字讲，能够掌握"一"的人便能获得"万"，一味追求"万"的人必然失去"一"，这是一对辩证关系。

静，就是平静。

静是更高一层次的。有了虚，有了壹，还要静，这样才能达到透彻的境界。要达到这样的境界，需要更多的修炼。

冷清寂寞的时候，可以表现出一个人的修养功夫，红火热闹的时候往往也可以看出一个人的自制力量。

哲学大师王阳明告诫他一个叫刘君亮的学生，因为他要去山中静坐。王阳明对他说：你如果用厌弃外物的心去静中探求，反而会养成骄傲懒惰的习气，你如果不厌弃外物，又去静中存养，那就是好的。

那么，如何静中存养呢？依我的理解主要有两方面。

首先，要和自己的内心斗争。明人吕坤说，我们的身外有五个强敌：声色犬马，钱财利禄，名誉地位，忧患艰难，太平安逸；我们的内心也有五个强敌：憎恶愤怒，喜乐爱好，牵缠踌躇，狭隘争躁，积习惯癖。我们整天都会被这些内外的敌人扰害得神魂颠倒，需要勇气和强有力的克制才不会随波逐流。

其次，要学会舍得和放弃。这仍然属于人内心方面的。吕坤继续深有体会地说：我活了五十年，才体会到"五不争"的真味，有人问什么是"五不争"，我说，不和聚敛财产的人争富，不和醉心仕途的人争贵，不和夸耀文饰的人争名，不和怠慢轻傲的人争礼节，不和盛气凌人的人争是非！看看嘛，整一个不求上进的与世无争。可是，这样的与世无争，已经进入到上面那禅师的第三境界了：仍然是见山是山，见水是水。因为他看透了事物的本源。

好，现在让我们又回到荀子的课堂。

荀子谆谆教诲我们：很多复杂的事情可以简单化处理，天下的事只有两种，用不对的分辨出正确的，用正确的分辨出不对的。这其实说的还是方法问题，有了是和非这两个参照物，才能非察是，是察非。

虚。壹。静。如果把它们当成人生修养必不可少的环节的话，还有一个词应该可以联系在一起：忏。忏，肯定连着悔，两字相连，大约有三个意思：悔过；乞求宽恕；表示重新做人。

佛教里对忏悔做过这样的比喻：忏悔就像浣洗陈年垢衣，一旦洗干净，可还衣服清白洁净，如同百千劫中，积下许多不善业，依靠佛法的力量思过，可以在一日之内将过错消除。

虚壹而静而忏，我们的人生一定会完整很多的。

《淮南子》——柔弱是生命的本质

我把《淮南子》当成一部杂书来读。它的文脉和先秦诸多复杂的思想是相承的，甚至可以这样说，它是对先秦以来思想进行的剪裁整理或者解说。

　　我仿佛看见很多的"家"在那里发表自己的演说，一会儿儒，一会儿道，游移不定。儒说，你要遵行什么，要循规蹈矩。道却说，你要怀疑，怀疑天怀疑地，怀疑一切。

$$壹$$

柔弱是生命的本质

我们先来看刘安他们是如何解构标题中很哲学化的命题的。

　　九疑之南，陆事寡而水事众，于是民人被发文身，以像鳞虫；短绻不绔，以便涉游；短袂攘卷，以便刺舟，因之也。雁门之北，狄不谷食，贱长贵壮，俗尚气力。人不弛弓，马不解勒，便之也。故禹之裸国，解衣而入，衣带而出，因之也。今夫徙树者，失其阴阳之性，则莫不枯槁。故橘树之江北，则化而为枳；鸲鹆不过济，貈渡汶而死；形性不可易，势居不可移也。是故达于道者，反于清静；究于物者，终于无为。

——《淮南子·卷一·原道训》

他们说，得道的人，心志是柔韧的。如何柔韧？与万物周旋，不先行倡导，只是感受和回应它们，也就是说，它从不主动出击，在被动中争取主动。更重要的是，他们的表现方式，都是要有一个相伴物做参照和陪衬。

比如，尊贵一定要以卑贱作为名号，崇高一定要以低矮作为基础，坚硬一定要以柔韧来护持，强壮一定要以微弱来保养。

你没有看到吗？兵器太刚了，就容易毁灭，木材坚硬了，就容易折断，皮革太硬了，就容易开裂。这种现象比比皆是，就说我们的牙齿好了，它比舌头坚硬，却比舌头先损坏！

所以，把柔韧累积起来，就会变得结实，把微弱累积起来，就会变得刚强。

所以，柔弱才是生命的本质，而坚强则走向死亡。

回过头来，我们再问，什么是道呢？打个比方吧，道它张开来，盖住了天地四方，收拢来，占不满一个手掌，既能收拢，又能展开，既能幽藏，又能显明，既弱小，又强壮，既柔软，又刚硬。

这个道真是神哪，神龙不见首尾，和如来的手掌有点相似，孙行者再怎么七十二变，再怎么会翻跟斗，也翻不出如来手掌。它让你摸不着边际，云里雾里。道可道，非常道，从来没有人说清楚过，连首创者老庄也说不清楚。而且，它本质上是以柔软的形态出现，它坚持的是温和的形式，它以柔软来对付一切。

柔软。饱满。纤细。精致。这大概就是道的形状特征。

这个道是用来遵行的，不能刻意，只要顺其自然就行了。

禹到一个什么衣服都不穿的裸国去视察，他不是摆着一副天下王的姿态，而是入乡随俗，自己也脱光了衣服，进去察看完毕后，出来再穿上衣服。他边走边想，我们为了遮羞而发明衣服，这里的人们裸体一定有原因的，说不定是因为时尚而脱掉衣服呢，我也时尚一回罢。

　　　　昔者夏鲧作三仞之城，诸侯背之，海外有狡心。禹知天下之叛也，乃坏城平池，散财物，焚甲兵，施之以德，海外宾伏，四夷纳职。合诸侯于涂山，执玉帛者万国。故机械之心藏于胸中，则纯白不粹，神德不全。在身者不知，何远之所能怀？是故革坚则兵利，城成则冲生。若以汤沃沸，乱乃逾甚。是故鞭噬狗，策蹄马，而欲教之，虽伊尹、造父弗能化。欲害之心亡于中，则饥虎可尾，何况狗马之类乎？故体道者逸而不穷，任数者劳而无功。

　　　　　　　　　　　　　　——《淮南子·卷一·原道训》

　　鲧修筑了三仞高的城墙，他为什么这么做呢？就是加强领导嘛，社会治安不太稳定，那不仅要加强警戒力量，更要用硬件来做好防范，这个城墙还是蛮管用的，王城的安全感大大增强了。不想，城筑高了，那些诸侯却背离了他，海外各国也不来朝奉，甚至都有了归顺别人的打算。

　　禹用他的道，一切问题迎刃而解。他把高高的城墙拆除。真不知道花那么大的代价修这个劳什子干什么，你堵住人，也把人家的心给堵死了。填平护城河，多好啊，可以做公园，种上花花草草，人们可以随时到王宫来向我提建议和意见。把国库里的财物散发掉，这么多的税收放在那里干什么呢？而且税收年年有啊，我们根本用不了这么多，因为我朝强大，对外贸易搞得好，还有数量庞大的外汇储备，这些钱都可以发掉一部分，皆大欢喜的事，又搞活经济，还抑制了腐败，钱堆在那里，很容易出事情的。施行德政，把盔甲兵器也焚毁算了，其他各国都来朝服了，还用得上这些"核武器"？可以大大地裁军，让士兵回家种地去，养育子女，侍奉长辈，国家更加稳定。

禹实施了以上政策后，有了明显良好的结果。有一年他在涂山召开诸侯大会，来参加的大小国王有上万个，规模超过以往任何一届。而且，这些与会诸侯纷纷带着贵重礼物，他们非常感谢禹的英明决定，是禹的这个决定让天下大同了。

禹那时每天都偷着乐，夜里都要笑醒好几回。说真话，他想，他什么也没做啊，他只是遵行道的原则，一切顺其自然而已。原来，天下的事说简单也简单，这么复杂的事情都可以被那柔软的道所化解。

不过，如何来理解这个道，却不是人人都能的。禹的成功之处就在于，他深深地理解了这个道，并化诸行动。

> 是故欲刚者，必以柔守之；欲强者，必以弱保之。积于柔则刚，积于弱则强。观其所积，以知祸福之乡。强胜不若己者，至于若己者而同；柔胜出于己者，其力不可量。故兵强则灭，木强则折，革固则裂，齿坚于舌而先之敝。是故，柔弱者，生之干也；而坚强者，死之徒也。
>
> ——《淮南子·卷一·原道训》

他认为，用柔软来涵养本性，用闲淡来调理精神，就进入了"天"的门径。什么是"天"呢？就是纯粹的，朴素的，正直的，洁净的，没有掺入杂质。因为他已经深深地看透了"人"，这个一撇一捺的人，看似简单，却复杂得很。在禹眼里，"人"就是东倾西顾，有算计，有目的，有手段，巧饰，虚伪，狡诈，随事俯仰。

所以，他要用柔弱来改变"人"。最有效的方法是，用天下最柔弱的东西——水，来涤荡人那污浊的心灵。天下的东西，没有比水更柔弱了。然而，水可以大到无边，深到不可测底，长到难以溯源，远到没有尽头，这万能柔弱的水，一定能去污成真，从而带给人们快乐，人只要能不被世俗的乐趣引诱，只要他知道快乐不在于富贵。快乐只是一种自我的感觉嘛，好几天拉不出便便来，今天痛快一拉，就是莫大的快乐呢。更重要的是，明白了快乐的原理，内心达到了平和，就无不快乐，如果无不快乐，那就达到最大的快乐了。

懂得修养自己，看轻身外世界，禹说，这大概就接近他所理解的"道"了。

把天下看轻，精神就不会沉重，把万物看小，内心就不会惑乱。

尧帝有皇宫吗？没有的，他的住所，椽子粗糙，不加砍削，柱子简单，柱顶甚至都没有方木。他吃粗粮做的饭，喝野菜烧的汤，穿的是布衣。当时的富裕之家住着华丽的高台层榭，吃着珍奇怪异的食品，穿着绣花衣服、狐白皮衣。尧和他们比较，就是简单如苦行僧般的生活。这样对待自己，对待生活，他还有什么可以留恋的？于是，他把整个天下都传给了舜。

尧传位以后，就像卸下挑着的好几千斤重的担子，就像退到坐榻脱去鞋子一样简单，人感觉非常舒服。想想看，把天下都看轻了，再加上已年老体衰，那还不赶快把位置让给年轻人？不像那个乾隆，他嘴上说说的，向尧帝学习，都到八十岁了，想退位的诗都写好几首了，可就是不肯退，即使退下来，还想着多管国事，他似乎对继任者不放心呢。尧的一切想法和做法都是以柔克刚，无所不克。

柔弱是一切生命的本质，人是这样，其实，动物也是这样，岔开去，不说了。

贰

精神是智慧的池塘

> 天下之物，莫柔弱于水，然而大不可极，深不可测，修极于无穷，远沦于无涯，息耗减益，通于不訾。上天则为雨露，下地则为润泽；万物弗得不生，百事不得不成。大包群生，而无好憎；泽及蚑蛲，而不求报；富赡天下而不既，德施百姓而不费；行而不可得穷极也，微而不可得把握也。击之无创，刺之不伤，斩之不断，焚之不然，淖溺流遁，错缪相纷，而不可靡散。利贯金石，强济天下。……是故清静者，德之至也；而柔弱者，道之要也；虚无恬愉者，万物之用也。

> ——《淮南子·卷一·原道训》

上面已经再三说了水的柔弱特质，其实我们仔细研究一下，还会发现水还有许多没有说及的特点。她的本性纯净清澈，但是，泥土完全可以在瞬间搅浑了她。这就如同说，人的本性也如同水一样，然而，欲望却可以随时搅浑她。

从现象上看，搅浑是客观的，外在的，外在的东西为什么会起主导作用呢？有两层意思可以理解：要么外在的东西过于强大，外在的深深地影响内在的，从而让内心不由自主地做出了受外在影响的决定；要么外在的虽然不是很强大，但它春风化雨，影响了内在的精神，从而迫使内在精神做出了决定。

现在，让我们做个有趣的实验。

在庭院里，有一盆水，因为被泥土搅浑，我们要让它澄清，用了多少时间呢，差不多要一整天。经过这么久的时间，还未必能照清楚我们的眉毛和眼睛。再尝试一下搅浑，我们只需用一根小小的棍子，轻轻地在水面画一个小圆圈，小小的震荡波马上激起一层层的涟漪，就看不清楚方圆了。

今夫树木者，灌以瀿水，畴以肥壤。一人养之，十人拔之，则必无余蘖，又况与一国同伐之哉！虽欲久生，岂可得乎？今盆水在庭，清之终日，未能见眉睫，浊之不过一挠，而不能察方员。人神易浊而难清，犹盆水之类也。况一世而挠滑之，曷得须臾平乎！

——《淮南子·卷二·俶真训》

如此说来，人的精神容易浑浊而难以清明，就如同这一盆水。而现实社会中，来搅浑水的棍子岂止是一根两根，它来自整个的社会！如果没有强大内心力量的坚守，是很难保持片刻宁静的。

这就是说，人与生俱来的本能，耳目对于声音、颜色，口鼻对于芬芳气味，肌肤对于冷暖，从感受上是一样的，但有的人神明气爽，有的人不免于痴狂，这是什么原因呢？这是因为他们对本能的控制不同。

所以，精神是智慧的池塘，池塘清澈，智慧就明朗，智慧是心灵的府库，智慧平正，心灵就平和了。

现在，让我们用佛经里阿育王太子的故事来仔细地观察一下这个精神的池塘。

从前，阿育王常常好行布施，大方得很，有时施饭给沙门时，还让太子亲自盛汤盛饭，隆重接待。太子很不高兴，暗暗怨恨，他想：我当了王，一定把僧人全部杀光。僧人立即知道太子的怨恨，对太子说：我将不久于人世了！太子大吃一惊，哎，这僧人如此聪明，知道我的心意。于是，他转变观念：我当国王的话，一定要供养僧人，而且要做得比老爸好。这样一想，又趋于平静，因为太子已经改邪归正了。僧人对太子说：你当国王时，我会升到天上！后来，太子做了国王，整个国家兴盛太平。

太子精神池塘里的微小举动，都会被观察到。现实社会里，要如此细致地观察到一个人的内心是不可能的，但总会露出蛛丝马迹。此就是我们平常说的言为心声。

一千年前的某一天，苏东坡和佛印在聊天，佛印问：你看我像什么？苏东坡此时心情甚好，开玩笑说：我看你像大便！哈哈大笑，然后反问佛印：你看我像什么？佛印说：我看你像一尊佛！啊，这佛印葫芦里究竟卖的什么药啊？我这么损他，他还这么褒我。佛道不深的东坡好奇地要求佛印给答案。佛印说：我心中有佛，所以看你像一尊佛。你心中都是肮脏之物，所以看别人都是肮脏之物。苏东坡茅塞顿开，从此诚心礼佛。

真的是这样啊，有的时候，我们为什么看别人那么不顺眼呢，原来是自己的修养不够哎。

所有的事实都证明，精神池塘，是我们大脑的指挥机构，要保护好池塘的清澈，是难上加难的事，整个世界随时都有大大小小多多少少的尘埃想要钻进来。很多时候，我们穷一辈子努力想达到池塘的清澈，却总是不那么让人如愿。

宋朝张邦几的《侍儿小名录拾遗》中有一个小故事，很是耐人寻味。

五代时有一个僧号叫至聪的禅师，在祝融峰修行十年，自以为一切戒行都具备了，已经是个时代的超人了。一天，他下山，在山道旁遇见一个美女，名叫红莲，至聪一瞬间凡心涌动，与红莲脱衣合欢。第二天早上，至聪和红莲在沐浴时，一同死于水池。

这个故事很像《西游记》中观音或者如来考验唐僧一行，师徒四人几乎都被考验过，考验得最厉害的当然是唐僧了，他是关键人物，什么白骨精女王，统统地看不上，不是看不上，而是根本不想看，不必要看，他没有瞬间动过心，可以这样说，只要唐僧像至聪一样，有过瞬间动心，那整个西天取经的故事就不成立了。猪八戒，品质还可以，却不太受得了这种考验，但也无关紧要，少了他不碍事。孙猴子要，白龙马要，挑担的沙僧也要，老猪其实就是多余的角色。

对这个故事，还有一种理解是，是佛派红莲来考验至聪的。不管在以往的十年修行里，至聪是怎样的刻苦耐劳，怎么的绝断红尘，怎样的励精图治，他把六根都断绝了，甚至七根八根都断绝了，他自以为修炼得如白素贞一样了。

可是，他没有想到，那白素贞一来到美丽的西子湖畔，一碰到那文质彬彬的杭州青年许仙，她再也无法自持了。至聪和白素贞是一样的境遇，只是因为他们的出身不一样，修行时间不一样，但最后的结果是一样的，白素贞被法海弄到雷峰塔里头去了，至聪暴死在快乐的沐浴中，不，应该是死在爱河中。佛家说的爱河，其实是情欲之河，而情欲之河是很容易淹死人的。至聪真是可惜得很，十年啊，三千六百五十天，生命中的几分之一呢，就这么一下子没有了！

　　水之性真清，而土汩之；人性安静，而嗜欲乱之。夫人之所受于天者，耳目之于声色也，口鼻之于芳臭也，肌肤之于寒燠，其情一也；或通于神明，或不免于痴狂者，何也？其所为制者异也。是故神者智之渊也，渊清则智明矣；智者心之府也，智公则心平矣。人莫鉴于流沫，而鉴于止水者，以其静也；莫窥形于生铁，而窥于明镜者，以睹其易也。夫唯易且静，形物之性也。由此观之，用也必假之于弗用也。是故虚室生白，吉祥止止。

　　　　　　　　　　　　　　——《淮南子·卷二·俶真训》

　　忽然想起，去五台山，在一寺院里听一老僧说过水的八种功德：澄静，清泠，甘美，轻软，润泽，安和，除患，增益。

　　是除患吗？

　　唉，我们只能说至聪的精神，在碰到红莲的一刹那短路了，精神短路，池塘必定浑浊！修养仍然不够强大！

〖叁〗

积羽沉舟论

　　这里，作者又向我们不厌其烦地阐述了另一个观点：不要轻看细微，积累得多了，就会变成一件惊天动地的事情。

君子不谓小善不足为也而舍之，小善积而为大善；不谓小不善为无伤也而为之，小不善积而为大不善。是故积羽沉舟，群轻折轴。故君子禁于微。壹快不足以成善，积快而为德；壹恨不足以成非，积恨而成怨。故三代之称，千岁之积誉也；桀、纣之谤，千岁之积毁也。

——《淮南子·卷十·缪称训》

积薄为厚，积卑为高，所以，君子每天都会孜孜不倦地做这样的事，最终成就了辉煌。文王听到善行，唯恐落后，不善的事情停留一夜，就好像自己睡在不吉利的床上一样。君子不认为小的善事不值得做就放弃它，小善积累起来就成为大善。不认为小的不善没有危害就去做，小不善积累起来就成为大不善。

所以，积累羽毛，能够压沉舟船；积累轻物，能够压断车轴。

所以，君子必须时时警惕细微的地方。

所以，一次快乐还不足以成为美好，积累愉悦方能成为美德；一次遗憾还不足以成错误，积累遗憾就造成了怨恨。

所以，三代的美名，是上千年的赞誉积累起来的；桀纣的恶名，也是上千年的非议积累起来的。

所以，福气是自己带来的，灾祸也是自己造成的。

我们可以将这个"所以"一直"所以"下去。

如果我们把这个当作一个论文标题，就会发现，虽然它讲事情的角度非常单一，但细细检索文献，就会发现，这样的论点浩如烟海。可以这样说，几乎有思想的人都会讲到这个话题，虽然讲的场合背景不一样，但道理基本一样。大家都认识到，渐变过程是一个非常重要的过程，可以说，生命的孕育也是渐变而来的。这也成了许多哲学家研究的源头问题，因为，他们看到了太多的历史，太多的历史都在不断重复地证明这样的论点。

荀子只知道大海，而不知道大海的厉害。所以，他认为积土成山是风雨兴焉的原因，其实这只是原因之一罢了。大的强的风雨不是从山里来的，而是从海上洋上刮来的。

大自然一直让你惊叹。美国常发飓风，别的地方就少见，该飓风的威力，真是比电影中的特技来得猛烈多了，新奥尔良那场，就让美国损失惨重。还有我们常见到的一些熟悉的名字：龙王、玉兔、风神、杜鹃、海马、悟空、海燕、海神、电母和海棠等，这些台风是如何形成的？我只知道它一定是一个渐变的过程，从太平洋大西洋或者别的什么洋中的一个热带漩涡开始。这个热带漩涡很有号召力，向着一定的方向，慢慢地移动。起初，人们根本不把它放在眼里，不就是强一点的风嘛？怕什么，大洋中一年四季都有风。不料想的是，由于该漩涡像陈胜吴广农民起义一样，队伍越来越壮大，贫困农民参加的越来越多，这样的阵势，就如同大洋中也有很多受压迫受迫害的热带漩涡啊！这些漩涡心心相印，齐心协力，卷成卷，团成团，涡多力量大，然后，一路攻城略地，气场大得很，弄得满球风雨。如果再加上几股像项羽、刘邦样的强大力量，那么，翻天的可能性就大大增加了。

气象学家当然有更科学的运动力学、地球引力等解释，可是，在我眼里，台风就是这么由弱到强生成的。

余信其言，拜而受教。因将往日之罪，佛前尽情发露，为疏一通，先求登科；誓行善事三千条，以报天地祖宗之德。

云谷出功过格示余，令所行之事，逐日登记；善则记数，恶则退除，且教持准提咒，以期必验。

至修身以俟之，乃积德祈天之事。曰修，则身有过恶，皆当治而去之；曰俟，则一毫觊觎，一毫将迎，皆当斩绝之矣。到此地位，直造先天之境，即此便是实学。汝未能无心，但能持准提咒，无记无数，不令间断，持得纯熟，于持中不持，于不持中持。到得念头不动，则灵验矣。

余初号学海，是日改号了凡；盖悟立命之说，而不欲落凡夫窠臼也。从此而后，终日兢兢，便觉与前不同。前日只是悠悠放任，到此自有战兢惕厉景象，在暗室屋漏中，常恐得罪天地鬼神；遇人憎我毁我，自能恬然容受。

到明年，礼部考科举，孔先生算该第三，忽考第一，其言不验，而秋闱中式矣。然行义未纯，检身多误；或见善而行之不勇，或救人而心常自疑；或身勉为善，而口有过言；或醒时操持，而醉后放逸；以过折功，日常虚度。

自己巳岁发愿，直至己卯岁，历十余年，而三千善行始完。

时方从李渐庵入关，未及回向。庚辰南还。始请性空、慧空诸上人，就东塔禅堂回向。遂起求子愿，亦许行三千善事。辛巳，生男天启。

——《了凡四训》

四百多年前，袁了凡积几十年的人生经历告诫儿子说，"命由我作，福自己求"。如果用积极的态度解释就是，命运掌握在我们自己手中，命运也是可以改变的，但有前提，那就是积善累德。

了凡十五岁的时候，算了一次命，命中说他几岁考童生，得第几名，几岁府考，得第几名，几岁补廪，几岁到哪做官，做什么官，命中没有儿子，几岁去世，一一都安排好了。他前二十年的经历，无不得到准确的验证，于是他懈怠了，反正命运就这样。直到有一天，他遇见了云谷禅师。云谷告诉他，命运是由我们自己造作的，与别人不相关，福报要自己去求来。了凡醍醐灌顶。

云谷要求了凡记"功过格"，将自己的行为分别善恶逐日记录以考查功过，善言善行记"功格"，恶言恶行记"过格"。

善和德，重在积和累。也就是我们平常说的，做一点点好事并不难，难的是一辈子做好事。看看"功""过"的具体要求就知道有多难了。

"功"有准百功、准五十功、准三十功、准十功、准五功、准三功、准一功。其中"准一功"的具体内容是：赞一人善，掩一人恶，劝息一人争，见杀不食，闻杀不食，为己杀不食，阻人一非为事，葬一自死禽类，济一人饥，留无归人一宿，救一人寒，救一细微湿化之属命，做功课荐沉魂，放一生，散钱粟衣帛济人，施药一服，饶人债负，施行劝济人文书，还人遗物，诵经一卷，不义之财不取，礼忏百拜，代完纳债负，诵佛号千声，让地让产，讲演善法谕及十人，劝人出财做种种功德，兴事利及十人，拾得遗字一千，饭一僧，护持众僧一人，不拒乞人，接济人畜一时疲顿，见人有忧善为解慰，不负托财物，建仓平，修造路桥，疏河掘井，修置三宝寺院，造三宝尊像及施香烛灯油等物，施茶、施棺等一切方便事。下俱以百钱为一功。

"过"有准百过、准五十过、准三十过、准十过、准五过、准三过、准一过，其中"准一过"为：没人一善，役人畜不怜疲顿，

71

唆人一斗，不告人取人一针一草，见人忧惊不慰，心中暗举恶意害人，遗弃字纸，助人为非一事，暴弃五谷天物，见人盗细物不阻，负一约，醉犯一人，见一人饥寒不救济，诵经差漏一字句，僧人乞食不与，拒一乞人，食肉五辛诵经登三宝地，食一报人之畜等肉及杀一细微湿化属命，覆巢破卵，背众受利伤用他钱，负贷，负遗，负寄托财物，因公恃势乞巧索取人一切财物，废坏三宝尊像及殿宇器用等物，小出大入，贩卖屠刀渔网等物，下俱以百钱为一过。

有人会问，如果按照这样的功过标准，我们是不是都不要活了？我说，纵然有很多的不合时宜，但你说哪一条很难做到？"功"是由很小很小的细节组成的，"过"也是由很碎很碎的细节累积的。说人好话是要被记功的；葬一自死禽类，这是很好的疾病防疫法啊，还能有效防止奸商恶商；不义之财不取，这是廉政大纲的首条呢；见人有忧善为解慰，这不是有效的心理疏导、倡导和谐社会吗？负一约，告诫我们要诚信；醉犯一人，禁酒驾车的规则老早就要从严从重了。

可是袁了凡却做到了，他以前是悠游放任，自从接了云谷的功过格后，则是战战兢兢，时刻警惕，做好事也有压力啊，否则就会前功尽弃的。据说1569—1579年，他做了三千件善事，儿子于是有了，这个儿子是没有安排给他的，但他求来了。后来，他只用了四年的时间，又做了三千件善事（看来做好事并不难，只要有心，任何时候任何地方都有得做），于是高中进士，这个进士也是没有安排的。后来，他又发愿，要做一万件善事（他想用毕生的精力去践行，此前的经历也使他有了足够的信心），这个时候，朝廷派他去做京都附近的知县，他原本命中算定是要到偏远的四川去做县令的，现在一切都发生了变化。麻烦事也来了，做县官，公务繁忙，没有时间像以前一样到处有行善的机会，于是他就很忧愁，这一万件善事估计有困难了。但他上任就做了一件事，将前任每亩二分三厘七毫的田赋减至一分四厘六毫。正当他焦虑之时，神明托示他说，减粮的举措，惠济众生，意义非凡，一件抵一万件。最终他多活了二十年。

儿子。进士。多活二十年。有子万事足。进士就能做官。二十年多少钱也换不来。哪一样都很让人羡慕啊。

我们可以把袁了凡的经历当成个案。我们也尽可以把袁了凡说的当成迷信。少年时的算命本来就是一种巧合，只不过这种巧合巧多了而已，而儿子与进士及二十年时间，本来就是有的。一种理解是，那算命的不准，或者说前半段准后半段不准，还有一种理解是，他努力而获得的本来就是他命运中安排的。所谓命运，也就是掌握在我们自己手中的命运。

因此，我们是不能随随便便把有些促人向上向善的东西当成糟粕的，什么能做，什么不能做，基本道德的判断标准并不会随着时间的迁移而失效。

我用袁了凡这么长的篇幅来证明这个"积"字，其实就如前述，福气和灾祸全是由自己带来的，只要利人就会利己。不仅如此，还要让利人成为我们日常的生活方式，如果仅仅是利己，最终仍然不会利己，儿子、进士、多活二十年，全是白扯。

—— 肆 ——

我们这里有能呼喊的吗？

昔者，公孙龙在赵之时，谓弟子曰："人而无能者，龙不能与游。"有客衣褐带索而见曰："臣能呼。"公孙龙顾谓弟子曰："门下故有能呼者乎?"对曰："无有。"公孙龙曰："与之弟子之籍。"后数日,往说燕王。至于河上,而航在一汜,使善呼者呼之。一呼而航来。故曰:圣人之处世,不逆有伎能之士。故《老子》曰："人无弃人,物无弃物,是谓袭明。"

——《淮南子·卷十二·道应训》

公孙龙在赵国的时候,有一天,他对弟子说:没有才能的人,我不会收留他的。这个时候,有个穿着很土的客人来求见,但见他着粗布衣,腰间用草绳很随便地捆着,头戴一顶没剩多少箬叶的斗笠,简直就是古代版的"犀利哥"。

公孙龙问"犀利哥",你有什么本事呢?该哥很自信地对公孙龙说,我会呼喊。公孙龙一听,这样的人才我这里还真没有,于是就对他说,那你留下来做我的弟子吧。

过了几天,公孙龙到燕国去游说国君,来到了黄河边,船却在对岸,公孙龙马上就让"犀利哥"喊船。该哥喉咙真是可以哎,一声过去,气声悠扬而长久,吐字清晰而圆润,信息传递很准确,船家马上就过来了,想想看,几百米的黄河河面,再加上流水汤汤,没有几下子,还真不行。

说到这样的人才,马上想起了水浒里的一百单八将。鲁达林冲武松李逵这些英雄好汉当然是惊天动地的,可是令人印象深刻的却是那些有特殊才能的。最有名的时迁,那个机灵劲,真是活灵活现,没有他偷不来的东西。还有神行太保,小时候,我读水浒,对他崇拜得不得了,关键的一个原因是,如果我能像戴宗一样,那么,走十几里地读书,星期日到很远的山上去砍柴,都不是问题了。后来,我经常买吉尼斯纪录这样的书，看得入神，想知道这些超常人的本事是如何学成的。

也许公孙龙财力雄厚，养得起那么多的门客。否则，他没有必要面面俱到，什么人才都养着，三百六十行，你养得过来吗？到时候要用，人才市场去租赁，又便宜又快捷。但刘安的用意显然不在这，其实，他讲的就是一个态度问题，态度决定一切，你有什么样的态度，就会对待什么样的人才。武大郎开店，基本不会用武二那样的人才。我曾经听过一女老板的人才观：她的秘书、和她比较亲近的员工，一般都用比她长得差的又比她胖的，她本身长得就不怎么样，如果招个如花似玉的，那她受不了，而比她差一截的带出去，老板的优势马上就显示出来了，陪衬也挺好啊。有这样人才观的肯定不少。

识人是最难的，而且每个人都有自己的判断标准。

下面我们看一下孔子的标准。他和学生的谈话里，经常谈论谁谁可以做什么的。现在，我们以《侍坐》为例。

子路、曾晳、冉有、公西华侍坐。子曰："以吾一日长乎尔，毋吾以也。居则曰：'不吾知也！'如或知尔，则何以哉？"子路率尔而对曰："千乘之国，摄乎大国之间，加之以师旅，因之以饥馑。由也为之，比及三年，可使有勇，且知方也。"夫子哂之。"求！尔何如？"对曰："方六七十，如五六十，求也为之，比及三年，可使足民。如其礼乐，以俟君子。""赤！尔何如？"对曰："非曰能之，愿学焉。宗庙之事，如会同，端章甫，愿为小相焉。""点！尔何如？"鼓瑟希，铿尔，舍瑟而作，对曰："异乎三子者之撰。"

——《论语·卷十一·先进》

子路拍着胸脯很牛地对孔子说：老师，您如果派我去一个内忧外患的中等国家做第一把手，即使这个国家的财政状况非常不好，金融危机，差不多要破产了，我也不怕。不用三年，我一定可以使人民振奋精神，精神文明也上一个台阶。振奋精神的前提是什么？那就是人人安居乐业，精神面貌焕然一新呢。

冉有面对子路的气势，笑笑说：假如让我去一个方圆六七十里或者五六十里的乡镇去做一把手，我想用三年的时候，让那里的人民丰衣足食，有吃的，有穿的，家家还有点小存款，这点我不吹牛，至于精神文明搞得怎么样，那要等比我有水平的人来做了。

公西华面对子路和冉有的志向，不好意思地说，我不能保证我能干成什么事，只是我比较愿意学习，对于不懂的事情，我会通过学习的方法尽量去完成。比如，在我们国家举行祭祀大典或者有重要的外交活动中，我愿意穿着礼服，戴着礼帽，做一个小小的司仪。

曾皙这时候正在专心地弹瑟，听到孔先生问他的志向，他就让瑟声缓和下来，然后站起来回答老师的问题。

曾皙说：我没有什么理想哎，我能不说吗？孔子和蔼地笑笑说：没关系的，各言其志嘛。曾皙就说了：我最大的理想是，暮春的季节，穿上散发着棉花气息的新春装，和我的一些大朋友小朋友一起，到清澈的沂水河中去沐浴，然后，到舞雩台上去沐浴春风，最好还弄点儿酒，带点儿花生米茴香豆，一边喝酒一边赋诗，高兴时，还一边唱歌，一边跳舞，抒发心志，尽兴了才回家。

看看老师孔子的态度，他长叹一声说，曾皙的想法和我一样啊。

子曰："何伤乎？亦各言其志也。"曰："莫春者，春服既成，冠者五六人，童子六七人，浴乎沂，风乎舞雩，咏而归。"

夫子喟然叹曰："吾与点也!"三子者出,曾皙后。曾皙曰："夫三子者之言何如?"子曰："亦各言其志也已矣。"曰："夫子何哂由也?"曰:"为国以礼,其言不让,是故哂之。""唯求则非邦也与?""安见方六七十,如五六十,而非邦也者?""唯赤则非邦也与?""宗庙会同,非诸侯而何?赤也为之小,孰能为之大?"

——《论语·卷十一·先进》

孔子为什么独独赞叹曾皙的想法呢?那就需要再解读一下曾皙的理想了。第一,喜欢新事物。他喜欢春天,喜欢在春天穿着新衣服出去玩。喜欢新事物就表示创新能力强,时时想到创新的人,一定能把工作做得很出色。第二,亲近大自然。他要到河里去沐浴,他要到高山去呼喊。大自然中具有无穷的生机和活力,你看那些画家诗人等,有时写不出东西了,只要走进大自然,呼吸一下新鲜气息,就一定有了精神,不说像打了鸡血似的兴奋,至少他会说,找到了感觉。第三,和群众打成一片。不管大朋友小朋友,他总能与他们和谐相处,这样的人具备很好的领导素质,能团结群众,在群众中享有崇高的威信,有很强的号召力,工作一定能顺利开展。第四,懂得劳逸结合。喝酒赋诗,唱歌跳舞,样样在行,不会整天死板地工作又工作,能喝半斤绝不喝四两!

因此,孔子没有看错人,像子路这样,好表现,不成熟,一般不会成为好领导的;冉有又太谦虚,明明有本事,他却不怎么尽力;公西华更加了,他自以为是大知识分子,不屑于基层工作,只想抛头露面(你看他不是想频频出现在外交场合吗)。

孔子继续教育他们说:我的老师老子说了,夫唯不争,故天下莫能与之争。结合曾皙的理想，我老师这句话意义更深刻了：不争其实需要我们平时主动地谦让，但是，不争不意味着放弃，而是要积极地充实自己。当前面两个方面深深地融入你的生活和工作中，并浸入你的为人处事中，你就可能达到下面的结果：战胜对手而不见争斗！这是多高明的人才啊，不知不觉中就达到了自己的宏大目标，心平气和的。

曾皙这样的人才是真正的人才，这样的人必定有大作为。

我一直佩服曾国藩，都说他看人极其厉害，有些书上甚至有些神化。

有次李鸿章带了三个人去给曾国藩考察，刚好曾国藩出去散步了。那三人于是就候着。等曾国藩回来，李学生向他汇报的时候，曾国藩说，这三个人我已经看过了，我现在就可以分派他们工作：面向门庭、站立左边的那个人为人忠厚，办事小心，让人放心，让他去负责后勤军需；中间那个人有些阳奉阴违，心口不一，难以信任，不宜重任；右边那位颇有将才气质，将来定可独当一面。

曾国藩的依据是什么呢？刚才我从他们身边走过，左边那个一直低着头不敢仰视，应是一个老实和谨慎的人；中间那个看似毕恭毕敬，却左顾右盼，似有心机，心机太重的人不可重用；右边那个始终挺拔站立，目视前方，不卑不亢，神情专注，应该是个大将之才。

日后的事实，果真证实了曾国藩的眼力。

那么，曾国藩这套相人术是哪里学来的呢？他肯定看了不少书，相了不少人，但最重要的是积累。他常常把对人的印象记在日记里，这里可以看几则。

王春发：口方鼻正，眼有清光，色丰美，有些出息。

李廷銮：目动面歪，心术不正，打仗或可。

周惠堂：东晚坪人，充水营口官。颧骨好，方口好，面有昏浊气，色浮。不甚可靠。

毛钱陞：鼻梁正，中有断纹。目小，睛无神光。口小。不可恃。

如此看来，曾国藩的相人之术来自平时的细心观察。

当然了，一眼就把人看死，看穿，不会有错吗？肯定有错，绝对有错，曾国藩毕竟不是神仙，说不定神仙也会有看走眼的时候呢。

回到前题"柔弱是生命的本质"，它从不主动出击，在被动中争取主动。"精神是智慧的池塘"，把精神池塘贮满并让它充满活力，就会达到"积羽沉舟"的力量，这就是有呼喊能力的这一类人才必须具备的底蕴。

有了这样的精神动力，何事不能成功呢？可惜的是，作者淮南王刘安功亏一篑，五十九岁时以谋反罪自杀身亡，封国被取消，那些宾客门人都被诛杀，牵连而死的有上万人。

《颜氏家训》——
中国式家教的典范

周作人最喜欢读古人家训这一类的东西，因为一个人作文章，要时刻注意，这是给自己的子女去看去作的，这样写出来的无论平和还是激烈，才够得上诚实，说话负责任。

"虎妈"。"狼爸"。中国的家教真是五花八门。家教的道路千万条，教好了子女才是硬道理。南北朝家教高手颜之推先生，七卷家训，卷卷有名，二十篇文字，篇篇有声。现在读来，仍然不失为中国式家教的好范本。

壹

夜晚发现清晨的错误

吾家风教，素为整密。昔在龆龀，便蒙诱诲。每从两兄，晓夕温清，规行矩步，安辞定色，锵锵翼翼，若朝严君焉。赐以优言，问所好尚，励短引长，莫不恳笃。年始九岁，便丁荼蓼，家涂离散，百口索然。慈兄鞠养，苦辛备至，有仁无威，导示不切。虽读《礼》《传》，微爱属文，颇为凡人之所陶染。肆欲轻言，不修边幅。年十八九，少知砥砺，习若自然，卒难洗荡。二十已后，大过稀焉。每常心共口敌，性与情竞，夜觉晓非，今悔昨失，自怜无教，以至于斯。追思平昔之指，铭肌镂骨；非徒古书之诫，经目过耳也。

——《颜氏家训·序致第一》

孩子们啊，咱家的教风向来是非常严格的。我九岁以前的事现在还历历在目。我跟随两位兄长读书，早晚都要侍奉父母。说话要谨慎，声音要平和，举止要端正，神色要平和，总原则就是，恭敬有礼，待人大方。不瞒你说，我去见父母，压力很大，就像朝见尊严的君王一样。而我的父母，对待我们的态度也极其有度，优雅勉励，循循善诱，鼓励我们发挥自己的兴趣爱好，引导我们延伸自己的爱好特长。

不幸的是，九岁的时候，我父母去世了，是兄长抚养教育了我。兄长毕竟不是父母，虽极尽辛劳，仁爱有加，但威严缺少，于是导致了我一些不好的习气，自以为读书甚好，又受社会的影响，欲望于是放纵，言语于是轻率，还流里流气，不修边幅。到了十八九岁，在外人眼里，我已经算比较优秀了，但仍然有许多不如人意的地方。二十岁以后，大的过错较少发生，但还经常口是心非，常常是，夜晚才发现清晨的错误，今日才悔恨昨日犯下的过失。因此，到现在，我还不断感叹，教育真是非常重要啊。

所以，我写的这些训条，其实都是我自己亲身的体会和教训，希望你们以及你们的子孙，能从中得到一些有益的借鉴。

以我的经验而言，教育子女的原则有三方面要重视。

第一，从小教育，终身教育。

人是一定要教育的，不教就不知，从小教育的道理大家都懂。古时候的圣王，他们都有"胎教"的做法：怀孕三个月，就要单独另住，眼睛不能斜视，耳朵不能乱听，听音乐吃美味，都要按照礼义加以节制。这都是为了给未来的孩子营造一个良好的环境啊。孩子还是幼儿时，就要给他们讲孝、仁、礼、义，引导他们学习，这都是因为孩子还小，脑子里什么都没有，要将这些好的善的东西灌输进去。

大家想一想，等子女骄横傲慢的习气已经养成后再去制止，为时就已晚了，即使把子女鞭抽、棍打至死，也难以树立起父母的威信，对子女的愤怒与日俱增，招来的却是子女的怨恨，等到子女长大成人时，注定会做出伤风败俗的事情。

孔夫子说：少成若天性，习惯如自然。讲的就是这样的道理吧。

吾见世间，无教而有爱，每不能然；饮食运为，恣其所欲，宜诫翻奖，应呵反笑，至有识知，谓法当尔。骄慢已习，方复制之，捶挞至死而无威，忿怒日隆而增怨，逮于成长，终为败德。孔子云："少成若天性，习惯如自然。"是也。俗谚曰："教妇初来，教儿婴孩。"诚哉斯语。

——《颜氏家训·教子第二》

因为人非圣人，在工作和学习中肯定要犯错误的。因此，终身教育也是个很重要的话题。不要以为你们长大成人了，就翅膀硬了，就什么事情都能做对了。我给你们举两个简单的例子吧。一个是大司马王僧辩的故事，他四十岁的时候，已经是一个统率三千人的将军了，但稍有不合意的言行，他的老母亲仍然会用棍棒教训他，正是因为有母亲这样的督导，他才会功成名就。另一个是梁元帝时的一位学士，很有才华，但自小就受到父亲宠爱，他若有一句话说得有道理，他父亲便广为宣传，恨不得全世界的人都知道，一年到头都赞不绝口，但若有一件事做错了，他父亲便千方百计替他遮掩粉饰，希望他自己能悄悄改正。这个学士成年后，他的所作所为大家就可想而知了，最后因为说话不检点，得罪了将官，被人杀死，把他的肠子抽出来，血涂在战鼓上！

忽然想起孟子那位伟大的妈妈来。老人家三迁的故事就不说了。即便孟子如此有成就，长大后也离不开母亲的教育。

《韩诗外传》卷九有这样的文字：孟子妻独居，踞。孟子入户视之，白其母，曰："妇无礼，请去之。"母曰："何也？"曰："踞。"其母曰："何知之？"孟子曰："我亲见之。"母曰："乃汝无礼也，非妇无礼。《礼》不云乎：将入门，问孰存；将上堂，声必扬；将入户，视必下。不掩人不备也。今汝独往燕私之处，入户不有声，令人踞而视之，是汝无礼也，非妇无礼也。"于是孟子自责，不敢去妇。

看来，古人比我们要有礼节。人在室内，外边来人，不敲门就直接推门闯入，这在古代被认作不懂礼貌的行为。孟子想要离婚，他的理由是他老婆没礼貌，这里的"踞"，大概是张开两腿坐在床边的意思。这个坐相，对孟子来说，真是太没有教养了！这样没教养的老婆不离婚干什么？然而，孟老妈明察秋毫，你如何看见的？孟子不打自招，原来是他自己没礼貌，进屋不先打招呼，推门而入，看到老婆坐相不端正就认为无礼。想想看，谁还没有个里外有别嘛！

孟子的例子我认为非常恰当，它能说明两个问题：一是终身教育非常重要；二是家教和礼节无处不在。

前两天，我在《南方周末》上读到北野先生的一篇微叙事《和田》，文章大意是这样的：1985年的秋天，在塔克拉玛干大沙漠南部的于田县英巴格乡，作者看到一位九十七岁的白胡须老翁，在他家门前的无花果树下很伤心，作者就问：是谁惹您如此伤心呢？老人停止抽泣说：没有人惹我伤心，是我惹了我妈妈伤心，她刚刚打了我一顿，因为今天早上我偷吃了她藏在屋顶的蜂蜜。作者请求拜见老人的母亲。花白的头发上还扎着小辫子、一百一十三岁的母亲，看到儿子领回了客人，很高兴，一边为客人煮茶，一边还不断诉说：我的这个巴郎子，从小就不听话，现在如果不打他，将来长大就管不住了！

这样温暖而又幽默的情景，如果没有具体的时间地点，都要让人怀疑。然而，抛开所有情节外的因素，单就教育讲，真的是终身教育的活生生案例。

第二，父母与子女之间要讲严肃，而不可以太轻率，要有爱，但不可以太简慢。

说实话，过分亲昵不是什么好事情。《礼记》中说，绝大多数有身份的读书人，他们父子间都是分室而居的，长辈身体不好，晚辈照料，长辈平时起床后，晚辈来收拾料理，这都是礼节。

第三，喜爱自己的孩子，但要做到公平。

一个孩子无所谓，但几个孩子，就会有公平问题。不是有这样的话吗？只要有两个人在，就会有政治问题，教育孩子也是这样。孩子之间的公平如果处理不好，也会出大事情的。共叔段的死，其实是他母亲过分溺爱造成的，赵王如意被毒杀，也是他父亲刘邦促成的。

承接前面的主要话题，夜晚发现清晨的错误。我以为，颜先生不过是做了强调而已，"吾日三省"老早就成为至理名言了，然而，要将这样的话语化为实际的行动，却不知道有多难。

从古到今，人们一直在强调内省、自省，为的是少犯错误。整个西方的启蒙思想精髓，也可以归纳为康德的一句话：人的职责是勇敢地使用自己的理性。

不过，有许多人的思维逻辑是，一边认真地自省，一边仍然屡犯，此谓现代人的虚心接受，屡教不改也！

君子必慎交游焉

> 是以与善人居，如入芝兰之室，久而自芳也；与恶人居，
> 如入鲍鱼之肆，久而自臭也。墨子悲于染丝，是之谓矣。君子
> 必慎交游焉。孔子曰："无友不如己者。"颜、闵之徒，何可世
> 得，但优于我，便足贵之。
>
> ——《颜氏家训·慕贤第七》

交友这个话题似乎又是老生常谈。

一般的观点是，近朱者赤，近墨者黑。再打个形象一点的比方
是，和善良的人住在一起，就如同进入满是芷草、兰花的屋子，时
间久了，自己也会变得芳香四溢；反过来说，如果和恶人住在一起，
就如同进入卖鲍鱼的店铺，时间一久自然就会腥臭。

看来，古人的生活条件比我们好，我们现在能以吃到鲍鱼为荣，
因为贵啊。而那个时候，鲍鱼是一种用盐渍过的鱼，有一种很浓的
腥臭味。我的鲍姓师弟，常常向人介绍鲍鱼的鲍，如果和他说了这
个鲍鱼的鲍，他恐怕要郁闷了。

扯远了。

那么，什么是真正的友呢？什么样的人可以称为友呢？

圣人一定是可以做朋友的，但是，圣人太少了。少到什么程度？
一千年出一位圣人，还近得像从早到晚之间，五百年出一位贤人，

还密得像肩碰肩。这个意思是说，圣贤不是随便就会产生的，那也就是说，我们一般人是不太可能碰得到可以给我们人生以明确指导的圣贤的。所以，就大多数人来说，只要善良就可以做朋友了，善良是一切的基础，善是推动社会进步的杠杆，一个人善了，纵然没有多大的本事，也是可以结交的。

正因为圣贤少，所以我们不能把眼睛只盯着圣贤，那只是立在晴空中的标杆。所以，我们必须从脚下的实际做起，从身边做起，我们身边就有许多可以学习的实实在在的榜样。

而我们大家都有这样的观点，从小在一起长大的人，尽管他已经成了贤士哲人，但是往往轻慢他，缺少礼貌和尊敬。最典型的要数孔夫子了，你看，他因为住在东边，鲁国当地人，他的老乡们，并不敬重他，只称他为"东家丘"，你们说孔子很有本事，我们怎么没有见识到呢？孔夫子不就是住在我们村东边的那个姓孔名丘的半老头吗？周游列国时，子路找不着大部队了，于是问了田间正在劳动的老人：你看见我的老师了吗？就是那个很有名的孔丘先生？老人说：四体不勤，五谷不分，你的老师是谁啊？

我们是不能怪孔子的乡邻及那鄙视子路的老人的，他们所表达的人才观，恰恰非常普遍，就是，人才基本是别处的好，即便是和尚，也是外来的和尚会念经。我们对于外地人才，往往凭着一点风传的名声，也不去考证，人云亦云，伸长脖子，踮起脚尖，如饥似渴，朝思暮盼，作望眼欲穿状，其实都是为了替自己脸上贴金。

还有一个事情必须说一下，就是我们如何对待古人。如果从古人那里学到了有用的东西，一定要注明是从哪里学来的，这也是一种交友。比如，你陆春祥写的这一组读典笔记，一定是先认真仔细研读了古人原著，从而引发了自己的一些感悟，但一定要注明出处，这并不是你的原创，你只是站在古人的肩膀上做一下瞭望状而已，仅此而已。

可是，我们很多人往往不这样，他们会把别人的一个建议、一种美德，说成自己的，有些有名有权有势的，有时还会组织专门班子，雇佣一些人，让他们为自己干活，什么名人传记，什么我的故事，都是枪手所为，但他们毫不知耻。因为枪手的无名，因为枪手的卑微，所以，枪手的一切功绩只能归于那些不知耻者。打个比方说，偷窃人家的金银财宝，必定要受到刑法的处置，但偷窃人家的功劳而据为己有，却很安全。他们的理由是，我已经支付了你的劳动成本，谁让我这么有名呢？

如果把注明出处叫作感恩，那么，将别人的东西据为己有，叫什么呢？我一下还想不出妥帖的说法。

无论宏观还是微观，交友都事关自身的成败。

叁

不勤学则一辈子受辱

不管什么时代，人生在世，都要有所专长的。

农民则商议耕稼，商人则讨论贸易，工匠则关注器械，武夫则练习弓马，文士则要讲究读书。从另一个角度说，父兄你不可能永远依靠，家乡也不可能永远保有，一朝流离，没人保佑，只有依靠自己了。谚语说得好：积财千万，不如薄技在身。

技还是容易学习的，三五年，只要不是太笨，养家糊口基本还能做得到。技都有这么可贵，更不要说读书了。朝代更替，变化无常，那些不学无术的贵族子弟都成了百无一用的蠢材，而那些有学问、有技术的人，无论在什么地方，都可以凭自己的本事安居乐业。

所以，我们如果不效仿古人勤奋好学的榜样，就像盖着被子蒙头睡大觉，什么也不知道！而学习的好处真是太多了，打个比方，学习好比种树：春天赏玩花朵，秋天收获果实；讲说讨论文章，就好比是春天的花朵；修身利行，就好比秋天收获果实。

因此，勤学的第一要义是，只要是一个行业里出类拔萃的，都是我们学习的对象。不管是务农的，做工的，经商的，当仆人的，还是钓鱼的，杀猪的，喂牛的，牧羊的，都有显达而贤明的先辈。如果以这样的态度去博学寻求，成就事业的概率就会大大增加了！

第二要把握的是，勤学也要趁早。早教的好处我就不细说了，幼年时期学习，脑子里就如同刻录机一般。我（颜之推）七岁的时候，背诵过《鲁灵光殿赋》，直到今天，每隔十年温习一次，还不曾遗忘。可是，二十岁以后背诵的经书，如果一个月不去温习，就很容易荒废。要提醒你们的是，我这个学习要趁早，和孔夫子说的，五十岁开始学易经，是不矛盾的，因为有许多的经典，艰深难懂，不是什么人都能读得懂的，完全理解它们，还要一定的人生积累，所以，夫子才会说五十读易。再一点要明确，趁早学习，和年纪大了才读书也不矛盾的，有的人是小时家贫，读不起书，不要以为成年了还没有开始学习，就认为学习的时机已过，这是很愚蠢的。我的观点是，只要想学习，什么时候都来得及，举个极端的例子，曾参七十岁才开始学习，他也终于名闻天下。

因此，幼年学习就像太阳刚升起的光芒，老年学习，就像夜里走路拿着蜡烛，总比闭上眼睛什么也看不见要好。

人生小幼，精神专利，长成已后，思虑散逸，固须早教，勿失机也。吾七岁时，诵《灵光殿赋》，至于今日，十年一理，犹不遗忘。二十之外，所诵经书，一月废置，便至荒芜矣。然人有坎壈，失于盛年，犹当晚学，不可自弃。孔子云："五十以学《易》，可以无大过矣。"魏武、袁遗，老而弥笃，此皆少学而至老不倦也。曾子七十乃学，名闻天下；荀卿五十，始来游学，犹为硕儒；公孙弘四十余，方读《春秋》，以此遂登丞相；朱云亦四十，始学《易》《论语》，皇甫谧二十，始受《孝经》《论语》，皆终成大儒：此并早迷而晚寤也。世人婚冠未学，便称迟暮，因循面墙，亦为愚耳。幼而学者，如日出之光；老而学者，如秉烛夜行，犹贤乎暝目而无见者也。

——《颜氏家训·勉学第八》

第三要注意学习的实用性。不是我功利，学习总要有所使用的，否则不学也罢。如果只会清谈，只会拘泥章句，只会背诵师长的言论，你问他一句话，他回答你一百句，如果再问他说话的主旨，他就会张口结舌无所适从，这种博士卖驴的学问，是没有什么用处的。所以，你们应当利用有效的时间，去广泛阅览那些有用的知识，并借此来提高自己的实践能力，孔夫子说了：学也，禄在其中矣。什么意思？好好学习的话，俸禄就在其中了！

第四，勤学的毅力。这是坚持下去，或者说是成功的关键。苏秦用锥子刺大腿防瞌睡，孙康借助雪地里的夜光读诗书，车胤用袋子收集萤火虫来照明读书，这些故事都是家喻户晓了，想必你们都已经知道。现在，我再给你们说一下朱詹苦学的故事。这个故事也深深地感动了我。

义阳的朱詹，非常好学，但家境极为贫寒，有时接连数日都无米下锅，就经常吞吃用过的纸来充饥。严寒的冬天没有毡被御寒，只得抱着家里的狗睡觉。狗也很可怜啊，饿得两肚紧瘪，实在忍不住，就跑到别人家去偷东西吃，尽管朱詹大声呼唤，饿急的狗也不再回来，朱詹叫狗的声音，凄凄惨惨，让听到的邻居都极为悲伤。尽管朱詹如此的穷困潦倒，连最忠心的狗都弃他而去，可他仍然不改初衷，苦学不辍，最后终于成了一位令人尊敬的学士，且官至镇南录事参军，连孝元帝都非常敬重他。

义阳朱詹，世居江陵，后出扬都，好学，家贫无资，累日不爨，乃时吞纸以实腹。寒无毡被，抱犬而卧。犬亦饥虚，起行盗食，呼之不至，哀声动邻，犹不废业，卒成学士，官至镇南录事参军，为孝元所礼。此乃不可为之事，亦是勤学之一人。

——《颜氏家训·勉学第八》

第五，勤学的方法。会不会读书，还有方法问题，成功的人都是勤奋的，但勤奋的人不一定都会成功，这其中就有方法问题。《尚书》上说的，只有喜爱提问的人，才能够获得更多的知识。《礼经》上也说，独自学习而不与朋友共同商榷，便会孤陋寡闻，这都说到了一些方法问题。从我自身所积累的一些方法看，主要有以下两点：

共同切磋，相互启发。学海无涯，一不小心就会闹笑话。江南有一位权贵，读了误本的《蜀都赋》注释，书中把"蹲鸱"解释成"芋"，巧的是，这个"芋"又错写成"羊"，后来有人给他送羊肉，他竟回信说："谢谢您惠赠的蹲鸱。"满朝官员对此都十分惊骇，不知道他用的是什么典故，很久以后才找到出处，也知道是这么回事。试想一下，如果，这位权贵，问问人，切磋一下，就不会有这样的差错了。这样的例子比比皆是，列举不完，太多了，这都是不交流沟通引起的。

援引事例，切忌道听途说。一些士大夫，不肯读书学习，又怕别人把他看成庸俗浅薄之人，就把一些耳闻之说拿来牵强附会，装饰门面。提起吃饭就说是糊口，谈到钱就说孔方，问所迁之处就讲成楚丘，谈论婚嫁就说是燕尔，提起姓王的人便都称"仲宣"，说到姓刘的人全称为"公干"，若有人问起这些典故的出处和意思，就没有一个人能说得清楚了，用到言谈和文章中，常常是不伦不类，令人啼笑皆非。

举个我亲身碰到的例子。我在益都的时候，有一天，天刚放晴，阳光格外明媚，我和几个人坐在一起聊天，忽然发现地上有许多个小亮点，就问身边的人：这是什么东西？有一个蜀地的童仆弯腰看了看回答说：这是豆逼呀！大家听了都有些吃惊，不知道这个"豆逼"是什么东西。我让他取来看，原来竟是一颗小豆粒。为此，我便问了许多蜀地人士，为什么把这个"粒"叫作"逼"，当时竟无人能解释清楚。我便告诉他们：《说文解字》中，这个"逼"字是"白"下加"匕"的"皀"，解释为"豆粒"，大家听了都很高兴，终于明白了这种称呼的缘由。

吾在益州，与数人同坐，初晴日晃，见地上小光，问左右："此是何物？"有一蜀竖就视，答云："是豆逼耳。"相顾愕然，不知所谓。命取将来，乃小豆也。穷访蜀土，呼粒为逼，时莫之解。吾云："《三苍》《说文》，此字白下为匕，皆训粒，

《通俗文》音方力反。"众皆欢悟。

——《颜氏家训·勉学第八》

上面这个例子不是说我多有水平，只是说，学问无处不在，但一定要和现实结合起来。

下面再结合自己的读书，和你们说一个最新的研究心得。

《礼记》上有句话"定犹豫，决嫌疑"，《离骚》中也有句"心犹豫而狐疑"，前代学者都没有人对这句话进行解释。《说文解字》上有"陇西人称小狗为犹"，考查《尸子》，上也有"身长五尺的狗叫作犹"。你们不是常见到一个有趣的现象吗？人带着狗一起走路，狗喜欢事先跑到前面等，等人等不到，又跑回来迎接，像这样跑来跑去，直至一天结束。这就是"豫"字解释为左右不定的缘故，因此把狗叫作"犹豫"。也有人根据《尔雅》中说的"犹长得像麂，善于攀爬树木"的说法，认为犹是某种野兽的名字，听到人的声音后，就预先爬到树木上，人离开再爬下来，像这样上上下下，所以称为犹豫。另外，狐狸生性多疑，总要听到河里面冰下没有流水声后，才敢在冰上过河。

《礼》云："定犹豫，决嫌疑。"《离骚》曰："心犹豫而狐疑。"先儒未有释者。案：《尸子》曰："五尺犬为犹。"《说文》云："陇西谓犬子为犹。"吾以为人将犬行，犬好豫在人前，待人不得，又来迎候，如此往还，至于终日，斯乃豫之所以为未定也，故称犹豫。或以《尔雅》曰："犹如麂，善登木。"犹，兽名也，既闻人声，乃豫缘木，如此上下，故称犹豫。狐之为兽，又多猜疑，故听河冰无流水声，然后敢渡。今俗云："狐疑，虎卜。"则其义也。

——《颜氏家训·书证第十七》

总算弄清楚"犹豫"了！

总之，勤学体现在我们生活和工作的每一个细节中。勤学是人的立身之本。不勤学，一辈子都不得安宁。

肆

"三易"原则作文章

说了勤学，下面我要给你们讲关于文章的作法了。

虽然刘勰《文心雕龙》已经给你们说了很多作文章的实践和理论，他的道理都十分正确，我这里只是补充或者强调。

我很欣赏沈约先生的观点：文章当遵从"三易"原则，第一是要选用易于被人接受和理解的典故；第二是使用容易认识的文字；第三则是便于诵读。按我的理解，用典让人感觉不出来，就仿佛是写作者从内心发出的言语，将最深奥最复杂的用最浅显最简单的说出来，那是真本事，要活化，不要泥古；容易认识的文字，那更好理解了，毕竟现在有文化的人不是很多，有许多人识字也有限，如果用一些生僻偏冷的文字，势必让人理解不了；至于诵读，那必须是朗朗上口的，在许多的场合，文章都可以诵读，一来活跃气氛，二来也能达到交流的目的。

文章千古事，因此，要全面理解这个如何作文章还是要下一些功夫的。

文章的本质，就是要表明兴致，抒发感情。如果用这个标准来衡量一下我们的周围，你们很快就会发现，有些人是偏离了这个原则的，他们往往将文章当成追逐名利的工具，有了这样的前提，会写文章的人往往恃才自夸，忽视操守，他们甚至都到了这样的地步：只要有一个典故用得恰当，一句诗文写得清丽奇巧，就会神采飞扬，心气高傲，孤芳自赏，目中无人，甚至还雄视千载名人。

近在并州，有一士族，好为可笑诗赋，诮擎邢魏诸公，众共嘲弄，虚相赞说，便击牛酾酒，招延声誉。其妻，明鉴妇人也，泣而谏之。此人叹曰："才华不为妻子所容，何况行路！"至死不觉。自见之谓明，此诚难也。

——《颜氏家训·文章第九》

我看当世有些人，根本没有才思，却自称文章清丽华美，还装模作样开作品研讨会，并把这些拙劣的文章四处散布。最近我在并州，就见到一位这样的人士。这个人喜欢写一些可笑的诗赋，人们都嘲弄他，假意称赞他的诗赋，这人于是信以为真，竟杀牛斟酒，大宴宾朋，希望通过结交名人来扩大自己的声誉。可是，此人的妻子心里很清楚，自己先生文章有几斤几两，哭着劝他不要这样张扬，自己印成集子，娱乐一下也就得了，干吗要这样啊？！此人却叹着气说：我的才华不被妻子承认，可是我真的是有才华啊！这个人到死也不醒悟。

上面这个例子告诉你们，学作文章，可以先和亲友商量一下，得到他们的评判，知道拿得出去，然后出手，千万不要自我感觉良好，为旁人所取笑，如果自以为是，必定贻笑大方。

自古以来写文章的人不计其数，但是，能达到宏伟精美境界的，不过几十篇而已。只要符合文章的基本格式，辞意表达得较为贴切，就可以称为作家了，但要写出流芳百世的作品，几乎像要黄河澄清那样是不太可能的事了！

　　好文章的标准应该是这样的：以义理为核心心肾，以气韵格调为筋骨，以用典合宜为皮肤，以华丽的辞藻为冠冕。这个标准和沈约的"三易"原则其实是不矛盾的，它更强调的是文章的内在，用典合宜，就会变成自己的东西，就如皮肤，那是自然天成，如果用了不合宜的典故，那就像人身上贴了一块不合适的狗皮膏药，要多难看有多难看，总之让人感觉是多余的。而现在许多文章，多追求华丽的辞藻，浮华艳丽，这就像一个畸形的人，头上戴了顶硕大的帽子，而且这顶帽子还五彩缤纷，和下面的脸、身材，完全不搭调，很像万圣节上游行的鬼怪，自己认为很帅，但很容易吓到人！

　　　　文章当以理致为心肾，气调为筋骨，事义为皮肤，华丽为冠冕。今世相承，趋末弃本，率多浮艳。辞与理竞，辞胜而理伏；事与才争，事繁而才损，放逸者流宕而忘归，穿凿者补缀而不足。

　　　　　　　　　　　　　　　　　　——《颜氏家训·文章篇第九》

　　照以上标准，就如我前面说的，确实没有多少可以称得上好文章的。而且，虽然能写出好文章的人很少，但评判文章好坏的评论家很多，此谓没吃过猪肉，还没见过猪跑吗？我举一个例子来说明。

　　王籍的《入若耶溪》诗中有："蝉噪林愈静，鸟鸣山更幽。"江南人认为这两句诗无与伦比，没有人说不好。简文帝吟诵这两句诗后，也久久无法忘怀，孝元帝诵读品味，认为再无人能写出如此佳句，以至在《怀旧志》中，把这两句诗记载于《王籍传》中。可是，范阳人卢询祖却有异议，他说：这两句根本不能算诗，怎么说他有才华呢？《诗经》上有这样的句子："萧萧马鸣，悠悠旆旌。"这里的诗意就是安静而不嘈杂。我很赞叹他这个解释，真的是这样，王籍也不是原创，他的诗意就是由此产生的，只不过，他用活了，将动与静搭配得非常合理，如果山林间无声，便觉死气沉沉，而在寂静的山林间，安排一两个活物，反而更显山林的幽静。

我对王籍的诗还是赞叹不已，且不说他能将《诗经》点石成金，他这种表现手法，被后世的许多文人画家学得，"深山藏古寺"的表达方法就源自王籍的诗手法。

结合颜先生的文章理论，布衣我也有些实践心得。我给陆地同学曾经细细地讲过六个字：角度小，角度新。我以为，任何文章，按我的理解，有了这六个字，也能将文章做到七八分。

角度小，越小越好，小了方能深入，小了方能鲜活。

角度新，越新越好，新了方能牵引读者，新了方能记忆恒久。

小和新互为关联，互为前提，小了就新了，新了就会小。

比如，我刚刚看到一则趣闻，可以是一个很好的素材：有个西班牙女子叫安吉拉斯·杜兰的，向当地一位公证人注册，将太阳登记为她的个人财产，所有使用太阳的人都必须付费给她。2010年11月，致力环保事业、对全球变暖问题异常关注的美国前副总统戈尔，听说杜兰抢先对太阳拥有所有权后，到法院对她提出控告，要求她对她家的太阳给地球带来的全球变暖问题负责。

伍

貌丑镜子里不会出现美影

现在，我要着重告诫你们的是，在你们的工作和生活中，名和实一定要相符，如果以种种伪装来图好名声，这种虚名总归要败露，崇实求名不完全是对个人修养的要求，它也是为了勉励世人树立起好的风气。

我们首先关注一个很普通的物理现象：容貌美丽，影就一定美，反之亦然。现在有些人不注重自身的修养，却奢望有个好名声传扬于世，那就好比容貌很丑的人，要求镜子里出现美好的影子一样，一定是妄想。

名之与实，犹形之与影也。德艺周厚，则名必善焉；容色姝丽，则影必美焉。今不修身而求个名于世者，犹貌甚恶而责妍影于镜也。上士忘名，中士立名，下士窃名。忘名者，体道合德，享鬼神之福佑，非所以求名也；立名者，修身慎行，惧荣观之不显，非所以让名也；窃名者，厚貌深奸，干浮华之虚称，非所以得名也。

——《颜氏家训·名实第十》

对于这个名声，我观察了社会上的人，认为可以分三个层次：品德高尚的人忘记名声；中等品德的人努力去建立好名声；品德低劣的人则竭力窃取好名声。忘记名声的人是很难见到的，近乎圣人。比较多见的是树立名声的人，他们努力提高自身的道德修养，谨慎行事，时刻担心自己的荣誉在世上难以宣扬，所以他们对名声是不会谦让的。第三类窃取名声的人，其实是外表敦厚而内心奸险，做任何事情都只是谋求浮华的虚名。

依我之见，第一类忘记名声的人，他应该是我们努力和追求的方向，就好比我们的人生目标中，一定要有一个标杆，有了这标杆，你的人生才会丰满而充实，才不会虚度年华。不是说一定能做到，但起码是一种境界，有了这种境界，你的人生就会和别人不一样。我曾看过一个礼佛的小故事：一女子显达以前，身上只有二钱银子，她到庙里去拜佛施舍，住持都出来接待。后来，此女子做了贵妃，她又去那个让她曾经印象深刻并带来好运的庙里拜佛，并且大方地施舍千两银子，可是，住持却不见她。她很纳闷，想问个究竟，住持托人带话给她说，当初她是虔诚的，不带杂质的，所以，他出来接待，而今她是显摆，是张扬，所以，从价值来说，她现在的一千两银子还不如先前的二钱银子。

所以，有所求的最高境界应该是无所求，包括名声。

然而，无论哪个社会，第二种追求名声的人是大量的，他们也是推动社会进步的主要力量，正是有了他们这种对名声的孜孜以求，才会使社会风正气清。

细分起来，这一类也还是有许多类型的。

最高境界是那种不完全为名声的自觉行动，他们之所以需要名声，是因为名声其实也是一种鞭策，一种激励，因为他们不想让坏名声留下来，从这个角度说，这样在乎名声，和那些鸟爱惜自己漂亮的羽毛，道理是一样的，自己的名声自己都不爱护，那又有谁来爱护你呢？

另一类时刻追求名声的也要注意，因为他已经离第三类窃取虚名的不远了，甚至有的时候，会连成一体。因为太追求名声，可能就会不择手段，在镜头前，笑容满面，好像责任感很强，拿着一张纸板大支票，有的还要发表感言，等捐款仪式完成后，真要掏数十万数百万甚至数千万的善款时，他却要赖皮了。红十字会每年都有这样的例子，起先我很惊愕，居然还有这样的人，后来想想，也释然了，他们图的就是名和利，当他认为这样做并不能真正带来名和利时，他什么事情都做得出来，而不在乎另外的名和利了。

这一类追求名声，还应该注意尺度问题，一不小心也会毁掉自己长期积累起来的名声的。有一个人在一个地方做县令，非常勤勉，他每次派遣兵差，都要握手相送，还用公款购买礼物，送给每个人，说：上边有命令要麻烦你们，我感情上实在不忍，路上饥渴，送这些东西以表思念。哎呀，民众对他那个称赞啊，好评如潮。后来他调到另一个地方去做官，仍然沿用以前的做法，用公款送礼，这种费用一天天增多，就没有实力再继续下去了。这个例子我想有两点必须强调：一是你追求名声确实要量力而行，因为你的动机不是很纯，认为人家得了你的利一定要感恩于你，一定要说你的好，可是，你想没想过，等你有一天没有能力给人家礼物的时候，那会是什么情景呢？二是用公款来获取自己的好名声，更加要不得，真正的沽名钓誉。如果是让全体老百姓都得实惠，则没话可说，那是替纳税人办实事。

至于第三类窃取名声的人，那真是太多了，数也数不清。有个大贵人，以孝著称，他因为死了父母而哀伤过度，被人称赞。可是，他在居丧期间，竟然用巴豆涂抹脸颊，使脸上长出了许多疮疤，他是想借此表明他哭得有多伤心，可是身边的仆人们，非常看不惯，就将这件事传扬了出去，因为这一件小事，许多人便不再相信他的孝心了。你们看看，因为一件事情的假，从而毁掉了百件事情的真，这就是贪名的结果啊！那种捐款不兑现的，和这个涂巴豆的贵人，数千年过去，行为却是非常的相似。

近有大贵，以孝著声，前后居丧，哀毁逾制，亦足以高于人矣。而尝于苫块之中，以巴豆涂脸，遂使成疮，表哭泣之过。左右童竖，不能掩之，益使外人谓其居处饮食，皆为不信。以一伪丧百诚者，乃贪名不已故也！

——《颜氏家训·名实第十》

两千两百多年前的某天，魏国国君安釐王问孔斌，谁是天下高士？孔斌说：世上根本不可能有完美无瑕的君子，如果退而求其次的话，鲁仲连勉强算一个。安釐王并不赞同他的观点：鲁这个人我认为不怎么样，此人表里不一，他的行为举止都是强迫自己做出来的，并非本性的自然流露。孔斌这样回答：作之不止，乃成君子。什么意思呢？就是说人本性都差不多的，都要强迫自己去做一些事情，管他是真心还是假意，假如能不停地这么做下去的话，到最后习惯成自然，也就成了君子。

这个世界上的芸芸众生，基本都是爱慕名声的，我们可以根据人类的这种特性而设法引导他们走上符合规范的正道。"作之不止"，这也算是一种因外在约束而产生的精神行为。当经年不息的外在约束变成内在行为以后，它就成了一种习惯，一种自觉，一种责任，一种浸入骨髓的素质。

一个人广做善事而树立名声，就像建房屋栽果树一样，生前可以得到好处不说，死后还能惠及后代呢。

陆

颜氏警句列举

1.无多言，多言多败；无多事，多事多患。

——不要多说话，多说话会多失败；不要多事，多事会多祸害。颜氏一生谨遵此训，他自己说，他从南方走到北方，从未曾说过一句有关自己家世、地位和资历的话，虽然没能富贵显达，但也绝无怨言。

2.肠不可冷，腹不可热，当以仁义为节文尔。

——人生在世，肠不应冷，腹不可热，应当以仁义来节制自己的言行举止。

3.欲不可纵，志不可满。宇宙可臻其极，情性不知其穷，唯在少欲知止，为立涯限尔。

——欲望不可以放纵，志向不可以满盈，宇宙还可以到达它的边缘，情性则没有尽头，只有想办法减少欲望而且知足，每个人都应该为自己的欲望划出一个最大的边界。

4.习五兵，便乘骑，正可称武夫尔。今世士大夫，但不读书，即称武夫儿，乃饭囊酒瓮也。

——熟练五种兵器，擅长骑马，这才可以称得上武夫。而现在的士大夫们，根本不读书，却自称为武夫，实际上是酒囊饭袋罢了。

5. 膏粱难整，以其为骄奢自足，不能克励也。

——整天享用精美食物的人，很难成为品行端正的，味厚必败。这是因为他们骄横奢侈，自我满足，而不能克制勉励自己。

6. 今有施则奢，俭则吝，如能施而不奢，俭而不吝，可矣。

——当今常有讲施舍就成为奢侈，讲节俭就进入到吝啬，如果能够做到施舍而不奢侈，俭省而不吝啬，那就很好了。

7. 借人典籍，皆须爱护，先有缺坏，就为补治，此亦士大夫百行之一也。

——借人家的书籍，必须爱护好，如果原先有缺失损坏的卷页，也要给他一并修补完好，这也是士大夫的百种善行之一。

《贞观政要》——清明政治的理想蓝本

壹　三面镜子说自律

贰　烹小鲜的几对重要关系

叁　选一个好官有多难？

肆　米是如何生产出来的？

伍　关于殡葬改革的决定

陆　「吐哺」乱弹

柒　想尽办法给人以生的理由

如果李世民将他费尽心机夺来的江山，治理得一塌糊涂的话，那他一定臭名昭著，就这点水平，还想治理天下？幸亏有"贞观之治"！我们从唐人吴兢《贞观政要》中看到的是一个活得并不轻松，甚至非常累的唐太宗，整天心事重重，一点也不潇洒。虽然武媚娘十四岁就跟了他，估计也是大大地力不从心。

不过，因为他活得累，因为他的从善如流，才有了满篇皆是高头讲章的《贞观政要》。他着力营造大唐的清明政治生态环境，已成为后世统治者的理想蓝本。

———— 壹 ————

三面镜子说自律

李世民应该非常清楚，李唐江山得来不容易，前朝往事就像昨天发生的一样，他又是亲历者。

新朝初建，创业者基本都能兢兢业业，只是李世民做得更好而已。

怎样才能避免前朝的惨亡？他的自律不能不说起了重大的作用，即便扶助的人再强，如果没有先天的基本素质，也不可能成功。

于是，三面镜子就成为后人的瑰宝了。

魏征去世后，李世民伤心了很久，后来他常常对身边的大臣说：

用铜来做镜子，可以正衣冠；用历史来做镜子，可以知道朝代的兴衰更替；用人来做镜子，可以明白自己的得失。我是经常用这三面镜子防止自己的过失，如今魏征去世了，我损失了一面重要的镜子啊。

　　太宗后尝谓侍臣曰："夫以铜为镜，可以正衣冠；以古为镜，可以知兴替；以人为镜，可以明得失。朕常保此三镜，以防己过。今魏征殂逝，遂亡一镜矣！"因泣下久之。乃诏曰："昔惟魏征，每显予过。自其逝也，虽过莫彰。朕岂独有非于往时，而皆是于兹日？故亦庶僚苟顺，难触龙鳞者欤！所以虚己外求，披迷内省。言而不用，朕所甘心。用而不言，谁之责也？自斯已后，各悉乃诚。若有是非，直言无隐。"

　　　　　　　　　　　　　　　　　——《贞观政要·任贤第三》

　　有谁能够约束皇帝？法律不是他制定的吗？王子犯法与庶民同罪，执行起来难度却不小，连包拯那样的，都要三思而后行。因此，特别要讲求自律。

　　第一面镜子，是日常生活的必需。有些事情，我们必须借助外力才能达到，因为，我们不能把自己的脖子往上提。正衣冠不仅是日常礼仪的需要，也是文明程度的体现，更是对别人的尊重，那么，铜镜就可以帮助我们达到这个目的。从普遍性来说，这面镜子人人都可以使用，而且效果立竿见影。

　　第二面镜子，是自身素质的积累。人都有认知上的局限性，会犯各种各样的错误，但正因为是人，他会善于接受教训，那些教训，是历史经验的积累，人类社会的前进，正是这样曲折而行的。那些曲折，已经被历史经验多次证明，为什么还要去犯呢？想一想，真是犯不着。也许，历史的最大价值就在这儿。

第三面镜子，是参照物，也是一种软约束。虽然各个朝代都设有谏官之类，但是，鉴于人喜欢听好话的共通性，也鉴于提意见人的趋利性，要真正听到意见，要长期听到意见，要真正执行意见，那还是很难的。齐桓公的例子，也许是最典型的了，开方、竖刁、易牙，他们那种"敬业"程度，一般人也不具备，难怪桓公会改变想法。但，最终的结局是桓公惨死。

所以，出一面魏征这样的镜子，不要说李世民时代不容易，就整个社会发展的大历史看，也很不容易。因此，李世民就格外珍惜。

他对这面镜子可谓用尽其能：贞观十七年，任命魏镜子做太子太师，仍然兼管门下省的政事，镜子提出自己有病在身，难以胜任，李世民对他说：太子是宗庙社稷的根本，必须有好的老师教导，因此要选择公正无私的人辅佐他，我知道你身体有病，你可以躺在床上教导太子啊！不久，镜子得了重病，他原来住的宅院内没有正堂，李世民当时本想给自己建造一座小殿，于是就停下工来，把材料给魏镜子造了正堂，建好后，李世民又派宫中使节赐给镜子布被和素色的褥子，以讨魏的喜好。几天后，魏镜子病逝，李世民亲自到镜子的灵柩前痛哭，追赠镜子为司空，赐谥号，还亲自给镜子写碑文，并亲笔书写在石碑上。

有了这三面镜子做前提，李世民做任何事都如坐针毡。

比如起居注。贞观二年，李世民说：我每次想说话的时候都非常纠结，这句话能不能说？说了后效果会怎么样？因为他知道，那些负责皇帝起居的官员，会一字不漏地将他的话给记录下来，如果有一句话违背常理，那么千年以后，人们还会查得到。

比如杜谗言。贞观初年，李世民说：我常常防微杜渐，想禁绝谗言和诬陷之事的发生，但仍然担心精力不济，或者没有察觉的问题。

比如要节俭。贞观十一年，御史马周提建议说：唐尧用茅草盖房，夏禹粗衣劣食，汉文帝因珍惜百金的费用，停止建造露台，还收集臣子上书用的布袋，用作宫殿的帷帐，他所宠爱的夫人的衣裙短得不能拖在地上。下属都这么建议了，还有这么多的先贤表率，我还好意思浪费？显然不行！

比如不做无关紧要的事。贞观十一年，著作佐郎邓隆上表请求，将唐太宗的文章编辑成文集出版。李世民不同意。他的理由是这样的：我制定的政策、发出的诏令，如果对人民有好处的，史书上已经记载了，这足能够流传不朽。如果处理的事务扰乱国家且对人民有害，虽然文章辞藻华丽，终究会被后代取笑的。你们看，梁武帝父子、陈后主、隋炀帝，他们都有文集，但他们所做的事都不合法度，国家也在短时间内灭亡了。我认为，做君主的，只要把品德修养培养好就行了，何必要出那些文集呢！

大印数，高稿酬，这些都是诱惑。然而，李世民的头脑始终很清晰，能流芳百世的，不是说出版文集就可以做到的，后人自有其评判的标准。是垃圾终究是垃圾，是金子自然放光。

贞观十一年，著作佐郎邓隆表请编次太宗文章为集。太宗谓曰："朕若制事出令，有益于人者，史则书之，足为不朽。若事不师古，乱政害物，虽有词藻，终贻后代笑，非所须也。只如梁武帝父子及陈后主、隋炀帝，亦大有文集，而所为多不法，宗社皆须臾倾覆。凡人主惟在德行，何必要事文章耶？"

竟不许。

于是，李世民的脑子一直很清醒。贞观初年的时候，他就这样认识到：做国君的原则，必须以百姓的存活为先。如果以损害百姓的利益来奉养自身，那就好像割自己大腿上的肉来填饱肚子，虽然肚子填饱了，但人也就死了。如果要想安定天下，首先必须端正自身，世界上绝对没有身子端正了而影子不正的情况。我常常想，能损伤自身的并不是身外的东西，而恰恰是我们自己，都是由于自身的贪欲才酿成祸害。

其实，人人都会说自律，但是，怎么做又是另外一回事，尤其面对这么一大堆诱惑，对帝王来说，这种诱惑是360度全方位的，就更需要一种坚定和坚持了。

从自律角度看，李世民确实不简单。

贰

烹小鲜的几对重要关系

治大国如烹小鲜。

治大国真有这么简单？不会的，我想他要说的是，煎小鱼，不要翻来覆去，不要瞎折腾，如果能做到这一点，那小鱼鱼身一定完整且味道鲜美。的确如此，如果掌握了要领，还真是这么回事。

《贞观政要》谈到的烹小鲜套路有很多，但我觉得有四对关系特别重要。

第一对，是著名的船和水的关系。

这应该是李世民那面镜子魏征的观点。这个观点提出的前提是这样的。贞观六年，李世民说：我观察古代的帝王（他是一天到晚研究古代帝王的），总是有兴盛有衰亡，就好像有早晨就必定有黄昏那样，为什么会这样呢？我简单理了下，大概有：他们的耳目受了遮蔽，不了解当时的政治得失；忠诚正直的不敢直言相劝，邪恶诡谀的人却一天天得到重用；国君看不见自己的过失，所以导致国破家亡。这实在令人恐惧啊！

然后，魏镜子就和李世民说：确实是这样。但如今我们国家内外清平安定，您还常常如临深渊，如履薄冰，以这样的态度治天下，国运自然长久。打个比方吧，君主好比是船，百姓好比是水；水能够载船行走，也能够把船掀翻！

道理就这么简单。

贞观六年，太宗谓侍臣曰："看古之帝王，有兴有衰，犹朝之有暮，皆为蔽其耳目，不知时政得失。忠正者不言，邪谄者日进，既不见过，所以至于灭亡。朕既在九重，不能尽见天下事，故布之卿等，以为朕之耳目。莫以天下无事，四海安宁，便不存意。可爱非君，可畏非民。天子者，有道则人推而为主，无道则人弃而不用，诚可畏也。"魏征对曰："自古失国之主，皆为居安忘危，处治忘乱，所以不能长久。今陛下富有四海，内外清晏，能留心治道，常临深履薄，国家历数，自然灵长。臣又闻古语云：'君，舟也；人，水也。水能载舟，亦能覆舟。'陛下以为可畏，诚如圣旨。"

——《贞观政要·政体第二》

111

水在什么情况下会将船掀翻呢？我猜测主要有内外两种：

一、因为外部环境的变化，推动水变成大浪巨浪狂浪，那么，这个船就有掀翻的可能。我们可以这样理解，在水中行船本身就是一种危险，也就是说，只要你行船了，就有翻船的可能。而且，外部环境有很多因素希望你翻船，你翻船了，就会有新船更替进来，你旧船不翻，人家的新船无法启帆，因为，历史的河道很怪异，只允许一艘或几艘船行驶。

二、因为内部原因的翻船。内部原因大致有两个，一是驾船人的技术问题，他虽然匆匆忙忙造了条船，但不经风浪，根本就没什么能力，他甚至不知道基本的行船常识，即便在风平浪静的河面上，行着行着，因为一个错误的驾驶动作而迅速翻船。另一个是吨位问题，这条船太大，载得又太重，所以，行着行着，就沉掉了，是因为船的不堪重负，这个不堪重负可以理解为，老百姓忍受不了。

第二对，容器和水的关系。

贞观二年，李世民对身边的大臣说：近来我有个研究发现，国君好比是盛水的容器，百姓好比是水，水的形状是方是圆取决于装它的容器，而不决定于水本身。这怎么理解呢？比如尧舜用仁义统治天下，而人们也跟着行仁义，桀纣用暴虐统治天下，而人们也跟着行暴虐。再说得通俗些就是，下边的人做些什么，都是跟着上边人的喜好。

贞观二年，太宗谓侍臣曰：古人云"君犹器也，人犹水也，方圆在于器，不在于水"。故尧、舜率天下以仁，而人从之；桀、纣率天下以暴，而人从之。下之所行，皆从上之所好。

——《贞观政要·慎所好第二十一》

举个例子说明吧：梁武帝父子崇尚浮华，只喜欢佛教道教。武帝末年，他经常驾临同泰寺，亲自讲解佛经，随从的官僚们也都跟着戴大帽穿高靴，坐着车子跟在屁股后面，整天谈论佛经义旨，不把军机要务、法典制度放在心上。等到敌人率兵攻打京师时，尚书郎以下的官员多数不会骑马，徒步狼狈逃窜，被杀死的人无数。灭亡是很自然的事了。

因为容器的不可改变性，因为水的柔顺性，水只能随容器变化而变化，这是它们的物理属性决定的。

因此，上有所好，下必甚焉。

这样的例子，我们可以一路枚举。一直到现代，仍然如此。

第三对，治国和养病的关系。

贞观五年，李世民又有研究心得：我认为治国和养病没有多大的差别。当病人觉得病情有所好转时，就更加需要小心地调护；如果触犯调护的禁忌，必然导致死亡。治国也是这样，当天下稍微安定的时候，尤其需要小心谨慎，如果因此骄傲放纵，必然会招致衰乱覆亡。

贞观五年，太宗谓侍臣曰："治国与养病无异也。病人觉愈，弥须将护，若有触犯，必至殒命。治国亦然，天下稍安，尤须兢慎，若便骄逸，必至丧败。今天下安危，系之于朕，故日慎一日，虽休勿休。然耳目股肱，寄于卿辈，既义均一体，宜协力同心，事有不安，可极言无隐。傥君臣相疑，不能备尽肝膈，实为国之大害也。"

——《贞观政要·政体第二》

这一对关系的悟出，应该是李世民的切身体会。

今年我的体检报告有一项是这样的：总胆固醇偏高。医生给出的建议是：（1）低脂、低糖饮食，多进食蔬菜、水果，定期复查；（2）必要时在医师的指导下使用降脂药物治疗。

然后我就很好奇，上网查了降低总胆固醇的食物、不含总胆固醇的食物、饮食需要注意的几个问题、总胆固醇高如何治疗，等等。我最关注的是，总胆固醇偏高以后会有什么样的结果。

结果肯定吓人。就肝胆方面说，会引发脂肪肝、肝脏肿瘤、胆道梗阻、胆道结石、胰头癌等，引发各类高脂血症，还会引发其他疾病，如急性失血、多发性骨髓瘤。一句话，总胆固醇偏高是有可能让人丧命的，当然这个丧命的前提是，你不断地去触犯它的禁忌。

这是由一个单项疾病而引发的。现在的疾病到底有多少种，估计谁也说不清。理论上，几乎所有的疾病都可以致人死亡，只是有的直接些，有的间接些，从现实看，致人死亡的其实大部分是间接的，也就是说，本来这个病绝对不会置人死地，但是，一不小心，就引发了其他潜在疾病的暴发，然后就无力回天了。

胡适的社会病理分析法，我已在多个场合引用过，觉得非常管用。他说，研究社会问题可以用治病的方法来形容：第一，要知道病在什么地方；第二要知道病是怎样起的，它的原因在哪里；第三，已经知道病在哪里，就得开方给他，还要知道某种药材的性质，能治什么病；第四，怎样用药，若是那病人身体太弱，就要想个用药的方法，是打针呢，还是下补药呢？若是下药，是饭前呢，还是饭后呢？是每天一次呢，还是两次呢？

胡适说这些话的时候，有没有受过李世民的影响，他自己没说过，我们也不知道；我相信，以他的博学，他肯定读过《贞观政要》的。

第四对，治国和种树的关系。

贞观九年，李世民又触景生情——他总是能从简单的事情中悟出道理：治国也好比种树，只要树根稳固不动摇，就能枝繁叶茂。这个道理，魏镜子在贞观十一年又重复上述观点：要想让树长得好，必须使树木的根扎得牢固，树木的根基不牢固，却希望树长得很大，那是不可能的。

> 贞观九年，太宗谓侍臣曰："往昔初平京师，宫中美女珍玩，无院不满。炀帝意犹不足，征求无已，兼东西征讨，穷兵黩武，百姓不堪，遂致亡灭。此皆朕所目见，故夙夜孜孜，惟欲清净，使天下无事。遂得徭役不兴，年谷丰稔，百姓安乐。夫治国犹如栽树，本根不摇，则枝叶茂荣。君能清净，百姓何得不安乐乎？"
>
> ——《贞观政要·政体第二》

根深才能叶茂。根深就是国家的安定和繁荣，怎样才能根深？把根深深地扎进大地中，这个大地是生我们养我们的人民，是顺应人民合乎自然的一切举动。

人民其实是最善良也最容易满足的。还是以树作比。周作人在《我的杂学》中这样解释树的落叶：再读汤木孙的文章，每片树叶在将落之前，必先将所有糖分叶绿等贵重成分退还给树身，落在地上又经蚯蚓运入土中，化成植物性壤土，以供后代之用。

如此说来，这树叶可以赞美的地方竟要超过树木本身呢！叶子们的无私和大爱，在飘扬的不规则曲线中，不仅优美，而且沉甸甸！

人民不就是那么的无私吗？只是这个道理，树们一定要懂得，不要认为是理所当然的。

叁

选一个好官有多难？

贞观元年，财政收入不丰，国力还不强，养不了那么多的官员，李世民就对房玄龄等人阐明了他的用人观：治国的根本，关键在于审察官吏。要根据才能授予适当的官职，务必精简官员。官员不一定要齐备，只要任人得当，如果得到好的官员，人数虽少也足够用了，反之，人再多又有什么用呢？

有了这样的总原则，有了大方向的指引，贞观时期的官员选择和任用，就变成了一门很有意思的学问。对于出现的不良现象，很快会得到纠正，也常常会显现一些用人的亮点。

贞观三年，李世民对吏部尚书杜如晦说：近来我发现你们选拔官员，只按他的口才文笔来录取，而不全面考察其德行。你有没有想过，数年之后，有些人的劣迹才开始暴露，虽然对他们加以刑杀，但是，老百姓已经深受其害了。

贞观三年，太宗谓吏部尚书杜如晦曰："比见吏部择人，惟取其言词刀笔，不悉其景行。数年之后，恶迹始彰，虽加刑戮，而百姓已受其弊。如何可获善人？"如晦对曰："两汉取人，皆行著乡闾，州郡贡之，然后入用，故当时号为多士。今每年选集，向数千人，厚貌饰词，不可知悉，选司但配其阶品而已。铨简之理，实所未精，所以不能得才。"太宗乃将依汉时法令，本州辟召，会功臣等将行世封事，遂止。

——《贞观政要·择官第七》

吏部尚书绝对想替国家选好有用之才，但是，这其实是一个高精尖的科学难题，所谓知人知面难知心，无论古今，一个人的内心往往很难洞察。刘彻会碰到这样的难题，李世民同样会碰到这样的难题。

口才文笔是一个人才能的外在显现。

口才不好的当官可以吗？应该可以的，只是没有口若悬河的人吃香，无论哪一个上司，下属汇报工作时，结结巴巴表达不清，会得到良好的印象？这样的人怎么去做群众工作？怎么能够把我朝的大好政策贯彻到位？文笔不好怎么行呢？让你年底弄个总结都不像样，我们一年的工作不是白做了吗？文笔不好，当官多累啊，稿子也不会写，明明做得很辛苦，也很有成就，但是表达不好，上司不认可，这不就是你的本分工作吗？有什么好显摆的！表达好的就不一样了，一二三四，娓娓道来，合情合理，自己的功劳不少，上司的关怀重要，皆大欢喜。即便你做得不怎么样，照样可以表达得让上司满意，你以为上司能深入到这么多的基层？即便发现不实，那又怎么样？我可是你的下属噢，咱们是深深联系在一起的。

朱国桢《仿洪小品》里有一个没有文化的做官趣例。张瑄是元代负责深入海道运粮的官员，此人目不识丁，连自己的名字也不会写，不知通过什么途径当的官，却也当得像模像样。他在一些需要签字的公文上只是画个押，但他画押的方法独特，聚拢三个手指，然后沾上墨，印在纸上，形状像一个"品"字，即使别人特意仿效，却也弄不成。

张氏画押，足以说明，什么人都可以做官，光凭口才和文笔是不行的。

当然，能做官和做好官完全是两个概念。这就像有资格证书和成为专家是两回事一样。

所以，魏征是深深理解李世民用意的。他对皇帝这样说：真正了解一个人，自古以来就是很难的，所以，要用考察政绩的办法来决定官职的升降，观察人的善恶。现在访求人才，必须慎重考察他的品行。品行好，才可以任用。即使他办的事并不成功，那也只是因为他的才干和能力达不到，不会造成大的危害。如果误用了品质恶劣的人，即使他精明强干，危害也是极大。

> 贞观六年，太宗谓魏征曰："古人云，王者须为官择人，不可造次即用。朕今行一事，则为天下所观；出一言，则为天下所听。用得正人，为善者皆劝；误用恶人，不善者竞进。赏当其劳，无功者自退；罚当其罪，为恶者戒惧。故知赏罚不可轻行，用人弥须慎择。"征对曰："知人之事，自古为难，故考绩黜陟，察其善恶。今欲求人，必须审访其行。若知其善，然后用之。设令此人不能济事，只是才力不及，不为大害。误用恶人，假令强干，为害极多。但乱代惟求其才，不顾其行。太平之时，必须才行俱兼，始可任用。"
>
> ——《贞观政要·择官第七》

魏征还有一个因时而异的用人观：天下混乱时，往往只要求他的才能，顾不上的他品德；天下太平时，必须是德才兼备才可以任用。

这样的观点，我还是第一次看到。我们可以想象这样的场景：在天下混乱时，纲纪失常，一般来说，是没有工夫也没有标准去考察人品行的，往往也不准确，因此，只能以才来作为主要参照物。比如刘邦，他的品行好吗？我以为他远不及项羽，差不多就是个无赖！但建立国家后的刘邦，他自律，他约束，因为他知道，如果还像以前那样，根本不可能管理一个国家，不要说长治久安，更不要说流芳百世了，和后半段的人生相比，他前半段就忽略不计了，人们也不会去计较，反而认为这才是一个真实的凡人。

贞观十一年，马周提出了一个颇为新颖的用人观点。

贞观十一年，侍御史马周上疏曰："治天下者以人为本，欲令百姓安乐，惟在刺史、县令。县令既众，不可皆贤，若每州得良刺史，则合境苏息。天下刺史悉称圣意，则陛下可端拱岩廊之上，百姓不虑不安。自古郡守、县令，皆妙选贤德，欲有迁擢为将相，必先试以临人，或从二千石入为丞相及司徒、太尉者。朝廷必不可独重内臣，外刺史、县令，遂轻其选。所以百姓未安，殆由于此。"太宗因谓侍臣曰："刺史朕当自简择；县令诏京官五品已上，各举一人。"

——《贞观政要·择官第七》

他说：要想让百姓安居乐业，关键在于选用好刺史和县令。一个县很重要，好的县令就能管好一个县，退一步，万一这个州有一个县令的水平不怎么样，一个好的刺史就能掌握全局，想想看，全国的县令和刺史都能让您满意的话，就不用担心老百姓的安居乐业了。还有，我认为以后要担任重要岗位的比如大将、宰相之类的，一定让他们先去做地方官，或者从地方官中选拔出优秀的来担任重要职务。

秦始皇的许多做法都让人咬牙，但他的郡县制对中国数千年的管理还是起了非常重大的作用。比如眼下，全国两千多个县，都是强有力的县官，那还要那么多的其他官员干什么？都不要当然是瞎说，只是说这一层级的官员和老百姓关系最大了。事实上，县令除了没有外交权，其他好像什么权都有了，你能说这个岗位不重要？

提纲挈领，纲举目张，马周重视县令和刺史的建议，不能说没有现实意义。

下面要重点说一下魏征的"六正六邪"说。他将一个官员的德行官行完全细致化，可操作化。践行"六正"，就会光荣，犯了"六邪"，就是可耻。

按处事的能力和对国家的忠心程度排列，"六正"依次是圣臣、良臣、忠臣、智臣、贞臣、直臣。这个不多说。反正都是好官。

好的官员都是差不多的好，坏的官员却有各种各样的坏。

何谓六邪？一曰安官贪禄，不务公事，与世浮沉，左右观望，如此者，具臣也。二曰主所言皆曰善，主所为皆曰可，隐而求主之所好而进之，以快主之耳目，偷合苟容，与主为乐，不顾其后害，如此者，谀臣也。三曰内实险诐，外貌小谨，巧言令色，妒善嫉贤。所欲进则明其美、隐其恶，所欲退则明其过、匿其美，使主赏罚不当，号令不行，如此者，奸臣也。四曰智足以饰非，辩足以行说，内离骨肉之亲，外构朝廷之乱，如此者，谗臣也。五曰专权擅势，以轻为重，私门成党，以富其家，擅矫主命，以自贵显，如此者，贼臣也。六曰谄主以佞邪，陷主于不义，朋党比周，以蔽主明，使白黑无别，是非无间，使主恶布于境内，闻于四邻，如此者，亡国之臣也。

——《贞观政要·择官第七》

六邪之一，具臣。贪图官禄，不努力办好公事，随波逐流，左右观望。

六邪之二，谀臣。上面说的一律称好，上面做的都表示认可，暗中打听上面的喜好并加以进奉，以此来取悦上面的耳目声色，投其所好，引导上面游玩取乐，而不顾对国家的危害。

六邪之三，奸臣。内心阴险邪僻，外表小心谨慎，巧言令色，嫉贤害能，凡是他想推荐的人，只讲优点，凡是他想排挤的人，专讲坏处。

六邪之四，谗臣。用自己的智谋掩盖自己的过失，用自己的能言善辩来推行自己的荒唐观点，离间是他们的常规动作。

六邪之五，贼臣。专权擅势，结党营私，损国肥家。

六邪之六，亡国之臣。以他们的手段，弄得上面是非不分，黑白不辨。

如果细细地分析，六正之随便哪一条都能让人敬仰，六邪之随便哪一类都足以让国家和人民受害，只是程度不同而已。

六正六邪其实也都是镜子，很好地照出了历朝历代各色官员的面孔，给人警示。

肆

米是如何生产出来的？

李世民更担忧的是大唐的未来。大唐的大旗到底能扛多久？虽然殚精竭虑，仍然会百密有疏。但教子应该是一个重要话题。子教不好的直接后果很有可能是人朝两亡。

我最感兴趣的是李世民的情景教育。这一点绝对有别于一般的皇帝。

贞观十八年，册立太子后，李世民常常用身边事教育他。

> 贞观十八年，太宗谓侍臣曰："古有胎教世子，朕则不暇。但近自建立太子，遇物必有诲谕。见其临食将饭，谓曰：'汝知饭乎？'对曰：'不知。'曰：'凡稼穑艰难，皆出人力，不夺其时，常有此饭。'见其乘马，又谓曰：'汝知马乎？'对曰：'不知。'曰：'能代人劳苦者也，以时消息，不尽其力，则可以常有马也。'见其乘舟，又谓曰：'汝知舟乎？'对曰：'不知。'曰：'舟所以比人君，水所以比黎庶，水能载舟，亦能覆舟。尔方为人主，可不畏惧？'见其休于曲木之下，又谓曰：'汝知此树乎？'对曰：'不知。'曰：'此木虽曲，得绳则正。为人君虽无道，受谏则圣。此傅说所言，可以自鉴。'"
>
> ——《贞观政要·教诫太子诸王第十一》

对着饭菜准备吃饭时，李世民问太子：你知道饭是怎么来的吗？太子说：不知道呢。李就教育他说：凡是种庄稼的农事都很艰难辛苦，全靠农民出力，不要违背农时，才常有这样的饭吃！

看到太子骑马，李世民问太子：你对马了解吗？太子说：不了解哎。李就教育他说：马是能够代替人做许多劳苦工作的，要让它按时休息，不耗尽它的气力，这样就可以经常有马骑。

看到太子乘船，李世民问太子：你对船了解吗？太子说：不了解噢。李就教育他说：船好比是君主，水好比是百姓，水能够浮载船，也能推翻船，你不久将要做君主了，对这个道理怎能不感到畏惧呢？

看到太子靠在弯曲的树下休息，李世民又问太子：你对这棵树了解吗？太子说：这个还真不了解。李于是再继续教育：这树虽然长得弯曲，但用墨绳校正就可以加工成平正的木材，做君主的虽然有时德行不高，但只要能够听得进意见，也会成为圣明君主的。

真是一个操心的父亲！

李世民每说完一次，都要强调一次：我讲的这些道理，你一定要时时对照，加以鉴戒！他的那些道理都是触景生情，自然生发，因为他已有足够的人生经验了。可是，太子有吗？没有！没有他能真正体味吗？只是表面上听懂而已！只是一个父亲的唠叨而已！

我很感慨李世民的苦心。就米来说，我们已经很少有人知道米是怎么来的，包括从农村长大的孩子。幼儿园的孩子甚至会说，米就是从商店里用钱买来的。

我想，明代的农业科学家宋应星应该读过《贞观政要》的，因此，他在《天工开物》里很详细地告诉我们，从稻种长成米粒，一般要经过八个大大小小的灾难。

凡早稻种，秋初收藏，当午晒时，烈日火气在内，入仓廪中关闭太急，则其谷粘带暑气（勤农之家，偏受此患）。明年田有粪肥，土脉发烧，东南风助暖，则尽发炎火，大坏苗穗，此一灾也。……凡稻撒种时，或水浮数寸，其谷未即沉下，骤发狂风，堆积一隅，此二灾也。谨视风定而后撒，则沉匀成秧矣。凡谷种生秧之后，防雀聚食，此三灾也。立标飘扬鹰俑，则雀可驱矣。凡秧沉脚未定，阴雨连绵，则损折过半，此四灾也。邀天晴霁三日，则粒粒皆生矣。凡苗既函之后，亩土肥泽连发，南风熏热，函内生虫（形似蚕茧），此五灾也。邀天遇西风雨一阵，则虫化而谷生矣。……凡苗吐穑之后，暮夜"鬼火"游烧，此六灾也。凡苗自函活以至颖栗，早者食水三斗，晚者食水五斗，失水即枯（将刈之时少水一升，谷数虽存，米粒缩小，入碾臼中亦多断碎），此七灾也。汲灌之智，人巧已无余矣。凡稻成熟之时，遇狂风吹粒殒落，或阴雨竟旬，谷粒沾湿自烂，此八灾也。

——《天工开物·稻灾》

第一，种子入仓。早稻稻种在秋初收藏的时候，中午往往是烈日，种子的内部温度就会很高，如果封仓太急的话，谷种就会带着暑气。来年田里有粪肥发酵，土壤温度也会升高，再加上东南风带来的暖热，这样，就会对禾苗和稻穗大大损害。由此看来，种子很重要，大部分的病根在种子里，这大概就是我们说的遗传吧。我在读大学前，假期都要干些农活，不过，这种选择和收藏种子的事情还轮不到我等毛手毛脚的孩子，都是大人们根据经验仔细操作的。在我的记忆里，我们那个生产队，好像还没有发生过比较严重的种子事件。现在看来，真是非常的不容易。

第二，撒播。春耕大忙季节里，田野里会非常热闹，牛和拖拉机并用，把田深翻打烂整平，一畦一畦的，再放几寸深的水，就可以播种了。但这个时候，如果有水，谷粒还没来得及沉下，突然刮起大风，谷种就会堆积到秧田的一角。这种现象，我想飞机撒播树种的时候一定会出现，但那是大面积，没有太大的关系，反正要经常撒播的，今年撒了，明年再撒，几年后一片林木就长成了，而且高高低低，完全符合自然。

第三，鸟灾。谷子长出秧苗后，要防止成群的雀鸟飞来啄食。所以，我们小时候常见的风景是，一片秧田里，插着些稻草人，虽然没有草船借箭那么密集，但也有不少。那些稻草人还很有创意，有的会穿着各式各样的衣服，穿得最多的是蓑衣，表示有人在干活吧。那些鸟也是久经沙场，战斗经验不少，有时还会趁着稻草人不注意，偷偷俯冲下来啄食。因此，为了保证秧苗的高出苗率，生产队会派专人轰鸟，扯着嗓子大喊，这样的活，非常惬意，孩子们往往是首选。

第四，成活。刚插下田的秧苗，非常脆弱，就像让幼儿独立生活一样，跌跌撞撞，一不小心就会夭折。如果碰上江南连续的阴雨，没扎根的苗就会损坏过半。但只要有连续几个晴天，秧苗就可全部成活。江南的雨季有时很烦人，一下一周的情况经常发生，所以，我们小时候补种的情况也时常有。更兼发大水，秧苗全部浮上，只得大水退后另插。伴随着有趣的情节是，小孩们往往会拿着网兜，在一些秧田里抓鱼，常有收获，那些野生的鲫鱼都是从河里跑出来避难或者是趁机来旅游的。

第五，虫灾。秧苗返青长出新叶后，土壤里的肥料也不断发热，再加上不断升高的气温，于是稻叶上就会长虫。宋应星那个时代只能盼望起风下雨，而现代可以用药打，印象比较深的是六六粉，喷药者全副武装，戴着防尘帽，捂着口罩，胸前背着把喷雾机，右手不断地一圈一圈地摇着，左手拿着喷枪，对着稻叶一片片地扫。过几年又会换一种药，大概是那些稻飞虱有了免疫力吧。田间地头，经常会东一只瓶子、西一只瓶子，那都是农民们施药后丢弃的。不太环保吧，也是没办法的事，谁让虫害越来越多呢。

第六，"鬼火"烧禾。这个我没有见过，写到这里时，几番咨询，也都说，"磷火"这种现象是有，但不会对稻形成灾。宋应星是这样说的：稻子抽穗后，夜里有"鬼火"四处飘游烧禾。这种火是从腐烂的木头里跑出来的。每逢多雨季节，旷野里的坟墓多被狐狸挖穿而崩塌，里面的棺材板被水浸烂了，等到日落黄昏时，火从坟墓的缝隙里冲出来，在几尺的范围内飘忽不定。稻叶遇到这种火，立即会被烧焦。

第七，水灾。这里的水灾是指缺水。禾苗从返青到抽穗结实，早稻每蔸需水约三斗，晚稻需水约五斗。缺水就会干枯。而且据宋的估计，将要收割时如果缺水一升，粒数虽然不会变，但谷粒会缩小，用碾或臼加工时也多会断碎。这大概就是我们所说的细节决定成败，小小的一个细节，也会使米质大大下降的。所以，我们生产队里有个工种很特别的，就是放水工。干这个活的往往是生产队长自己，整天扛着把锄头，东转转，西走走，东挖一个口，西挖一个缺。我还以为队长嘛，领导，干点轻松的活，哪里知道这里学问很深呢。

第八，狂风阴雨。辛辛苦苦，稻子成熟时，如果遇到狂风把谷粒吹落，或者遇上连续十来天的阴雨，谷粒沾湿后就会自行霉烂。但这大概是局部灾害，如果不是很特殊的年份，一般不会大面积出现。吹落谷粒我见得不多，但收割时连续阴雨还是很常见。生产队常用的办法是，如果实在不能延期，一定要如期收割。收割时会异常辛苦，想想看，下雨天，烂污田里翻稻草，越翻越沉。收来后，发动全体人员，腾地方晾谷子。那个季节，往往只要有空的场地，都会晒晾着稻谷，脚下一不小心就会踩着"金黄"，乱是乱，但很有丰收的喜悦。那时生产队里有几位接受贫下中农再教育的知识青年，骄阳下，戴着草帽，穿着长袖，全副武装，拿着把叉，翻翻晒着的谷子，队长还是非常照顾知识青年啊。

谢谢宋应星先生，让我知道并能回忆起这些稻灾。稻种一关一关顽强地闯过来了，米也就生产出来了。只是现如今还有多少人知道这样的细节呢？

当然，李世民的良苦用心更体现在其他细节上。

贞观七年，他就让魏征编了一本《自古诸侯王善恶录》，分别赐给诸王，还亲自写序言进行教育。

但是，世事难料，他没有想到，数年后，有个叫李隆基的曾孙，为了他的"妃子笑"，为了让杨妃子能及时吃到新鲜荔枝，成立了当时世界上最快速的运输公司，从荔枝的产地到皇宫的一次接力快递，居然要跑死一百多匹马！

一骑红尘妃子笑，无人知是荔枝来！

伍

关于殡葬改革的决定

贞观十一年，诏曰："朕闻死者，终也，欲物之反真也；葬者，藏也，欲令人之不得见也。上古垂风，未闻于封树；后世贻则，乃备于棺椁。讥僭侈者，非爱其厚费；美俭薄者，实

127

贵其无危。是以唐尧，圣帝也，谷林有通树之说；秦穆，明君也，橐泉无丘陇之处。仲尼，孝子也，防墓不坟；延陵，慈父也，嬴、博可隐。斯皆怀无穷之虑，成独决之明，乃便体于九泉，非徇名于百代也。泊乎阖闾违礼，珠玉为凫雁；始皇无度，水银为江海；季孙擅鲁，敛以玙璠；桓魋专宋，葬以石椁，莫不因多藏以速祸，由有利而招辱。玄庐既发，致焚如于夜台；黄肠再开，同暴骸于中野。详思曩事，岂不悲哉！由此观之，奢侈者可以为戒，节俭者可以为师矣。朕居四海之尊，承百王之弊，未明思化，中宵战惕。虽送往之典，详诸仪制，失礼之禁，著在刑书，而勋戚之家多流遁于习俗，闾阎之内或侈靡而伤风，以厚葬为奉终，以高坟为行孝，遂使衣衾棺椁，极雕刻之华，灵輀冥器，穷金玉之饰。富者越法度以相尚，贫者破资产而不逮。徒伤教义，无益泉壤，为害既深，宜为惩革。其王公以下，爰及黎庶，自今以后，送葬之具有不依令式者，仰州府县官明加检察，随状科罪。在京五品以上及勋戚家，仍录奏闻。”

——《贞观政要·俭约第十八》

李世民问魏征：听说现代人墓地越来越豪华，一穴卖到几十万甚至数百万？祭品越来越讲究，烧豪宅、跑车、冲锋枪？什么意思嘛？

魏征回答：陛下啊，的确是这样。现代人也死不起呢，墓地越来越紧张，可能供需有矛盾吧！祭品也五花八门，今年更升级，什么苹果手机4S，iPad三代，还有LV、Gucci包包，我们都没听说过的。要说为什么这样，我估摸着，要面子，跟潮流，也有钱，大家攀比呗！

李世民说：这不行，赶快把《贞观政要》拿出来，把我关于殡葬改革的决定重申一下。

魏征说：好，温故而知新，不知有没有用处呢？！

目前厚葬奢侈风盛行，我现在发布一个命令，全体官员民众必须认真执行。

我们知道，人死亡了，就是生命的终结，这个终结其实是让人返璞归真，所以，埋葬就是埋藏尸体，目的是使人再也看不见，没有其他更多的含义。古代的风俗，没有听说要堆坟树标记的，也不知道是哪个朝代立下的规矩，要为死者准备棺椁。

我们回顾一下人类文明的殡葬历史吧。

唐尧，圣明的国君，传说他葬在谷林时，仅要求人们在他墓的四周种树做标记。种树的好处，我就不多说了，前人栽树，后人可以乘凉，更重要的是，他已经化作青山，滋养着森林，和大自然又连为一体，这才是一种真正的回归。秦穆公，也是圣明的国君，他葬在橐泉宫，都没有要求后人堆土做丘陇。这是一种什么样的境界啊！人死如灯灭，他只要求活在人们的记忆里，那一抔黄土，能存在多少年呢？不过几十年，风雨侵蚀，不会留下任何痕迹。再说孔夫子，他也是著名的孝子，他这么有名的人，在防那个地方合葬他的双亲时，也没有起土堆坟，他才不怕人们说他不孝呢！孝是什么？不就是生前的孝顺吗？这些人为什么都这么做呢？他们都是心怀着长远的考虑，有独特果断的明智，是希望死者能够安卧在九泉之下，并不是为了自己在百年以后获得美名。

我没有仔细研究过，古代那种良好的殡葬风俗是被谁率先破坏的。

我知道的是，吴王阖闾，那个出息不怎么大的家伙，居然违背礼制，在自己的墓中用珍珠美玉雕刻成凫雁，这就开了一个很不好的头嘛，大家想想看，勤俭很难养成习惯，而奢侈却是一学就会的啊。所以，秦始皇就更加过分了，他居然在墓中用水银来象征江海，用兵马俑来保卫，这个人，想得真是太远了，他以为他的地宫中，尸体和随葬品可以永远不腐烂，盗墓者永远进不了他的地盘。还有季平子，专擅鲁国大权，死后用美玉来装殓，桓魋在宋国专权，制造豪华石椁来埋葬。

然而，这样的奢侈只是表面上的。他们万万没想到，因为贪婪地贮藏财物，坟墓中便有利可图，很快就引来灾祸，招来了掘墓之辱。墓室打开后，可以想见的场景是，尸体被焚烧，黄肠题凑（帝王陵寝椁室四周用柏木枋堆垒成的框形结构）被拆散，尸骸和棺木一起暴露在旷野。

我不是吓唬大家，这都是事实嘛！可能许多人认为，自己并不是帝王，不会有人关注，这你们完全想错了，那些盗墓之徒，他们世代掘墓为业。有财物的地方，又没有人监管，也怪不得人家，豪华的墓葬在某种程度上就是鼓励他们去偷嘛！那些钱物用在什么地方不好呢，为什么一定要埋进土里？

我们的法律制度中，对丧葬其实已经有详细的各项规定，但是，许多富贵功勋人家，大多会随从习俗，民间也有奢侈浪费、败坏风气的现象，他们把厚葬当作奉老送终，把修建高大的坟墓当作孝道，衣衾棺椁雕饰得极其豪华，灵车葬器尽量用金银珠玉作装潢，富贵人家超越法度而相互炫耀，贫穷人家变卖家产也追赶不上。如此的攀比，如此的轻养厚葬，实在是将事情完全搞反了！

所以，厚葬的危害已经很深了，从今以后要惩治革除。

因此，奢侈的行为应该引以为戒，节俭的做法可以作为榜样。

我虽位处全国之尊，但深深地知道，自己同时也承续了百代帝王的弊端，也就是说，他们优秀的品质我并不一定能学好，但那些不好的习气，我身上一定不会少的。这个你们不说，我也有自知之明，人总摆脱不了这些毛病。因此，我既然要求大家节俭，自己也应该努力去做到！

今天，我在首都长安发布这个命令，从王公以下到平民百姓，送葬的器物如果有不依照法令规定的，希望各州各府各县的纪检部门，要明确地加以监察，查明情况的，一律根据情节定罪，绝不手软！京城五品以上的官员，还有那些元勋贵戚之家，一视同仁，违法必究！

岁岁清明，植树造林。

扫墓献花，文明思亲。

贞观十一年清明节，此布！

陆

"吐哺"乱弹

"曹操"身着汉服，站在新落成的铜雀台前，气势满怀。他挥舞着右臂，嘴里大声地吟诵着：周公吐哺，天下归心！新版《三国演义》让这个时候的曹操，意志全满，心情好到极点：我就是周公啊！事业如日中天，都是我英明决策，重视人才的结果啊！

曹操的榜样周公，确实是重视人才的典型，也是李世民学习的榜样。他为了招揽天下贤能之士，接待求见之人，一次沐浴要多次握着头发，一餐饭要多次吐出口中食物来，这是什么样的精神？这就是求贤若渴的精神嘛！真的是求贤，而不像叶公那么好龙。人家不远百里千里甚至万里来投奔你，你难道不能中断了洗澡，中止了吃饭，出来接待一下吗？洗澡什么时候不行啊？吃饭停止一下就会饿着啊？这不就是一种体现嘛！人才们要的也就是这个体现！

曹操学周公还是有些成就的。你看看，那个刘备，被吕布打败，前来投奔他，他待以上宾之礼，并让刘备做了豫州牧。有人对他说："备有英雄之志，今不早图，后必为患。"他于是征求郭嘉的意见，郭嘉说：你是以正义而起兵的，为百姓谋幸福，你还打着广招天下俊杰的旗号，刘备早就有英雄的名气了，他今天是因为困难才投奔我们的，如果你把他除掉，你就会背上罪名骂名，天下的人才就会产生疑问，也就不会有人投奔你了，那你还想成就大业吗？曹操认为郭的话很有道理，不仅不杀刘备，还给他一些人马和粮食，让他去招些人马来对付吕布。

再看看曹操对待关羽的一系列细节，我们就知道他还真不简单呢，难怪他那么自豪地以周公作比。李世民好奇的是，周公对待人才，是不是也有学习的榜样呢？

有的，有一个故事叫"一馈十起"，就是说吃一顿饭要站起来十次。这说的是谁呢？说是禹从舜手里接过江山后，克勤克俭，任劳任怨，事务极为繁忙，吃一次饭要站起来十次，干什么呢？接待那些来访的人。

重视人才真的要如此吐哺吗？以现在说来，那倒不一定，吐哺可以看作一种姿态。

这种姿态现在还有吗？那一定有的，只是表象不同而已。比如，在一个聚会中，某某领导的电话不断，吃一次饭，中间要站起来三五次七八次甚至十多次。他站起来干什么呢？那肯定是有事了，各种各样的事，公事私事都有。有的时候，酒喝着喝着就把事情办了。

现在，我们把吐哺的对象再延伸一下，吐哺不仅仅是对待人才，还可以是来访的人，来要求你办事的人。现在办事都很方便了，都不用上门，一个电话就可以搞定的，但是，你如果打一些非商业性的办事热线，打通的机会就像中奖。

不管吐哺三次还是十次，我们都可以把它看作民众的一种愿望。民众的愿望有时其实是很低的，他们只要求自己的利益能得到保证，在社会的生产生活中，能得到公平公正，能使自己的能力得到最大有效的发挥。他们还是通情达理的，并没有要求你在吃饭时站起来接待他，当然，如果你能在吃饭时起来接待他，那是再好不过的了。

周公吐哺，天下归心。周公可以延伸到所有皇粮国税享受者，两者其实是因果关系。如果我们仅仅把它当作典故去传说，而不去关注其中的因果，那真是太遗憾了！

柒

想尽办法给人以生的理由

贞观元年，李世民处理完一些急需解决的事情后，对刑事案件之类的司法问题关注起来。司法事关稳定大局。

他的观点是，人死了就不可能再活，因此执法务必宽大简约。卖棺木的人希望每年都发生瘟疫，并不是他对人们的仇恨，只是因为瘟疫有利于棺木出售罢了。现在，司法部门审理一件狱案，总想把案子办得严峻苛刻，用这种手段来完成考核成绩。这个绝对不行。

他于是定下规矩：从今以后，死刑都要让中书省、门下省四品以上官员及尚书九卿等共同决议，禁止滥用刑罚，严格避免冤案。

这样实行的结果是，从贞观元年到贞观四年，判为死刑的，全国一共只有二十九人，刑罚几乎都快要搁置不用了。

> 贞观元年，太宗谓侍臣曰："死者不可再生，用法务在宽简。古人云，鬻棺者欲岁之疫，非疾于人，利于棺售故耳。今法司核理一狱，必求深刻，欲成其考课。今作何法，得使平允？"谏议大夫王珪进曰："但选公直良善人，断狱允当者，增秩赐金，即奸伪自息。"诏从之。太宗又曰："古者断狱，必讯于三槐、九棘之官，今三公、九卿即其职也。自今以后，大辟罪皆令中书、门下四品以上及尚书九卿议之。如此，庶免冤滥。"由是至四年，断死刑，天下二十九人，几致刑措。
>
> ——《贞观政要·刑法第三十一》

后来，他又不断补充完善他的宽大简约论。贞观十年，他就指出：国家法令，必须制定得简明，不应该一种罪有几种条款，格式繁多了，官吏就不能全都记下来，更容易发生奸诈。如果想开脱罪责就援引轻判的条款，如果想加重罪就援引重判的条款。一再变更法令，实在无益于刑理，应该仔细审定法令，不要让法律条款产生歧义。

他还非常重视法令的诚信。他很详细地听取了魏征关于这方面的意见。魏说：诚实信用，就是国家的行动纲领，如果话说出来却不被实行，是言而无信，法令制定了却不被服从，是因为没有诚意。不被实行的言语，没有诚意的法令，对国君来说，就会败坏道德名声，对于百姓来说就会招致杀身的危险。

魏征他们其实已经非常有经验了，因此看问题常常一针见血。

他认为，审案不能严刑逼供，不能节外生枝，不是牵连的头绪越多，就越能显示判案者的聪明，所以法律规定了举证、审讯的制度，反复比验供词，多方调查，听取各方面的意见，这样做的目的，是不让狱吏徇私枉法，掩饰事实真相，伪造判案文书而得逞。

李世民这样的司法理念，其实也不是他自己的独创，他不过是将现实和前人的理论有效地结合起来。他从小就听老爹讲故事：虞舜时代，没有肉刑，只是画一些衣服、帽子和花纹特异的服饰象征五刑，以示耻辱，而人民却不犯法。《尚书》上也有"明德慎罚""惟刑恤哉"的要求，什么意思呢？就是提倡尚德，刑罚要适中，量刑的时候一定要有悯恤之意。孔老夫子那个时候也早已看出司法问题的症结所在了：古代圣贤判案，是想尽办法寻求给人以生的理由；而今人判案，是千方百计寻求给人以死的理由！

贞观十一年，特进魏征上疏曰：臣闻《书》曰："明德慎罚"，"惟刑恤哉！"《礼》云："为上易事，为下易知，则刑不烦矣。上人疑则百姓惑，下难知则君长劳矣。"夫上易事，则下易知，君长不劳，百姓不惑。故君有一德，臣无二心，上播忠厚之诚，下竭股肱之力，然后太平之基不坠，"康哉"之咏斯起。

——《贞观政要·刑法第三十一》

古人的这些司法实践，都可以看成使用刑罚的精髓所在。刑罚和赏赐的目的，都在于鼓励美善而惩治罪恶，因此，一定要公平，唯有如此，才会达到良好的效果。

但是，在实际工作中，往往有很多因素会妨碍罚赏的执行。有的会根据自己的好恶来决定刑罚和赏赐的或伸或屈，有的会根据自己的喜怒来决定刑赏的轻重，碰到高兴时就在法律中寻求情有可原之处，遇到发怒时就到事实之外去寻找其罪过，对喜爱的人就会钻开皮肉去寻找羽毛，极力为他开脱，对憎恶之人就会洗净灰垢去寻找疤痕，极力对他挑刺。疤痕自然是可以找到的，但惩罚就滥用了，羽毛当然也是可以找出的，但赏赐就荒谬了。

当今道被华戎，功高宇宙，无思不服，无远不臻。然言尚于简文，志在于明察，刑赏之用，有所未尽。夫刑赏之本，在乎劝善而惩恶，帝王之所以与天下为画一，不以贵贱亲疏而轻重者也。今之刑赏，未必尽然。或屈伸在乎好恶，或轻重由乎喜怒。遇喜则矜其情于法中，逢怒则求其罪于事外。所好则钻皮出其毛羽，所恶则洗垢求其瘢痕。瘢痕可求，则刑斯滥矣；毛羽可出，则赏典谬矣。刑滥则小人道长，赏谬则君子道消。小人之恶不惩，君子之善不劝，而望治安刑措，非所闻也。

——《贞观政要·刑法第三十一》

在某种程度上，我很同情古代那些官。读书的时候尽弄些经啊典的，做官后，面临的首要问题却是判案。判案应该是比较专业的事情，法律不怎么精通，甚至很少涉及，怎么能公平公正？总不能完全凭热情，凭政治觉悟啊。所以，我觉得，那个时候的冤假错案也一定少不了。董仲舒就说了，审判除依据法律外，还可以参照儒家的经典，他的《春秋决狱》一书就是他断案的实践。然而，正是因为可以参照，主观性强，汉武帝时酷吏审案，多以经义文饰，任意定罪，冤案不少。因此，我对《大宋提刑官》这样的电视剧很感兴趣，那个宋慈真是了不起，运用他的各种知识，析事明理，层层深入，剥茧抽丝，查了不少的冤案。

这样说起来，唐太宗李世民是不是中国历史上最好的皇帝了？这个我没有研究，也真说不好。我要说的是，李世民绝对不是什么圣人，他也存在着说得好做得差或者说归说做归做或者要求人家这样而自己却那样的种种毛病。

贞观十三年，魏征针对李世民身上出现的一系列毛病，上了个"十渐疏"，就是说，你李世民最近有十种表现是越来越不像样了，这样下去怎么了得？比如对待百姓，起初是像对待自己身上的伤口那样怜悯爱护，现在却着意于奢侈纵欲；另外还亲近小人、喜欢稀奇怪异的东西、凭好恶用人、骄傲滋长、摆架子等，让人觉得寒心。

李世民这次又震动不小，他向魏镜子保证：自从看到你的奏章后，我是反复研究揣摩，夜不能寐，深深地感到你所说道理的正确性，我已经把它们抄录好贴在屏风上了，早晚恭恭敬敬地观看体会。我还会将它们交给史官，希望千年以后的人们也能够知道这些道理。

魏征死了，太宗的镜子没了。他痛哭流涕，如丧考妣。

但是，《贞观政要》却高悬世空，它的影子，在太阳光的直射下，一直穿过千年时空隧道，映得好长好长……

《梦溪笔谈》——
609 条中的人文世相

虽然英国人李约瑟高度赞扬《梦溪笔谈》是"中国科学史上的里程碑"，但我仍然将它当作宋人笔记来看。因为沈括自己在《梦溪笔谈》自序里就这样明确说过："所录唯山间木荫，率意谈谑，不系人之利害者；下至闾巷之言，靡所不有；亦有得于传闻者，其间不能无缺谬。"

因为我的囫囵吞枣，所以全书十七类（故事、辩证、乐律、象数、人事、官政、权智、艺文、书画、技艺、器用、神奇、异事、谬误、讥谑、杂志、药议）六百零九条中，有很多如乐律、象数、技艺、器用等都是翻翻过，数学、物理、化学、地质、医学，等等，太科学了，我底子薄，难理解。

因此，下面的阅读笔记基本局限于常规的历史琐闻类，让科学家见笑了！

壹

韩愈的漂亮胡须

世人画韩退之，小面而美髯，着纱帽。此乃江南韩熙载耳，尚有当时所画，题志甚明。熙载谥文靖，江南人谓之韩文公，因此遂谬以为退之。退之肥而寡髯。元丰中，以退之从享文宣王庙，郡县所画，皆是熙载。后世不复可辨，退之遂为熙载矣。

《卷四·辩证二》中说：现代人画的韩愈像，都是面部小，还有漂亮的胡子，而且戴着纱帽，其实这个形象是江南的韩熙载。这有韩熙载留下来的画可做证据。韩熙载是五代人，博学多才，工于书法，江南人也称他为韩文公，因此大家都误认为他就是韩愈。那么韩愈长得怎么样呢？他长得胖，而且胡须很少。元丰年间，用韩愈陪祭文宣王庙，但郡县画的韩愈像，其实都是韩熙载。后世不能再辨认，于是韩愈就成了韩熙载了。

谬种流传有许多途径，韩愈成韩熙载便是一典型。确实不能怪那些画师，都这么多年了，先前的名人到底长什么样呢？即便有画像传下来也不一定准确，王昭君不是被毛延寿画得那么难看吗？我们现在见到的孔圣人，也未必就是这样的。所以，我每次去参观瞻仰那些古代的名人画像，心里都会嘀咕：真是这个人吗？有时甚至是皇帝，我也不太相信，你给我画得不威武，还要不要命了？我只相信那个慈禧太后的像，因为那个时候已经有照相机传进来了。

顾颉刚先生写过《纣恶七十事的发生次第》的考证文章。他研究发现，殷纣王共有七十条罪状，都是各朝各代陆续加上去的，有很多是作者的想当然。纣王原来也是个孔武有力的标准美男子，但后来不知怎么越来越差了。战国时代一下子给他增加了二十项罪名，西汉又给他增加了二十一项罪名，东晋增加了十三项罪名。让人感觉到越来越离谱的是，这些罪状越写越夸张。比如西汉的司马迁说纣王修建了鹿台，东汉的刘向就补充道：鹿台高达一千尺！已经夸张了。晋朝的皇甫谧则万分地添油加醋：鹿台高一千丈！这也太夸张了！商代一丈约合 169.5 厘米，纣王为了淫乐，居然要爬上 1000 多米高的鹿台？且不说，那时的人们能不能造出这样的台，即便造得出，也无法想象，纣王为什么要爬到这么高的台上去泡妞！他真是精力旺盛，吃饱了撑的！

敦煌的洞窟里，有西夏人画的很多壁画。那些画工怎么工作呢？我猜测，他们可能会把前人已经模糊的作品统统铲掉，或者在前人作品的基础上修补，不用细想，修补后的壁画一定会带有西夏人的风格，纵然他们是修旧如旧，也绝对会有那个时代深深的印记。所以，修旧如旧，基本上都是骗人，每一件作品都是独特的。

因此，把古人弄错，那真是太正常不过了，我们的历史里，有多少冤假错案呢？数不胜数。

沈括先生真是有心人。但我还是担心，自他指出后，有多少人会去注意这个不长胡须的韩愈呢？后人会不会按照他的意见把韩愈改过来呢？一个比较好的办法是，如果那个时候的宋朝国家图书馆，财政给点钱，把前朝容易搞错的名人统一弄个版本，那就不太会有这种现象了。其实，说白了，这个韩愈成韩熙载还不是最吃亏的，至少他还是韩愈，不像有的人，所有都搞错，不要说画像了。

说起画像，《卷九·人事一》还有个趣事。说是狄青任枢密史时，有个狄仁杰的后人，拿着狄仁杰的画像和数十件委任状来拜会狄青，要把这些东西都献给狄青，认为狄仁杰是狄青的远祖。狄青则推辞说：我不过是一时交了好运，哪敢拿自己和狄梁公比？狄青真是聪明得很，他虽然也姓狄，但绝对不是靠狄仁杰的荫护，天下姓狄的人也不见得都是同宗。再说了，这张画像难道真是狄仁杰？有什么证据吗？狄青是不是狄仁杰的后人，我没有考证过，但就凭他的不认祖，境界立马就和那些拼命认祖的人不一样了。

贰

墨浸字

旧校书官多不恤职事，但取旧书，以墨漫一字，复注旧字于其侧，以为日课。自置编校局，只得以朱围之，仍于卷末书校官姓名。

——《梦溪笔谈·卷十一·官政一》

《卷十一·官政一》有人浮于事的精彩画面：从前的校书官很多都不用心尽职，只是拿本旧书，用墨汁随便涂抹一个字，再把那个被涂掉的字写在旁边，以应付每天的工作。自从设置了编校局后，便规定只能用红笔圈字，并且要在卷末写上校书官的姓名。

什么叫混日子？这应该是一个比撞钟更经典的例子。虽然薪水不是很高，虽然每天面对的典籍浩如烟海，虽然有许多典籍自己不感兴趣，但是呢，这个班不能不上哪，不上就没地方领薪水，不做这个工作，自己十几年或者几十年的书白读了。于是只好这样做了，有时认真点，还会细细看一看，碰到困时厌时不高兴时，那就随便点一个吧，反正也不用负什么责任，反正大家都差不多这样干，前朝的经典干吗要去动它嘛？

什么叫制度？这也是一个虽小但很能说明问题的例子。就是说，你不能随便涂抹了，就是说，你校完后还要让你签上名，就像现在高考阅卷一样，都要签上大名，这样，责任就有追究的地方了，这样，日子也不好混了。你总得要发现点什么吧，前朝的经典也不是完全都对的，否则你还想不想拿薪水或者奖金了？还想不想升迁了？

有的时候，只要一点小小的制约，整个工作就会活起来。把"浸"改成"圈"，一个实心点，一个空心圈，实心可以混日子，空心却能反映专业水平。技术推动进步，于人于事于己于国都有利。

与此类似，《卷十一·官政十一》有一则修钱塘江堤坝的事也富有意味。

钱塘江堤坝年年修，却年年发生水患。杜伟长任转运使的时候，有人建议，从浙江税场以东，把江堤退后几里，再修筑半月形的堤坝，以避开汹涌的潮水，所有的水工都认为这个办法很便利。只有一个老水工认为不可行，老水工悄悄地对他的同伴说：堤坝移建了，每年就不再有水灾，你们这些人到哪里去求衣食？同伴贪图自己的利益，于是都跟着附和老水工。杜伟长不明白他们的阴谋，花费了上万的巨资，而江堤的灾害仍然年年都有。

这基本上是另一种类型的"墨浸字"，只是表现形式不一样而已。只管出工，不管效益，只顾自己利益，不顾公家成本。虽有可怜之处，却也可恨。

赵谏揪人小辫子

曹州人赵谏尝为小官，以罪废，唯以录人阴事控制闾里，无敢迕其意者。人畏之甚于寇盗，官司亦为其羁绁，俯仰取容而已。兵部员外郎谢涛知曹州，尽得其凶迹，逮系有司，具前后巨蠹状奏列，章下御史府按治。奸赃狼藉，遂论弃市，曹人皆相贺。因此有"告不干己事法"著于敕律。

——《梦溪笔谈·官政一》

《卷十一·官政一》有一个小人的影子一直延伸到现在：曹州人赵谏曾做过小官，因犯罪被官府除名。他通过收集他人的丑事来控制乡里，没人敢违背他的心意。人们畏惧他比畏惧强盗还厉害，官府也被他控制，一味纵容不敢得罪他。兵部员外郎谢涛任曹州知州时，完全掌握了他的劣迹，把他逮捕关押到有关官署，并将他前前后后所干的不法之事详细罗列禀报给朝廷，朝廷下令将其交御史府查办。赵谏恶迹斑斑，于是被判处弃市（在闹市中处死示众），曹州人都为此互相庆贺。因为这个案子，朝廷于是把"告不干己事法"写到律令中。

因为一个人而立法，这有点像现代孙志刚事件。

这个赵谏也许是在官府工作过，深知个中内理，知道什么样的事情可以让对方害怕，什么样的事情可以赚得好处。隐私，人人都怕的，软肋呀。某某与他人通奸，他可以原告被告还有和此事有关系的通通都吃；某某官员为一己私利而有丑事，那也是见不得人的。我想，如果仅仅是这样的事，那事发后，上面的领导不会因为这而处理他，反而要奖励，虽然手段不怎么样，但效果挺好。这个赵谏不被众人所容，一定不会干这样的事，他一定在干一些非常缺德的事，在制造不和谐的因素，人人恨不得弄死他。

而处理这样的事也不是那么容易的。凭赵谏的本事，他一定会把官府弄得服服帖帖，要么和我坐一条船，要么你就滚蛋，就这么简单。杭州富阳人谢涛，为人正直，又是京官下派，能力和水平都有，自己身上很干净，我才不怕你呢！于是办得了赵谏。

"告不干己事法"，我的通俗理解就是：如果你状告人家的事，没有和自己有利益冲突的话，那就是不容许的。这样朝廷就省却了许多麻烦事，如果有人一天到晚，告这个，告那个，那大家还要不要过日子了？

现代法律，这一条估计要废除，因为有许多事情，不和自己有关系，但和大众有关系，否则岂不是事不关己高高挂起？

但无论什么朝代，赵谏这样的人都是不为大众和社会所容的。

肆

范仲淹的"荒政三策"

《卷十一·官政一》写到了范仲淹的工作智慧：皇祐二年（1050），范仲淹在杭州知州任上，遇到了"两浙路大饥荒，道有饿殍，饥民流移满路"的状况。这个饥荒的程度很严重，人饿死了不少！

> 皇祐二年，吴中大饥，殍殣枕路，是时范文正领浙西，发粟及募民存饷，为术甚备。吴人喜竞渡，好为佛事，希文乃纵民竞渡。太守日出宴于湖上，自春至夏，居民空巷出游。又召诸佛寺主首，谕之曰："饥岁工价至贱，可以大兴土木之役。"于是诸寺工作鼎兴。又新敖仓吏舍，日役千夫。监司奏劾杭州不恤荒政，嬉游不节，及公私兴造，伤耗民力，文正乃自条叙所以宴游及兴造，皆欲以发有余之财，以惠贫者。贸易、饮食、工技服力之人，仰食于公私者，日无虑数万人。荒政之施，莫此为大。是岁，两浙唯杭州晏然，民不流徙，皆文正之惠也。岁饥发司农之粟，募民兴利，近岁遂著为令。既已恤饥，因之以成就民利，此先王之美泽也。

> ——《梦溪笔谈·卷十一·官政一》

范知州立即采取紧急措施，创造性地实施了"荒政三策"：

一是兴土木，以工代赈。实体经济不好，就业形势立即紧张，岗位少人员多，劳动力自然不值钱，但这正是营造的好机会，弄一些大项目，百姓有活干了，生计问题流离失所之苦都会解决；二是利用杭州人好佛事、喜旅游的习俗，大兴旅游业，一时饮食、住宿、贸易等服务行业都需要劳力，大增就业者数万人；三是拉高粮价，引四方粮商昼夜进粮，结果杭城粮食爆满只好降价，百姓大大得益。

这个"荒政三策"，如果放在别的地方不见得适用，放在杭州却条条见效，为什么呢？第一条和第二条都跟杭州这个旅游城市有关。他把各个寺庙的方丈召集起来说，这种年份，用工工钱很低的，你们可以趁此大兴土木。当然，这个先决条件是，杭州的寺庙都有钱。除此以外，他还下令翻新粮仓、官署，每天雇佣上千劳工。公家单位要搞建设，一定会拉动一些经济，即便杭州现有财政支付有些问题，但是，为了老百姓有个活路，难道不可以向中央财政求助吗？

正因为杭州是旅游城市，杭州的老百姓很喜欢旅游做佛事，因此，他这个策略才有广泛的群众基础。一句话，就是要自己救自己，要让整个杭州都动起来！于是，他组织划船比赛，还尽量拉长比赛的时间，从春天到夏天，简直是搞全民体育大赛，层层选拔，众人关注，这样就拉动了很多的行业。尽管有人告状说，范知州不顾老百姓的死活，一天到晚大兴土木，还奢侈得很，天天花天酒地，但都是只看表面，不看大局。

至于第三条，还因为杭州是个旅游城市，来来往往的人多，因此他先把杭州的粮价暂时拉高，然后等各地粮商趋之若鹜时，杭州的老百姓就得实惠了。因为那时不像现在，运输啊仓储啊什么的都不方便，你粮食运进来再想出去就会亏本，还不如就地低价卖给老百姓呢。这一招实在太阴，简直有点坑商，但是，为了老百姓不饿死，他也只能出此下策了。

此三策需要有卓越的远见，还要承担被弹劾和罢官的危险。范公除有"先天下之忧而忧，后天下之乐而乐"外，还有另外一句名言"作官公罪不可无，私罪不可有"，因此，他会毫不犹豫地做这些看起来有点危险的事。

三策的成功，有一小部分还要归功于朝廷，他们很理解范公，虽然他们理解的前提是范公一向正直的人品。

伍

你读过《孟子》吗？

《卷十四·艺文一》将一高官貌似有学问的嘴脸刻画得入木三分：王子韶做县令的时候还不出名，他曾去拜访一高官，恰逢那高官和客人在起劲地谈论《孟子》，根本不理睬他。过了好一阵，高官忽然回头问子韶：你曾经读过《孟子》吗？子韶回答说：平生很喜爱这部书，但是根本不明白其中的义理。高官问：不明白什么义理呢？子韶说：开头就不明白。高官于是再问：怎样开头就不明白？说来听听。子韶说"孟子见梁惠王"，《孟子》开头这句就不懂。高官非常地惊讶：这句话有什么深奥的义理吗？子韶说：《孟子》中既然说了不拜见诸侯，为什么要去拜见梁惠王呢？高官无言以对。

王圣美为某令时，尚未知名，谒一达官，值其方与客谈《孟子》，殊不顾圣美。圣美窃哂其所论。久之，忽顾圣美曰：

"尝读《孟子》否?"圣美对曰:"生平爱之,但都不晓其义。"主人问:"不晓何义?"圣美曰:"从头不晓。"主人曰:"如何从头不晓? 试言之。"圣美曰:"'孟子见梁惠王',已不晓此语。"达官深讶之,曰:"此有何奥义?"圣美曰:"既云孟子不见诸侯,因何见梁惠王?"其人愕然无对。

——《梦溪笔谈·卷十四·艺文一》

这好像是一则艺文轶事,情节简单却饶有趣味。

高官虽然官高,但全然不懂为官为人的基本礼节。就因为你官比别人大,就可以慢待别人? 人家来访,总是经过预约啊什么的,你没有空就不要见人家嘛,难道说一句"等等"就会没了面子? 其实,所有的一切,高官都懂的,他之所以如此摆谱,就是因为他官高嘛。要开会,开会的人只有等他,没有听说他等开会的人。待他去见别的更高的官,估计他也会受到差不多的待遇。

高官以为官高水平就一定高。查子韶,他在北宋也是一个名人,学识广博,曾参与王安石变法。而那个高官在谈什么《孟子》想必也是兴致勃勃,可以勾画的场景是,那个和高官在言谈的人,神情一定毕恭毕敬,一定是在谦卑地倾听着,纵然他对《孟子》已经烂熟于心,但仍然只好聆听高官狗屁不通的高论。高官肯定注意到了子韶的存在,于是他会把话题抛过去,抛话题并不是他尊重子韶,而是想再显摆一下。他的自我感觉极好,因为他还从来没有碰到下属对他指出过什么不对的地方,他就是解读《孟子》的权威啊,他的话句句是真理,一句顶一百句呢,别人都这么说,他也就这么认为,他如果出场做专题讲座,那一定是看得起那个地方,讲课费也是本朝顶尖档次。哪里想到,这个子韶会来这么一手,我的见识竟然没有下属高，我的知识竟然不如下属丰富。真是羞愧万分啊。

其实，高官水平是可以真的高起来的。因为他站的层次不一样，可以一览众山小了；因为他接触的人才博而杂，见识自然会多起来，耳濡目染，总会讲出一些新道道来的；还因为，他可以看到别人看不到的内参啊内幕啊什么的，见解自然就高了。总之，只要高官虚心，只要高官有悟性，那他的水平一定可以再上台阶的。就怕，官高水平自然涨，涨的只是一片马屁声，他还作享受状。

生有涯而知无涯，有的时候，小孩子都明白的道理，那些个高官类的主儿就是不怎么明白。

陆

王荆公不受

王荆公病喘，药用紫团山人参，不可得。时薛师政自河东还，适有之，赠公数两，不受。人有劝公曰："公之疾非此药不可治，疾可忧，药不足辞。"公曰："平生无紫团参，亦活到今日。"竟不受。公面黧黑，门人忧之，以问医。医曰："此垢污，非疾也。"进澡豆令公颒面。公曰："天生黑于予，澡豆其如予何！"

——《梦溪笔谈·卷九·人事一》

《卷九·人事一》有王安石廉政小插曲：王安石有哮喘病，要用紫团山人参为药，但得不到。当时薛师政从河东回京，恰好有紫团山人参，于是就送王几两，他不接受。有人劝他说：您的病非此药不能医治，为疾病考虑，您就不要再推辞了。王答：平生没吃过紫团参，也活到了今日。最终没接受。王脸色黧黑，门生为此很担忧，询问医生，医生说：这是污垢，不是疾病。门生于是送澡豆让王洁面。王回答：我的脸生来就黑乎乎的，澡豆对我有什么用呢？

这里没有说王安石此时做什么官，但从人们关心的细节上可以看出官不小。紫团山参估计不是什么名贵药，只是有些特殊罢了，没有这味药，药效会有影响，但毕竟不会致命，因此，王没有紫团山参，也活得好好的。但是，这个简单的道理，并不是人人都懂的，有许多人就偏偏认为：我接受这个东西，是理所应当的，因为我有病（理由可依此类推）啊，因为我这个病需要这个药啊，你们总得讲点儿人情人性吧。许多人就在这个理所当然中，像被温水煮着的青蛙，等到想跳出时，已经晚了，水已经烧到足够将他煮熟的程度了。

我曾经在笔记野史里读到，王安石是个出了名的不讲修饰的人，蓬头垢面。他当时生活在京城，可是澡堂子遍地呢，他都懒得去洗，好在他的两个朋友够意思，每月强拉着他去洗两次。请注意，这里纯粹是为了王的个人卫生。所以，王是很知道自己的习惯和仪容的，这个医生完全是扯淡，我不讲卫生，然而脸上的污垢总要洗掉吧，否则，皇帝能容忍我每天这么臭烘烘地向他汇报工作？所以，这个澡豆什么的洁面护肤品，我用不着，谁知道你们是不是串通起来让我上钩呢。

王荆公因为不受药参，不受澡豆，所以活得很轻松很快乐。

因为不受，所以轻松。孙甫拒砚台同样值得称道。

有人曾送孙甫一名贵砚台，价值三万。孙问：这个砚台有何特异功能啊，为什么这么贵？送的人说：砚台贵在石润，这块砚台，你在上面哈口气，就有水流出。孙笑笑说：即便一天哈得一担水，才值三钱，买它何用呢？最终没有收下砚台。

这样的砚台自然是名贵了。想想看，只要哈口气，就可以磨墨使用，多方便。可是，孙却不这样想，砚台的功能不就是磨墨写字吗？难道一定要哈气？水不是现成的吗？一担水只值三钱，我为什么要去收受三万的砚台呢？哈水的水和担水的水其实是两个概念，但孙甫故意将它们偷换。把砚台看轻，便什么也不值了。

布衣猜测，王安石和孙甫一定强调自省。对每一个念头、每一句话、每一件事都会仔细反省检查，如果没有什么过错，那福祸毁誉就不需要理会，我没有惹祸而祸来，自有上天来承担过错；我没有招谤而谤来，自有他人来承担过错，跟我完全没有什么关系。如果福分和荣誉是我应得的，我也不会增加喜悦之情，如果是侥幸得来的，我将会恐惧和羞愧。

明人吕坤曾说：天地间的万事万物没有一样是值得留恋的，只是由于生活在这个世界上，不得不与之相处罢了。

有了药参和砚台的注脚，吕坤的话虽有些绝对，却也值得深思。

柒

任命文件也要付钱噢

内外制凡草制除官，自给谏、待制以上，皆有润笔物。太宗时，立润笔钱数，降诏刻石于舍人院。每除官，则移文督之。在院官下至吏人院驺，皆分沾。元丰中，改立官制，内外制皆有添给，罢润笔之物。

——《梦溪笔谈·卷二·故事二》

《卷二·故事二》让我们见识了一种特别的稿费：写份任命文件也要收钱的。内外制（代朝廷起草诏书的翰林学士官员）里的那些秘书，凡是起草制书任命官员，被任命者官职在给谏、待制以上的都得给润笔钱。宋太宗的时候，甚至还确立了润笔钱的数额，下诏把它镌刻在石碑上，立在舍人院里。每次任命官员后，都要发文去催讨润笔钱。这笔钱怎么用呢？上至院里的官员，下至院里的吏人、马夫都有份。元丰年间，朝廷给秘书们增加了工资和奖金，这个润笔钱于是废除。

下个文也要收钱，对刚刚做官的读书人来说，估计不是什么小钱，还是相当大一笔呢，因为指望他的人很多。

那么，那些被初次任命的官员怎么去弄这笔钱呢？不管家庭经济状况如何，总归是有办法的。看一个趣例。

张宏杰的《曾国藩的正面与侧面》，对曾国藩点了翰林后筹经费作了有趣的描写。曾的募集资金有四个特点：时间长，范围广，路程远，收入多。自道光十八年年底抵家，到十九年十一月离家进京，曾国藩在家乡待了二百九十六天，其间他外出连续拜客四次，共计一百九十八天。他很会跑，足迹遍及湘乡、宁乡、衡阳、清泉、耒阳、永兴、邵阳、武冈、新化、安化等十县州。

曾还是很有头脑的。他不是盲目乱拜，他所拜的对象主要是以下四类：自己的亲戚故旧（这是理所当然的，你们不拿谁拿呢）；族谱上能找到的湖南各地曾氏家族族人，其中大部分是累世没有来往的（不管怎么样，我要做官了，也是你们的荣耀吧）；非亲非故的各县官员和著名乡绅（嘿嘿，以后咱们是同行了，谁还没个互相关照呢）；在外县经商的湘乡籍的老板们（给我点资助，你们日后不会吃亏的，这也是期权交易嘛）。

曾四次拜客，共走访约两千家，收入合计一千四百六十八两又千一百二十文，其中白银三百五十五两九钱，花元二百三十元，以白银合计，共为一千四百八十九两一钱二分。这在当时已经很值钱了，可以买良田五十亩，或者四万斤猪肉。

这只是一例，并不是沈括那个时候的，但也能说明一些问题，因为像范进一样寒门出身的还是很多。这也是没有办法的办法。

无论怎么说，这是明目张胆的、政府允许的收费行为，况且皇帝都支持这样做，你不给的话，还要下通知催讨！

我把这一些行为都称作暗权力。

无论哪个朝代，这种暗权力都在一定程度上以各种形式存在，某种程度上比权力更厉害！

捌

打鼓高手唐玄宗

《卷五·乐律一》让我知道了唐明皇多情的源头。

吾闻《羯鼓录》序羯鼓之声云："透空碎远，极异众乐。"唐羯鼓曲，今唯有邠州一父老能之，有《大合蝉》《滴滴泉》之曲。余在鄜延时，尚闻其声。泾原承受公事杨元孙因奏事回，有旨令召此人赴阙。元孙至邠，而其人已死，羯鼓遗音遂绝。今乐部中所有，但名存而已，"透空碎远"了无余迹。唐明帝与李龟年论羯鼓云："杖之弊者四柜。"用力如此，其为艺可知也。

唐之杖鼓，本谓之"两杖鼓"，两头皆用杖。今之杖鼓，一头以手拊之，则唐之"汉震第二鼓"也，明帝、宋开府皆善此鼓。其曲多独奏，如鼓笛曲是也。今时杖鼓，常时只是打拍，鲜有专门独奏之妙，古典悉皆散亡。顷年王师南征，得《黄帝炎》一曲于交趾，乃杖鼓曲也。（"炎"或作"盐"）。唐曲有《突厥盐》《阿鹊盐》。施肩吾诗云："颠狂楚客歌成雪，妖媚吴娘笑是盐。"盖当时语也。今杖鼓谱中有炎杖声。

——《梦溪笔谈·卷二·乐律一》

唐玄宗打得一手好鼓，这种鼓叫羯鼓。羯鼓的特点是，透空碎远，和一般的鼓极为不同，可以独奏。沈括研究认为，唐代的羯鼓曲，比较著名的有《大合蝉》《滴滴泉》等，但都差不多失传了，到他这个时代，几乎没有什么人会这个了。他这样写：唐玄宗和李龟年讨论羯鼓时透露了这样一个细节，他为了练习打羯鼓，打坏的鼓杖有四柜子之多。

在我知道唐玄宗是打鼓高手之前，我对他的印象主要有以下几点。

运气十分好也十分坏。十分好是，靠他太爷爷、爷爷和父亲的积累，唐朝到他这里开始达到了非常强盛的地步，这不是他水平高，而是他运气好。十分坏是，唐朝的由盛而衰也是他造成的，最后仓皇出逃，场景非常凄惨：派出前导官沿路安排皇帝的食宿，结果前导官和沿途的县令都撇下皇帝不管，逃得无影无踪。再派使者征召其他的官吏与民众，也没有一个人响应。到了中午还没有饭吃，杨国忠只好自己去买了饼子给他吃。还是老百姓善良，他们看到皇帝如此悲惨，就来献食，虽然都是粗粮，但皇孙们一抢而空。

器重宦官。他曾经这样说，没有高力士在他身边值班，他都睡不好觉。于是，从他开始，一大批宦官得到任用。这样的结果就是，高力士甚至代替唐玄宗阅读天下的奏章，小事就直接处理了，大事才向他汇报（谁知道高会瞒下什么大事呢）。

乱伦高手。杨贵妃原来是他儿子寿王的妃子。他是想尽办法把儿媳弄到他的床上，过程就不用去说了。"脏唐"的得名，他的功劳不可磨灭。奇怪的是，他为什么会下这么大的决心？做这件事情真要下点决心的。原来，杨贵妃除了美貌，还有一个特点，就是通晓音律，唱歌跳舞样样拿手，这一点与爱好音乐的唐玄宗性格相合，自然是三千宠爱集一身了。

崇老喜仙。热衷于求神仙，迷信老子。对于取得皇位而又没有皇家正统的朝代来说，他们第一个想到的是名正言顺，即我们来掌管这个天下是上天注定的。于是，千方百计地找关系。唐皇帝就将姓李的老子当作自己的祖先了，因为李聃的名气大啊，足够向民众炫耀了，于是将老子的父亲封为先天太皇。唐玄宗索性将年号也改为"天宝"了。其实，老子父亲是什么人，在什么时代，历史上根本没有记载，而且，李唐的先世本是陇西的少数民族，根本不像商周两代的祖先有世系可以考察的。

好了，说了这些印象，你就可以看出，这个唐玄宗平时大概在干些什么了。因为这样的素质，你还想让他学习唐太宗？看来，唐太宗的一系列忧虑都是白费了，他的子孙比他潇洒。他的兴趣在泡妞等享受上呢！

于是，我们可以设想，唐玄宗第一次看到听到这个羯鼓，就异常激动，这个东西能表达他的心声，能让他放松，能让他达到想要的理想境界。俗话说了，兴趣是学习之母，兴趣会给一个人带来无限的动力！他初试牛刀，竟然博得满堂喝彩，于是信心倍增，于是不断地打啊，打啊，有空就打，没空也要想办法挤时间去打。有一天，宰相姚崇来请示用干部的事情，玄宗就懒得理他，不理他的理由是，你宰相就不应该把这么细碎的事情拿来烦我，什么事情都要我处理，那我还要你们宰相干什么？这说明，他早就知道皇帝只要抓大事就可以了，不必事无巨细都要躬亲的。但这个羯鼓不一样，这是我"醉爱"。而且，贵妃跳舞，我打鼓，你看你看，好不好看？好不好听？激不激动？就是嘛，我有这样的特长，为什么不发挥出来呢？！

我在清朝余怀的《板桥杂记》中还读到一则"教坊梨园"，他也写到了唐玄宗的这种音乐爱好。玄宗基本上就是一个优秀的音乐学教授，他既知音律，又酷爱法曲（道观所奏之曲），还选极漂亮女学生多人，在梨园亲自授课。

不幸的是，唐朝的美好时代就这样被他给打破了。

喜欢羯鼓无罪，喜欢音乐无罪，但谁让他是皇帝呢？

玖

舞蹈专家寇准

沈括还向我们描绘了寇准的另一种形象，他擅长舞蹈。

寇准，封号莱国公，喜好柘枝舞。他与客人聚会时，一定要跳个痛快，每跳一次一定是一整天，当时的人们都称他是"柘枝颠"。沈括采访到，今天凤翔有一个老尼姑，就是寇准当年的柘枝伎，她说：当时的柘枝曲还有几十遍，今日所舞的柘枝和当时相比，遍数不到十分之二三。

柘枝旧曲，遍数极多，如《羯鼓录》所谓"浑脱解"之类，今无复此遍。寇莱公好柘枝舞，会客必舞柘枝，每舞必尽日，时谓之"柘枝颠"。今凤翔有一老尼，犹是莱公时柘枝妓，云："当时柘枝，尚有数十遍。今日所舞柘枝，比当时十不得二三。"老尼尚能歌其曲，好事者往往传之。

——《梦溪笔谈·卷五·乐律一》

这是一个官员的典型业余爱好。记载虽然简单，但可以读出许多内容。

宋朝官员的生活很富足。有大量的冗余官员，这个我在读洪迈的《容斋随笔》中有所议论。官员的生活大多奢侈，这种风气一直带到南宋的杭州城。据说，当时，杭州城里有澡堂三千多所，人口百余万，是个世界级的大型城市。在这样的风气中，官员有些自己的爱好是不奇怪的，特别是像寇准这样的高级官员，那就更加了。

因为空闲，因为富足，所以才有时间去学舞。跳柘枝舞应该是有一些难度的，官员能够显摆他能力的是，越是难的东西他越是出色。也许是天分，他对这种舞蹈的感觉特别好，这个柘枝舞完整地跳完要几十遍，那么，可以想见的是，酒足饭饱的时候，在众人羡慕的眼光里和掌声中，他会越跳越起劲，一遍又一遍，感觉越来越好。更何况，这样的场面仅仅是一些男人吗？那真是太无聊了哎，绝对还有明眸善睐的女子伴着舞着，不要说抱着搂着了，那太俗气！

"颠"就是"痴"，技巧一定是精湛的，否则人们不会送上这样的称呼，要知道，寇大人可是一位重量级的官员呢。

沈括只是事实记叙，并没有任何的褒贬。我觉得，以寇大人的声望，他的这点爱好理所应当，应该允许官员有爱好嘛。

舞蹈可以修身养性，不仅能锻炼身体，更是一种情趣。要知道，我可是利用业余时间学的噢，这是正当的娱乐活动，凡是正当的娱乐活动，我们都要支持，我们官员带头也是应该的。

你说我一玩一整天？哎，双休日，懂不懂，这是我私人的自由时间，可以自由支配的。

我会跳舞，你们不要看得太复杂了，这和苏东坡会写诗作词作画，道理是一样一样的，只不过他的爱好比较阳春白雪，我的爱好比较下里巴人嘛！

可以想象的是，暖风熏得官员醉，夜夜笙歌日日舞，天子呼来不上朝。美好的大宋王朝啊！

拾

平民宅男杜五郎传奇

《卷九·人事一》里有个以家为家的故事，一点也不输现代宅男。

阳翟县有个杜生，不知道他叫什么名字，县里只叫他杜五郎，估计是排行老五吧。

杜家离县城三十余里，家中只有两间陋屋，一间他自己住，另一间他儿子住。杜家房前有个小院子，院子外面扎有篱笆，也算独门独院了。

杜五郎最神奇的地方是，他宅在家里，已经有三十年不出大门了。

于是人们非常好奇，为什么会这样呢？如何才能做到这样呢？一定有故事的。

杜生不出篱门凡三十年矣。黎阳尉孙轸曾往访之，见其人颇萧洒，自陈："村民无所能，何为见访？"孙问其不出门之因，其人笑曰："以告者过也。"指门外一桑曰："十五年前，亦曾到桑下纳凉，何谓不出门也？但无用于时，无求于人，偶自不出耳，何足尚哉！"问其所以为生，曰："昔时居邑之南，有田五十亩，与兄同耕。后兄之子娶妇，度所耕不足赡，乃以田与兄，携妻子至此。偶有乡人借此屋，遂居之。唯与人择日，又卖一药，以具饘粥，亦有时不继。后子能耕，乡人见怜，与田三十亩，令子耕之，尚有余力，又为人佣耕，自此食足。乡人贫，以医卜自给者甚多，自食既足，不当更兼乡人之利，自尔择日卖药，一切不为。"又问："常日何所为？"曰："端坐耳，无可为也。"问："颇观书否？"曰："二十年前，亦曾观书。"问："观何书？"曰："曾有人惠一书册，无题号。其间多说《净名经》，亦不知《净名经》何书也。当时极爱其议论，今亦忘之，并书亦不知所在久矣。"气韵闲旷，言词精简，有道之士也。

——《梦溪笔谈·卷九·人事一》

　　附近黎阳县有个领导叫孙轸的，曾去拜访杜五郎。杜郎说：村夫我没什么能耐，您为什么要来拜访呢？孙领导单刀直问他足不出户的原因。杜笑笑说：外面人的传言其实有过分的地方吧，我也不是不出家门，他指着院子里那株桑树说，喏，我十五年前也曾到那棵树下乘凉的，怎么能说是不出门呢？我是这样想的，像我这种人，对社会没什么用处，也不必去求什么人，我出门干什么？我不出门这种事，真不晓得有什么新闻价值呢？

　　孙领导说，好奇，好奇。因为他还有好几个问题想搞搞清楚。

你不出门，那么，以什么为生呢？

五郎说，我就知道你要问这个问题。从前我居住在县城的南边，家有五十亩田，我是和哥哥一起耕种的。后来，哥哥的儿子娶了媳妇，单单种田已经不能够养活一大家人了，于是我就把田都给了哥哥，带着老婆来到现在住的这个地方。巧的是，乡里有人愿意把屋子借给我，我就住到了这里。我的工作是，替人算日子，就是挑挑黄道吉日，还兼着看些小病卖些药（药是怎么来的？还是个疑问），这样才有碗粥喝。当然，有时候也会出现上顿不接下顿的窘况。后来，儿子长大了，乡里人可怜我们，分给我们三十亩田，于是让儿子学种田。儿子很勤奋的，他除了种田，还利用空余时候打工赚钱，这样，我们全家又能吃上饱饭了。我是个极度满足于现状的人，能吃上饱饭已经足够，而乡里的人其实都很贫困，有许多人也都是靠行医算卦养活自己的，换句话说，算命看病这个市场真是小得很，于是，我就不去替人择日和卖药了，把有限的机会让给比我更贫困的人。

孙领导频频点头，表示肯定他比较崇高的思想境界，但仍然很好奇，他像个记者样再深入采访。

"你不择日，不卖药，那你平日里都干些什么呢？"

五郎淡淡地说："也不干什么，只是空坐着而已，因为没什么可做的。"

"那你不看书吗？"

"看书？那是二十年前的事了。二十年前，我曾经看过书的。"

"你二十年前看的书名叫什么？"

"没有书名。这本书是人家送我的。只是记得，书中有多处提到《净名经》，也不知道《净名经》是什么书，当时非常喜欢书中的一些议论，现在那些议论都忘记掉了。唉，这么多年了，那本书也不知道放哪儿去了。”

这个时候，孙领导仔细打量眼前的杜五郎，只见他气定神闲，言辞清楚而简单。

五郎的故事，沈括又是怎么知道的呢？他有一段时间军务正忙，到半夜了还没有休息，非常疲劳，就与同事闲聊，孙轸就谈到了杜五郎的事。听了这个故事，沈一时觉得很崇拜，烦闷和疲劳顿时没有了。

三十年不出家门，普通人中的不普通，原因其实只有一点，就是五郎觉得他不用去求什么人！

是呢，不用求什么人，自给自足，内心一片宁静。

《卷十八·技艺》中有非常特别之“许我”。为什么叫许我？这个姓许的人，和人谈话时，从不谦称自己的名字，无论对方什么身份，他都自称“我”。有一次，丞相贾昌朝想见他，派人邀请了好几次，他就是不来。又派门客去苦求，他总算来了，可是他要骑着驴子直接进相府的客厅，守门的不让，说，即便是四五品的官员，也必须下马。许我回答说：我无求于丞相，是他邀请我来的，如果要下驴，那我回家就是了。许我转个屁股就回去了。门吏急追，许我也不回来。门吏报告贾丞相，丞相派人向许我道歉并再次邀请，许我最终也没去。贾昌朝很是感叹：许我不过是个市井中的平民罢了，就因为他无求于别人，竟不能用权势让他屈服！

钱镠称吴越王时，诗僧贯休曾作贺诗（他们是老朋友了），钱王读到“满堂花醉三千客，一剑霜寒十四州”，大喜，但他派人传话：若想来见我，请将“十四州”改为“四十州”。贯和尚断然拒绝：州亦难添，诗亦难改，闲云孤鹤，何天不可飞耶？

我们普通人，什么时候能做到凡事不求人呢？

淡定官员向敏中

沈括在同一节中还记叙了一个淡定的官员，这个官员在大喜来临时的态度也让人有所悟，官不就是个身外之物吗？

真宗皇帝时，向文简拜右仆射，麻下日，李昌武为翰林学士当对，上谓之曰："朕自即位以来，未尝除仆射，今日以命敏中，此殊命也，敏中应甚喜。"对曰："臣今自早候对，亦未知宣麻，不知敏中何如？"上曰："敏中门下，今日贺客必多。卿往观之，明日却对来，勿言朕意也。"昌武候丞相归，乃往见。丞相方谢客，门阑悄然已无一人。昌武与向亲，径入见之。徐贺曰："今日闻降麻，士大夫莫不欢慰，朝野相庆。"公但唯唯。又曰："自上即位，未尝除端揆。此非常之命，自非勋德隆重，眷倚殊越，何以至此？"公复唯唯，终未测其意，又历陈前世为仆射者勋劳德业之盛，礼命之重，公亦唯唯，卒无一言。既退，复使人至庖厨中，问："今日有无亲戚宾客、饮食宴会？"亦寂无一人。明日再对，上问："昨日见敏中否？"对曰："见之。""敏中之意何如？"乃具以所见对。上笑曰："向敏中大耐官职。"

——《梦溪笔谈·卷九·人事一》

向敏中是宋真宗时的官员。有一天，他突然被任命为右仆射。这就是丞相啊，一个相当神气的职位！

诏书下达的那一天，恰好是翰林学士李宗谔值班。皇帝对李说：我自从登位以来，还从没有任命过仆射这样的官，今天以这个职位任命向敏中，应该是一件非同寻常的事情，我也没有事先和向敏中谈过话，他应该很喜欢吧。李宗谔答道：我今天从早上就开始在宫里值班，也不知道您颁布的这个命令，不知道向敏中现在怎么样呢。皇帝面露喜色：敏中家里，今天祝贺的客人一定很多，你去他家看看，明天再来向我汇报，但不要说是我让你去的噢。

李宗谔等到向敏中下班回家后才去探望。哎，奇怪呢，偌大的丞相府，居然冷冷清清，门前没有见到一个人。李和向平时关系比较好，家里都是直来直去的。于是，李直接走进向家，见了面就祝贺：今日听说下达了您的任命文件，大家无不奔走相告、欢欣鼓舞，真是举国欢庆呢！向敏中只是噢噢应答了一下，不多言。李宗谔又说：自当今皇上登基以来，还从来没有任命过仆射这个官呢！先生您如果不是德高望重，皇恩深厚，怎么可能有这样的待遇呢？向敏中还是噢噢应答了一下，并不多言。

见向敏中如此淡定，李宗谔也猜不出向的心思。

李于是又进一步讨好。他历数了前代做过仆射这个职位人的辉煌功劳，皇恩的浩荡，向仍然只是简单地噢噢应答着，最终也没有说过一句话。

李从堂屋退出后，又派人去向家的厨房里察看，问下人道：今日相府中有没有亲戚宾客宴饮？下人回答说：相府中今日寂静无人哎。

第二天，皇帝迫不及待地问向敏中的反应及向家的情况。

"昨日见过敏中没有？"

"见过了。"

"敏中的心情如何？"

李宗谔便把看到的情况详细向皇帝汇报了。皇上笑着说：向敏中真是宠辱不惊啊，不把官位放在心上！

向敏中如此淡定，我想最主要的应该是他内心修养的深厚和精神的强大吧。

按皇帝的猜想，得到这样的任命，一定会高兴和庆祝一下的，这也是常理，下面一些活动是少不了的。

第一，接受上门祝贺。上门祝贺的类型肯定各种各样，因为目的各式各样。真正的朋友，真的是表示祝贺的，这次你升迁，我来祝贺，下次我升迁，你来祝贺，你来我往，正常的友谊。部下，原来的部下，新的部下，那肯定要来的噢，都管着咱呢，人家都去了，不去肯定不行，不去还以为摆架子呢。当然还有各类以后有求于他的人，为了以后办事方便，我们一定得前去祝贺一下，提前混个脸熟也好嘛。

第二，适当的宴请。新任官员基本都知道要低调，但是，一般的人情也是必需的。关键是，人家来祝贺的，总不能空着手吧，既然人家没有空手来，那就要让人家饱着肚回去，酒是一定要喝高兴的。不管多大的范围，适当的宴请总是需要的。

第三，待遇的配套。什么职位享受什么样的待遇，这个有关部门肯定马上会想到的，府院是不是不够大了？出行的标准（比如外出视察的规格）是不是要提高了？一切的一切，都需要马上改变。

说复杂，还可以再复杂下去。但是，向敏中却把它处理得很简单，他想了几个为什么：不就是任个新职吗（今天任用你，明天也可以把你去掉的，一张纸的事情，何必这么在乎）？这个职位是白送给你的吗（我为皇家辛辛苦苦工作，工作业绩也不差，皇帝还算有良心，他其实是想让你干更多的活呢）？人家来祝贺是真心自愿的吗（说被迫不大好，但大多数人绝对只是表面上的，如果这一点不懂，那就白做了这么些年的官，有些人甚至恨不得你马上犯错）？ N个为什么想过以后，他的心里就很淡然了，这一切都是外在的，有当然好，咱就好好干工作，没有也不难过，毕竟在金字塔尖的人是极少极少的。

至于那些跑官要官花大代价而得到职位的官员，和向敏中根本不在一个层次上，没得比的。

《东坡志林》——
一肚皮的不合时宜

有人统计过，苏东坡一生担任过三十余个官职，遭贬十七次，还坐过一百三十天的牢。每当宋神宗举箸不食时，他一定是在读东坡的文章；每当东坡有新作出来，神宗必定当着大臣的面大加赞赏。可是喜欢归喜欢，神宗在位期间，东坡一直流放在外。一篇一篇，长短不一，随性而作，均放入手泽袋中，《东坡志林》大约就是这个时期的点滴感悟。"心似已灰之木，身如不系之舟。问汝平生功业，黄州惠州儋州。"我偏爱他的随笔杂记，数遍翻过之后，写了如下文字。

东坡先生文才好，官运却不那么亨通。空有一肚皮的理想，却看得社会浑浊而无计可施。在那些当权者看来，这一肚皮都是不合时宜，并不是什么他们需要的好货！

壹

娱乐化矿难

蒋仲甫闻之孙景修言：近岁有人凿山取银矿至深处，闻有人诵经声。发之，得一人，云："吾亦取矿者，以窟坏不能出，居此不知几年。平生诵《金刚经》自随，每有饥渴之念，即若有人自腋下以饼饵遗之。"殆此经变现也。道家言"守一"，若饥，一与之粮；若渴，一与之浆。此人于经中，岂所谓得一者乎？

——《东坡志林·卷二·诵"金刚经"帖》

一则矿难小故事让人不觉着沉重，反而搞笑。

一个叫蒋仲甫的人和孙景修说：近年有人凿山取银矿，挖到深处的时候，突然听到有人念经的声音，挖到眼前，发现有一人。那人对挖矿的人说，我以前也是挖矿的，因为洞塌了，出不去，我也不知道在这里待了几年了。幸好平时是随身带着《金刚经》的，所以每每饥渴的时候，我就念经，念着念着，就好像有人从腋下送给我饼吃，大概这是念经的功劳吧。

采矿者困在洞里几年没有饿死，这应该是个奇迹，不过，这个奇迹的创造是因为佛经的功能，可能吗？肯定不可能。但为什么东坡相信了？因为东坡是个很真诚的佛教徒呢。其实，东坡这个高级知识分子，他未必不知道事情的真假，但他相信精神力量的无限。人有了一种精神追求，于是就有了精神力量，而这种力量会让人产生意想不到的动力，所以从这个层面上讲，精神力量的确无限。这个念经的生存者真的很幸运。

有次我在《读书》杂志上读到一则关于矿难的旧闻。这是一则很奇特的旧闻，说它旧闻是因为发生矿难的时间大概是清朝，谁也不知道是怎么回事，反正历史没有记载。说的是有人在某矿采煤的时候挖出了好多具穿着清代服饰的矿工尸体，当时有的还脸色红润，大概因为时间久了，挖出没多少时间就都风化了。

当我读到这段文字的时候，一阵寒战。一直想写点什么，想不出什么角度，也想不出用什么形式，一直到现在也没有想出，可是听到看到大大小小矿难的时候，脑子里就会闪现出这个镜头。把这个事和副刊编辑说了以后，她说，是否可以写个小剧本？但也认为情节太恐怖了。也许我孤陋寡闻，这样的事早在史书上有记载，但我还是无法想象。

穿着清朝服饰而尸体风化的矿难者，就没有东坡笔下那位先生幸运。他们甚至都没留下姓和名，他们就这样在某一天突然和人世相隔，这种相隔也许非常平静，平静到矿主都不敢说，他不敢报官，官也就不知道了。但老实说，官知道了又会怎么样呢？积极组织营救？好像还没有这样高觉悟的地方官。如果地方官平时和矿主的关系甚好，那么被埋的矿工还会有一线希望，如果矿主平时都不去烧香，你还能指望他关键时候显灵？基本不可能的！

我有时会傻傻地想，历朝历代留下那么多的金银铜器，而这些原材料都和矿有关，还有，前朝也有工业、农业，也有各式各样的生活，而这一切都离不开各类矿，那开采也是一个问题，虽然原始些，但既然有了，肯定会有事故。我特意翻了《梦溪笔谈》之类的记载，好像很少很少。那是怎么回事呢？要么是事故少，要么是官方瞒报，两种可能性都存在的。

所以从这个角度去理解，相信古代也肯定有不少矿难，只是人们看矿难的角度不一样。在东坡先生看来，这样一则矿难，我不能从正面去记叙，难道还不能从佛教的角度去记叙？宋代难道就不需要娱乐精神吗？大大地需要！

贰

"暖肚饼""不输方"药方四帖

东坡是比较喜欢开方子的，《东坡志林》中，他一共开了四次方子。

张鹗有一天拿着纸来请东坡写一幅字，他大笔一挥，写下了《战国策》中的四味药送张：无事以当贵，早寝以当富，安步以当车，晚食以当肉。

> 张君持此纸，求仆书，且欲发药。不知药，君当以何品？吾闻《战国》中有一方，吾服之有效，故以奉传。其药四味而已。一曰无事以当贵，二曰早寝以当富，三曰安步以当车，四曰晚食以当肉。夫已饥而食，蔬食有过于八珍。而既饱之余，虽刍豢满前，惟恐其不持去也。若此可谓善处穷者矣，然而于道则未也。安步自佚，晚食为美，安以当车与肉为哉？车与肉犹存于胸中，是以有此言也。

——《东坡志林·卷一·赠张鹗》

无事以当贵。人生就怕有事了，比如家里只要出一点点事，哪怕很细小的事，都会搅乱你的心。袁中道看着袁中郎，生病，吐血，便血，医治无效，直至痛苦地死去，也是五内俱裂。公安派的名人，来吊唁的作家自然很多，每来一批人，他都要再痛苦一次。平安是福，相信许多人都有切身的体验，尤其是从不平安中走出来的人。

早寝以当富。医生总是强调，夜里十一点到凌晨三点为最佳眠期。可现代人哪里能做得到这一点呢？古代，也有很幸福的时候，没有那么多的外扰，日落而息，这个息是真正的息，即使睡不着，天晴的时候可以望星空，落雨的辰光可以听雨滴，很心安的。更重要的是，身体好了，就是财富，况且第二天还可以精神抖擞地日出而作呢！

安步以当车。其实这里还有点矫情的，因为那个时候，有私家车的毕竟很少很少，老百姓好不容易养一头牛或一匹马，都是为了生计，不舍得坐的。所以，只有贵族士大夫，才可以乘车。坐车坐得多了，身体就容易出问题，这个高那个高的，那就走路吧，走路比坐车好。要么就像陶渊明那样，晨兴理荒秽，带月荷锄归，虽然收成不怎么样，但确实也是养生的好方法。

晚食以当肉。这个理解起来似乎有歧义，是说晚饭要晚点吃呢，还是晚餐一定要有点肉？从句式上看应该是晚餐要晚点吃，晚点吃晚餐，就等于是吃肉，吃肉大约就是大补了。但和早寝好像又有点矛盾，吃得迟了，睡得不就晚了吗？吃了马上睡，也不利于养生啊！东坡是离不开肉的，他被贬黄州时，经济条件一般般，买不起好肉，只能吃一些便宜的，他也照样很快乐。《煮猪头颂》说："净洗锅，浅着水，深压柴头莫教起。黄豕贱如土，富者不肯吃，贫者不解煮，有时自家打一碗，自饱自知君莫管。"看看，这个猪头肉都给他烧出花样来了，真的是不容易。

不过，不管怎么说，这方药现在看来还是很实用，只要稍微翻翻新就可以了。

元符三年八月，很喜欢吃肉的东坡决定对自己要有所节制，于是向人发出告示说，我是很节俭的，我一个人吃饭只要一碗肉就够了，你们如果很浪费地招待我，我会不接受你们邀请的。并且再一次自己给自己开了方子：一曰安分以养福，二曰宽胃以养气，三曰省费以养财。原来如此，他不仅要养生，还要节约呢。一举多得，何乐而不为？

东坡居士自今日以往，不过一爵一肉。有尊客，盛馔则三之，可损不可增。有召我者，预以此先之，主人不从而过是者，乃止。一曰安分以养福，二曰宽胃以养气，三曰省费以养财。元符三年八月。

——《东坡志林·卷一·记三养》

和东坡一样做过杭州通判的鲁元翰，曾经送给东坡一张"暖肚饼"，东坡很温暖，很受用，认为价值抵万钱。后来，东坡特地感谢鲁兄而寄一张同样的饼给鲁，并且自认为其价不可言。当然，东坡这张方子是有具体内容的，如下：中空而无眼，所以不漏；上直而无耳，所以不悬；以活泼泼为内，非汤非水；以赤历历为外，非铜非铅；以念念不忘为项，不解不缚；以了了常知为腹，不方不圆。

念念不忘，肝胆相照，不卑不亢，挺直脊梁，心底无私，坦坦荡荡，什么叫真正的朋友？这大概就是！也只有真正的朋友才能拈出它的价值。

公昔遗余以暖肚饼，其直万钱。我今报公亦以暖肚饼，其价不可言。中空而无眼，故不漏；上直而无耳，故不悬；以活泼泼为内，非汤非水；以赤历历为外，非铜非铅；以念念不忘为项，不解不缚；以了了常知为腹，不方不圆。到希领取，如不肯承当，却以见还。

——《东坡志林·卷一·谢鲁元翰寄暖肚饼》

东坡又是很善于捕捉社会细节的。绍圣二年五月九日，相国寺有道人在卖狗皮膏药。其中有个特别广告：卖赌钱不输方。这个很有吸引力。有个年轻的赌徒，看到了广告，就和道士砍价。道士很牛啊，随你怎么砍，就是不降价，就卖一千金。年轻人只有狠狠心，估计是前段时间手气实在不怎么样，还估计是包包里有几张支票，一咬牙，成交！买回来一看，发现方子上面只有四个字：但止乞头。

什么意思？就是这个方子只适用于赌场的抽头！道士错了吗？没有，绝对正确！

年轻人傻吗？不傻，有许多人常常和他一样，在寻找和不断重复着这种生财的梦想。

> 绍圣二年五月九日，都下有道人坐相国寺卖诸禁方，缄题其一曰："卖赌钱不输方。"少年有博者，以千金得之。归，发视其方，曰："但止乞头。"道人亦善鬻术矣，戏语得千金，然亦未尝欺少年也。
>
> ——《东坡志林·卷二·记道人戏语》

叁

贺下不贺上

关于致仕，东坡先生有许多感慨要发。有的时候，人的心态是被逼出来的，所以，信佛、从容、豁达、洒脱、风趣，他做得很好。不要说真正退下来，就是在位又怎么样呢？但是，下来，特别是退休，是值得祝贺的，而上去了，有时却不见得是什么好事。

我的几个好朋友今年恰恰下来了，于是借东坡之《贺下不贺上》，表示祝贺。

> 贺下不贺上，此天下通语。士人历官一任，得外无官谤，中无所愧于心，释肩而去，如大热远行，虽未到家，得清凉馆舍，一解衣漱濯，已足乐矣。况于致仕而归，脱冠佩，访

林泉，顾平生一无可恨者，其乐岂可胜言哉！余出入文忠门最久，故见其欲释位归田，可谓切矣。他人或苟以借口，公发于至情，如饥者之念食也，顾势有未可者耳。观《与仲仪书》，论可退之节三，至欲以得罪、病而去。君子之欲退，其难如此，可以为进者之戒。

我亲爱的敬爱的朋友，A友B友C友，祝贺你们从一线岗位光荣而顺利地下台，真心和真诚地祝贺。

这样来祝贺你们，是不是有点不合时宜？是不是有点幸灾乐祸？我知道，肯定有人这样想。但我不这么想，我要祝贺你们下台，我的祝贺理由大致有三：

其一，无官真的会一身轻。我完全能体会你们工作的忙碌，这个忙不是一般的忙，忙得你们不仅身苦，心更苦，不仅身累，心更累。有那么多的会要开，有那么多的事要处理，有些事不是那么好处理的，要弄坏你们多少脑细胞啊？！而且现在都是一把手负总责，你们都是一把手，什么事都要你们拍板，责任可见有多大多重了。还有，比上述工作更复杂的各种关系要处理，和上面的关系，和下面的关系，和同级部门的关系，关系的关系，简直是谜一样的关系。现在好了，这些事情基本和你们无关，你们真的可以解放了。

其二，你们顺利下台是洁身自好的良好结果。你们在不同的岗位，担任着不同的领导职务，有厅级，有处级，有科级，尽管权力有大小，但都是重要的岗位，你们能够顺利到达下台的彼岸，其实很不简单。就说A吧，一个县的建设部门领导，这可是个高风险岗位呢，你这么多年，把事情做得这么圆满，简直可以说是完美。再说 B 吧，重点国企的领导。你那个单位，效益非常好，社会上极吃香，求你的人据说都要磕破头，你愣是把住关口，据说每次招聘你都是亲力亲为，为的是防止下属蹚浑水。有一段时间，我曾听到不少风言风语，B 你能光荣下台，而没有被这些流言蜚语击败，说明你是个正直而磊落的人，什么事也没有。

其三，你们下台下得很彻底。你们没有去活动活动想要再发挥余热，这一点我更要祝贺。不要认为单位离不开你，你看看，现在人家不是干得很好吗？比你还有思路呢。如果你还没有完全想开，总认为你的思路还要继续，有很多工作还没有干完，更想什么青史留名，你这一任，为这个地方的百姓做出了足够让他们对你感恩戴德的功绩。你如果这样想了，你会越来越难受的，你会看不惯下一任的做法。所以，要退就退得彻底，不要拖泥带水的，省得难受。A 啊 B 啊 C 啊，你们可以趁现在还年轻，给自己找点事做，给自己一点空间。没有爱好没关系，从头开始来啊，A 兄可以帮人家搞搞设计嘛，你不是工程系毕业的吗？ B 哥啊，你在职的时候不是经常到各地做讲座吗？我觉得这种爱好可以坚持下去，可以赚些碎银，还可以到处走走，一举多得。C 长啊，你不是园艺高手吗？再不怎么的，你那阳台也可以打扮打扮的。

哥儿们，你们都给我挺起胸来，现在是顺利下台，不是人走茶凉，不要那么苦大仇深的，搞得自卑样。你们可以脱冠佩，访林泉，累石邀月；可以牛马走，出臭汗，天伦之乐。

高处何如低处好，下台还比上台难！再一次祝贺我的 A 朋 B 朋 C 朋，以及和你们同时下台或即将下台一定要下台的兄弟姐妹们！

肆

养生最难是去欲

昨日太守杨君采、通判张公规邀余出游安国寺，坐中论调气养生之事。余云："皆不足道，难在去欲。"张云："苏子卿啮雪啖毡，蹈背出血，无一语少屈，可谓了生死之际矣。然不免为胡妇生子，穷居海上，而况洞房绮疏之下乎？乃知此事不易消除。"众客皆大笑。余爱其语有理，故为记之。

——《东坡志林·卷一·养生最难在去欲》

某日，东坡、杨君采太守，张公规通判，一起游安国寺。

闲下来时，大家坐着一起讨论调气养生的话题。东坡率先发言，他说，我认为什么都可以克制，只有性欲比较难克制！张通判接上去发挥讲，苏武同学被抓十九年，意志应该是最坚定的，什么样的困难都挺得过去，吃雪啖毡，被敌人打得死去活来，愣是不说一句投降的话。可是，他依然抵不住寂寞，守不住底线，终究还是替一匈奴女子生了个儿子。苏同学在那样恶劣的环境下仍然不灭性欲，何况现在生活条件远远好于他的洞房花烛夜呢？

大家说到这里都大笑，真理啊！因为都是俗人，俗人大概免不了性事，就如同吃饭穿衣。

历史上一些著名的乱伦事件，都和这个有关。杨广弑父后的第一件事，就是把庶母陈夫人弄上床。二十七岁的李治，落到了三十一岁的武则天（这可是小妈噢）手里，就如同一只苍蝇落到蜘蛛网上，除了粉身碎骨，很难逃生。同样，六十岁的李隆基，把他一个儿子的妻子，即二十六岁的杨玉环召唤进宫，还把她封为贵妃，这可是小老婆中的第一等级呢。

有去欲的实用办法吗？有的，很多，总起来说，分精神和物质两类。

出家的人把美女想象成一堆白骨，就是再漂亮，不就是一堆肉身白骨吗？这样一直想一直想，日日想，月月想，年年想，于是真的成了一堆白骨了。白骨，很可怕，白骨成精，更可以棒打了，连孙猴子都要三打。这是精神的。

皇宫里只能有一个男人，其余的都不行。那么皇宫里又需要大量的男人办事，怎么办呢？很简单，把想到皇宫里的男人的势给去掉。这可是一劳永逸的。基本上不会发生特殊情况。这就是物理疗法。不知道哪朝最先发明这个办法，我还没有看到过关于太监的起源之类的书，肯定有趣。

不要说这样的欲很难去掉，就是和食有关的欲也一下子难去掉。

僧谓酒为"般若汤"，谓鱼为"水梭花"，鸡为"钻篱菜"，竟无所益，但自欺而已，世常笑之。人有为不义而文之以美名者，与此何异哉？

——《东坡志林·卷二·僧文荤食名》

东坡这样调侃出家人：僧人把酒叫作"般若汤"，把鱼叫作"水梭花"，鸡呢则称为"钻篱菜"。真是有意思极了，酒嘛，不就是像汤一样的东西吗？现今人们觥筹交错的时候，往往喊着口号比画：酒嘛，水嘛，醉嘛，睡嘛。太对了，酒就是水做成的啊，瘾头上来了，把它看作水，看作汤，"般若"一下就咕嘟下去了。鱼算荤菜吗？

不算，只是水里穿梭的花草而已，小鱼是小花，大鱼在大江大河里跳起来，则能激起很大的浪花呢，肯定好看。至于鸡嘛，就是一道普通的小菜，即使它叫鸡肉，也没有关系，它就是好钻篱笆罢了，这种菜可好吃了，肯定好吃，它们可都是运动健将型的，身体虽然小巧，但结实有劲，菜质细嫩，可口可乐！

中国和尚色荤是绝对禁止的，即便喝酒吃肉也要被骂为花和尚的。可是日本和尚却可以，因为日本人将佛教弄得也完全职业化，僧人就是一种职业而已。靠信仰支撑的佛教，在世界各地发展成如此多形式，想必也是文化的作用。

所以，我们要把这两个"欲"放到发展中去考察，放到运动中去分析，这样才会全面而客观地得到我们的结论。

张翼廷说，他有平生五恨：一恨河豚有毒，二恨建兰难栽，三恨樱桃性热，四恨茉莉香浓，五恨三谢李杜诸公不能写文章。

陆布衣调侃：您老人家实在有些矫情啊。说品位也好，说嗜好也罢，说才情也可以，但您都在矫情中透着许多和别人不一样的欲望。河豚你恨他干吗？没有毒还叫"拼死吃河豚"？从生态角度说，正是因为有毒，才有效地保护了河豚。建兰难培养，才显示出它的高贵品质，你以为是蒲公英啊，随便撒一颗种子都会成长得很好；它也不是仙人掌，随便插那儿都会生长。樱桃性热，就是让你少吃点。茉莉香浓，大家都喜欢茉莉花嘛，茉莉不香还叫茉莉？三谢李杜们不会写文章？难道诗歌不是文章？在他们那个时代，诗就是正统的文章，而你才是小儿科呢，写些小笔记算得了什么？就如我这个时代，你弄些小品文，或者去弄几行诗，说实话，也就是你们自娱自乐罢了，读诗的人还不如你们写诗的人多呢！这都是人们被物欲熏坏的缘故？我看不全是吧。

杨朱先生说过一个宋国农民的故事：宋国那个农民，时常穿着麻絮衣服过冬，春天的时候，他在田间劳动，自己被太阳晒着，觉得暖和极了，根本不知道世界上还有高楼大厦、温室暖舍，不知道除了麻絮还有丝绵和狐裘。老农对妻子说：晒着太阳，身上暖和，世界上还没有人知道咱这取暖的方法吧？咱们把它献给国君，说不定还会得到重奖呢！

这个可爱的宋国农民，他一定不知道世界上还有一个"欲"字存在呢。

所以，东坡他们的讨论还可以再深入些。欲，还有钱欲，内容要比上面的各种欲丰富多了。

伍

寒士论

天寒地冻，正好有几则关于寒士的段子可以连起来说。

> 俗传书生入官库，见钱不识。或怪而问之，生曰："固知其为钱，但怪其不在纸裹中耳。"予偶读渊明《归去来辞》云："幼稚盈室，瓶无储粟。"乃知俗传信而有征。使瓶有储粟，亦甚微矣，此翁平生只于瓶中见粟也耶？《马后纪》：夫人见大练以为异物，晋惠帝问饥民何不食肉糜，细思之皆一理也，聊为好事者一笑。永叔常言："孟郊诗：'鬓边虽有丝，不堪织寒衣'，纵使堪织，能得多少？"
>
> ——《东坡志林·卷三·论贫士》

陶渊明在《归去来辞》中说他很贫困，贫困到什么程度？"幼稚盈室，瓶无储粟。"他家小孩子多，吃口相当重，家里用来放小米的瓮都空了。估计这瓮也不大，是一般瓶子的那种。你见过谁家用瓶子来装粮食的吗？我没有见过，我只见过农科所用小瓶子装谷子做试验，只见过用瓶子养些小插花。当然，还有一种极有可能是孤陋寡闻，也许陶公装小米的瓮很大，特制的大瓮，可以放好几斗，不，好几石呢。

堵车的时候，常听古诗词打发时间。这几天，我反复听杜甫的《茅屋为秋风所破歌》。注意了，是秋风，不是冬风。即使秋风也够他喝一壶的，冻得他嗷嗷叫："布衾多年冷似铁，娇儿恶卧踏里裂。床头屋漏无干处，雨脚如麻未断绝。自经丧乱少睡眠，长夜沾湿何由彻！"这诗我背得很熟很熟了，可还是经常听，每听一次，都对杜先生的境遇深表同情，布被盖过多年了，估计已经不太有棉被的形态了，没有银子去翻弹一下，也没有太阳晒一下，小孩子睡觉又不老实，被踢得很破很破了。这可还是秋天噢，要是冬天来了呢？叫那杜先生如何承受得了！

孟郊一生贫穷，四十六岁才中进士，可仍是贫穷。你看看他的《谢人惠炭》诗这样描述：暖得曲身成直身。真是可怜啊，大冷天，冻得不行，别人送来了炭火，炭火的作用就如暖空调，身子马上直起来了，于是赶紧写首诗谢谢人家。欧阳修在《六一诗话》中这样说孟郊："鬓边虽有丝，不堪织寒衣。"纵使你两鬓有许多的头发，而且这个头发又很长，还很粗，假如用这些鬓丝来织御寒的衣物，大家想一想，能织多少呢？一寸，抑或几寸？

东坡想到这里，很难受，哎，我的人生也好不到哪里去呢，写篇《论贫士》吧：一书生进入"国家中央银行"，见到许许多多堆在那里的东西，很气派，很震撼。是什么东西？是钱，可是他不认识。有人就感到很奇怪了：这钱你都不认识？你还读什么书呢？书生说，我只认识我包里的那一点点钱，别的钱我没有见过。估计是真实的事情，东坡把它当新闻一样记下来了。

寒士的贫穷仍然在继续。

六百多年前，硬骨头代表人物方孝孺，也是贫穷得很。有一段时间，他卧病在床，家里又断了粮食。仆人多次把这个情况告诉他（这个贫困想来没有到底，还有仆人可雇），他笑笑说，古人有三十天只吃九顿饭的记录，缸里也没有存粮，我们家如果到这个程度，我会替你着急的，我们家现在到了这样的程度吗？那倒不至于。仆人不开心地说，如果那样的话，您不免要挨饿了，我也没有饭吃呢。方又笑笑说，我在替你发愁啊，你这样三天两头告诉我，累不累啊？

有人说，陶渊明、方孝孺，还有孟郊等兄弟，都不太有备战备荒的概念，不太会未雨绸缪，基本上都是今朝有米就吃光，今朝有酒就喝光的角。而且，他们不太喜欢夏天，夏天不好，穷的时候连西北风都没得喝！还是要有强烈的储蓄意识啊，虽然买不起商品房，但经济适用房廉租房总是可以想办法的嘛。他们都这么穷，那些小老百姓怎么生活呢？分析起来，貌似有一定的道理。

吃的，住的，用的，极度短缺了，就足以造就寒士。杜甫因为自己遭罪太深了，所以，他想眼前突见一座高楼大厦平地起来，那样的话，就可以大庇天下寒士。大批天下寒士，如果有了这样不受冻的庐，那一定非常高兴，天天开派对庆祝呢。

司马炎绝对没有想到他的儿子司马衷会闹出一个代代流传的国际笑话。有一年闹饥荒，百姓饿死很多，官员来找司马衷汇报情况：报告皇上，老百姓没有饭吃，都饿得不行了，怎么办呢？司马衷抓抓后脑勺，很不好意思地问下属：哎，没有饭吃？那他们为什么不吃肉粥呢？

在司马衷们看来，人活下去不一定非要吃饭嘛！贫穷你尽管贫穷好了，我皇帝照当，牛车照坐，大宴照赴，朝会照上！

陆

鞋的态度

鞋是没有态度的，有态度的肯定是人。

《南史》：刘凝之为人认所著履，即与之，此人后得所失履，送还，不肯复取。又沈麟士亦为邻人认所著履，麟士笑曰："是卿履耶？"即与之。邻人得所失履，送还，麟士曰："非卿履耶？"笑而受之。此虽小事，然处事当如麟士，不当如凝之也。

——《东坡志林·卷四·刘凝之沈麟士》

南朝宋人刘凝之，性喜山水，也算是个知名人物了。有一天，邻居指着他脚上的鞋说，哎，你这双和我丢失的一模一样，是我的吧？刘说，那你拿去好了，当即脱下鞋子给了邻居。此后不久，邻居找到了自己的鞋，送鞋来还，刘不愿再接受。

巧合的是，同样是南朝宋的另一名士沈麟士，也碰到了同样的事情。麟士笑着说：是你的鞋吗？好吧，你拿去吧。邻居找到了丢失的鞋，送鞋来还，麟士说：不是你的鞋？那还给我吧，于是笑着接受了。

或许是南朝宋那个时候，鞋的式样太过于单一，就如我们20世纪的解放鞋，清一色草绿色，只有大小的区别，没有式样的区别，如果一群人，脚差不多大小，又混乱地堆放在一起，那是很容易认错的。

不过，这里显然不能就鞋论鞋。我们会马上想到他们为人处世的态度。刘和沈的两位邻居显然都做错了事，因为他们把不是自己的鞋认成了自己的，如果把不是自己的东西硬说成自己的，我们是可以追究法律责任的。比如，你硬说我的一万块钱是你的，不都是钱吗？上面还有我钱的几个特征，有我钱的特征，那还不是我的吗？所以，两位邻居无疑是错了，只是，这样的错事，性质可大可小，大了，很容易引起诉讼，你说是你的就是你的了？小到如刘和沈的态度，你说是你的，那就是你的！

问题的关键肯定不在邻居这里，而在刘和沈发现了邻居们错误之后的态度。

刘的态度是，既然不是你的，那仍然是我的，我的鞋你凭什么要去穿呢？你穿过了，使用过了，我就不再要了，一双鞋不值什么钱，我也不缺这个钱，我就是想让你记着，以后不要随随便便把别人的东西说成自己的，那样会很麻烦。而沈恰恰相反，既然不是你的，那仍然是我的，我的鞋你穿过了也没什么大不了的，不就是一双鞋吗？鞋不就是让脚穿的吗？你的脚和我的脚也没有多大的区别，你还我鞋，那我就继续穿，洗都不用洗呢，不脏，一点都不脏！

这样的态度我们还可以上升到另外一个高度。不愿意再接受鞋，那就是不容许别人犯错，别人犯错了，也不给别人改正错误的机会；快乐地接受鞋，就是宽容别人，允许别人改正错误。

东坡这个时候表态了：此事虽小，然而，处世当如麟士，不当如凝之也。

两双鞋的事情，摊开了说，那是很简单的事情，我们一般的人都会学麟士的方法，认为凝之的处世方法不好。然而，现实中，凝之多而又多，麟士少而又少。

朱国桢在《仿洪小品》中说了一个《扮虎》的故事，耐人寻味。

说是湖南有两个读书的同窗好友，一姓程，一姓郑。程同学先考中进士甲科，授官咸阳令，此时，郑同学仍然贫困，就借了钱去找程同学。到了咸阳，程同学却颁出了禁约：禁止乡人与他相见。郑同学只得回乡，因没有盘缠，请求程同学借几文钱给他，结果程同学也不答应。郑同学回家乡，吃了不少苦头，狼狈得很。后来，郑同学考中进士二甲，拜官后在直隶省供职，这时，程同学牵连到一桩案子，恰好郑同学奉命来查处。程同学听说后，赶紧前去迎接，并论起同窗之谊。郑同学笑而不答，到了晚上，郑同学安排了一出戏，宴请程同学。郑同学私下里叫了两演员，将他们之间的事情用戏演出来。演员们于是奉命扮成两只老虎，其中一只先找到一只羊，叼起来自己吃，旁边刚好有一只饿虎，蹲在地上可怜巴巴地看着，先前的虎却怒吼一声，自顾叼着羊跑了。过了几天，那只饿虎找到了一只鹿，前面那只虎也是很饿，想分着吃，这个时候，一戏子扮成的山神走出来判决此事说：从前吃羊不肯给一点，今天却想来分鹿吃，纵然淘尽湘江的水，也难洗当初的羞辱。程同学很惭愧，连忙把印解下来，走着回去了。

似乎是郑同学不宽容，然而，源头仍然是程同学引起的，程同学禁止乡党和他相见，可以理解是讲廉政，但是，廉政不至于借几文钱都不肯吧。程同学实质上就是十足的自私自利，有违互相帮助的精神，彻底让郑同学伤了心。后面的郑同学却有人之常情，程同学也想借人之常情揩自己的屁股，可惜郑同学不是沈麟士，他倒是想接受送回来的鞋，但原则不允许哎。

周一早高峰行车，很让人绝望，到处都走投无路。高架上，车龙长又长，交通台里传出：不要再上高架了，上面已经是停车场了，整个杭州都被堵了。可仍然有好汉，抓住一点点空隙，左冲右突，钻进钻出，我往往被吓得胆战心惊，更何况车屁股后面贴着诸如"驾校开除、自学成才"的新手。好了，矛盾来了，一车擦着一车的耳朵，还不停下来，那"耳朵"马上紧追，你超我拐，在一黄格线地带终于被"逮"，一场较量于是开始，大吵，大打，一直到警察冲到。这样的场景，每天在发生，每天在各个城市发生。

还有，酒吧里，喝酒喝高兴了，或者，喝酒喝不高兴了；KTV里，唱歌唱高兴了，或者，唱歌唱不高兴了：因为别人一个不满的眼神，因为别人一句不中听的话语，忽然手起瓶落，继而头破血流，甚至弄出人命。

报纸上的社会新闻版已经一再扩容，仍然有刊不完的负面消息，鞋的错误前仆后继，对待鞋的错误也是前仆后继。

焦虑，郁闷，忙碌，人们似乎都很狂躁，不做沈麟士，都做刘凝之。

我很佩服一位台湾导演将人们的这种狂躁症进行了有趣的治疗。

一次，音乐剧上演前，该导演很认真而诚恳地做了剧前演讲：若干年前，我就来过你们这个美丽的城市演出，然而，那个时候给我一个不太好的印象，剧场有人进进出出，还大声打着电话，嬉笑打骂，我感觉非常不好。我相信，现在的人们素质一定有了质的提高，再也不会出现以前那种现象了。果然，刚刚还在喧闹的人群，立即安静了下来，大家都关掉手机或者调到了静音，静静等待着大幕的拉开。

这样的方法的确很管用，就怕人家说自己没文化，没素质。没钱可以，但不能没素质啊！

这位导演就像沈麟士，他非常巧妙地让人们改正了陋习，也许他深深地知道，有些陋习并不是故意去犯的，而是因为习惯，就如我走路的时候总喜欢勾着背，陆地妈妈忽然大喝一声，突然就会不自觉地挺直了，虽然是暂时的，道理却一样。

回到前面，鞋终归只是鞋，虽然我们从鞋中读出了不少的人生哲理，然而，真正涉事，很少有人能做到像麟士那样的豁达。不是没有，而是极少！

《容斋随笔》——南宋畅销书中的经验和智慧

七十四卷的《容斋随笔》，一直很受欢迎。

是什么让作家洪迈坚持四十年写一部书？当然是他的兴趣了。宋代笔记达于极盛，题材极为广泛，洪作家自幼就有良好的学习条件和环境，博览群书，天资聪颖，最重要的是，他能"聚天下之书而遍阅之，搜悉异闻，考核经史，捃拾典故，值言之最者必札之，遇事之奇者必摘之，虽诗词、文翰、历谶、卜医，钩纂不遗，从而评之"（明 李瀚）。真是天文地理，鸡毛蒜皮，什么都有。

此外，还有一个重要原因是，他得到了孝宗皇帝的支持。孝宗皇帝也很爱看他写的笔记。而得到了皇帝的认可，这就好办了，什么难事也没有，书还畅销。皇帝应该没那么多的读书时间，他选中要读的一定是能帮他治国安邦的。历朝历代兴亡事，我朝必须借鉴啊！

难怪毛泽东一生钟爱，他临终前半个月还在读《容斋随笔》。除了领悟经国济民的道理，更将其当作一种思想的享受，远比看那些无聊的影视有趣多了。

壹

作文章的功底

苏轼刚逝世，蔡京就开始打击苏东坡等元祐党人的旧派了。宋徽宗政和初年，他命令禁止并焚毁苏轼的作品，不许人们研究传习。湖北蕲春有一位苏迷，却不管这些禁令，闭门谢客，不与任何人来往，专心致志地注释苏轼的作品。

注书至难，虽孔安国、马融、郑康成、王弼之解经，杜元凯之解《左传》，颜师古之注《汉书》，亦不能无失。王荆公《诗新经》，"八月剥枣"解云："剥者，剥其皮而进之，所以养老也。"毛公本注云："剥，击也。"陆德明音普卜反。公皆不用。后从蒋山郊步至民家，问其翁安在，曰："去扑枣。"始悟前非。即具奏乞除去十三字，故今本无之。

——《容斋续笔·卷第十五·注书难》

钱伸仲任黄冈县县尉时，拜访了三次才找到那位苏迷。钱自然也是苏的爱好者，他一见到那位苏迷，就迫不及待地要求借阅苏迷所注的书。苏迷一副趾高气扬的神情说，喏，书桌上有十本我已经弄好了，你随便翻吧。钱一翻正好翻到《和杨公济梅花》十绝。其中四句：月地云阶漫一尊，玉奴终不负东昏。临春结绮荒荆棘，谁信幽香是返魂。他注释说：玉奴，乃南朝齐东昏侯萧宝卷潘妃的小名，临春和结绮，是南朝陈后主三阁的名称。钱看了后于是问该迷：您所引用的资料只有这些吗？他回答说是的。钱问他：唐朝牛僧孺所著的《周秦行记》记载他进入西汉的薄太后庙，看到了古代后妃们栩栩如生的形象，也就是所谓的月地云阶拜洞仙，东昏侯因玉儿的缘故身死国灭，玉儿由此暗下决心绝不背叛他，这才是苏诗所用的典故，先生为什么不写她呢？苏迷听到这里，赧然失色，天啊，我不是不写，我确实不知道啊。他一句话不说，只是回头示意儿子，将书稿统统烧掉。钱很不好意思，极力劝说将书稿暂且留下，但苏迷坚决不听，并且说：我白下了十几年的功夫，如果不是遇见你，我几乎要给天下的读书人留下笑柄。

钱伸仲经常拿这件事情来教育后人，做学问要认真扎实啊。洪迈却说：钱也并不见得学问扎实呢，也许他不知道，玉奴乃唐朝杨贵妃的自称，玉儿则是东昏侯潘妃的名字。

一个显见的事实是，学海真的无涯，懂得越多的人感觉不知道的东西也就越多，这很正常，因为他将知识的外延扩大了，越扩大越无知。而那位苏迷，主观意图令人起敬，可是，做任何事情都需要一定的基本功，仅仅靠主观努力显然不行。学问的基础也许就是博览和深思吧，但苏迷闭门不出，阅读有限，资料更有限，于是就出现这样的状况。钱县尉自然要比他博学些，否则他不会这样迫切。虽然他对随意翻到的注释解释还有不尽人意之处，但是，他毕竟扩大了苏迷的知识视野，指出了苏迷书中根本性的问题，学问严重不足，窥一斑知全豹，苏迷十几年的研究就显得有些无意义了。至于洪迈指出钱的不足，其实并不是很重要，那只是方法问题，就是说，你如果要想不被天下的读书人耻笑，那一定要踏实，不要人云亦云。

这方面王安石为我们做了个榜样。王注释的《诗新经》，应该比较权威的，估计还是个全国通行教材。其中"八月剥枣"一句中的"剥"解释为：剥者，剥其皮而进之，所以养老也。一共十三个字，翻译起来就是说：剥，是剥掉枣皮后再进献，其目的是敬养老人。而在此之前，毛公本《诗经》注释为：剥，即击打。陆德明的《经典释文》说：剥，音 Pū，而不读 Bō。但是，王安石对这些一概不用。有一天，他随蒋山到郊外散步，路过一户百姓家，见男主人不在家，便询问他到哪儿去了。回答说：去扑枣了。王安石此时猛然醒悟，是他自己搞错了那个"剥"字，于是他上奏朝廷，请求删除自己解释"剥"字的那十三个字。

王安石确实有自知之明。我们的汉语博大精深，一不小心，就会出差错。那些简单的汉字，如何组合搭配，却是大大有讲究，我甚至这样认为，文章的好坏，思想的高低，其实就是文字的简单排列组合。但古往今来的作家中不缺少那种妄自尊大的，或者说自我感觉不得了的人。

洪迈说，晚唐诗人薛能，水平不怎么样，却狂妄得很，极为少见。

这个薛能，往往会在诗文的序言或者注释中，把自己抬得很高。

薛能者，晚唐诗人，格调不能高，而妄自尊大。其《海棠诗序》云："蜀海棠有闻，而诗无闻，杜子美于斯，兴象不出，没而有怀。天之厚余，谨不敢让，风雅尽在蜀矣，吾其庶几。"然其语不过曰"青苔浮落处，暮柳闲开时。带醉游人插，连阴彼叟移。晨前清露湿，晏后恶风吹。香少传何许，妍多画半遗"而已。又有《荔枝诗序》曰："杜工部老居西蜀，不赋是诗，岂有意而不及欤？白尚书曾有是作，兴旨卑泥，与无诗同。予遂为之题，不愧不负，将来作者，以其荔枝首唱，愚其庶几。"然其语不过曰"颗如松子色如樱，未识蹉跎欲半生。岁杪监州曾见树，时新入座久闻名"而已。

——《容斋随笔·卷第七·薛能诗》

薛在《海棠诗序》中说：四川的海棠颇有名，而写海棠的诗却默默无闻，杜甫虽然长居于此，却没什么大作问世。苍天啊赐我以诗才，所以对杜甫，我就当仁不让了，我想我的风雅之作也许可以在四川作家群里独领风骚。他又在《荔枝诗序》中讲：杜甫年老时曾在四川的西部住过，但没有写过有关荔枝的诗，是否是有意写而能力不及，或者是太贫困没有怎么尝过荔枝？那个白乐天，很有名了吧，他曾作过有关荔枝的诗，但也是太粗浅，一点影响力没有，简直和没有写一样。于是，我就写了这首《荔枝诗》，我有理由相信，我不会愧对读者的，我不会辜负人们对我期望的，我想将来的诗人们也许会把这首诗当作吟咏荔枝诗的经典之作。

贬完了杜甫、白居易，他又毫不知耻地开吹了。

他写了十首《折杨柳》，其中这样自我评价道：这首曲子广为流传，为它作词的人也不少，文人才子，各显其能，但他们的诗句也不过是把杨柳条比作舞女的腰肢，把杨柳的叶子比喻成女人的眉翠，千篇一律，都是些陈词滥调。我专攻诗律，学有所成，不随波逐流，很喜欢标新立异，发誓要摆脱那些平庸之作的影响，虽然我不能标榜自己，但那些真正理解我诗作的人能舍弃我吗？薛能说的倒是实话，那些文人才子，写杨柳的确没有什么新意，可是——如此表扬与自我表扬，真让人有些无语！

他以为他是写杨柳的权威呢，好像与那写柳体颜体的柳公权和颜真卿，有得一比。于是他又作《柳枝词》五首，最后一首是这样的：刘白苏台总近时，当初章句是谁推？纤腰细舞尽春柳，未有侬家一首诗。诗的好坏，大家看出点味道来了吧。然后，他又注释道：刘禹锡、白居易两尚书，曾经相继担任苏州刺史一职，都写有《杨柳枝词》，社会上知名度已经很高了，其中虽有奇句，——但是，请注意，他往往是先扬后抑：刘白他们所用的字太冷僻，音律也不甚规范！而我的诗，哈哈，请你们仔细欣赏呗！

关于薛能的这些代表诗作，我不想浪费篇目——列举了，我们只需要知道这样一个基本事实：文学史上，杜甫、白居易、刘禹锡，哪一个在他之下？如果薛能还真有点能耐，那么他是不是这样和杜、白、刘比一下：以我最好的代表作，来比你们最差的作品，你们是名人，不错，但是，你们难道字字珠玑？即使这样，薛能也比不过杜、白、刘，他只会犟着一张嘴，恬不知耻地自我安慰。

也不能把薛能一棍子打死，至少他像一面镜子，告诉我们的读书写作人，一定要谦虚，山外有山。他的这种底气，不知来自何处，但也不是绝无仅有，好像是师有所承呢，范晔就可以做他的老师。

范晔在狱中，与诸甥侄书曰："吾既造《后汉》，详观古今著述及评论，殆少可意者。班氏最有高名，既任情无例，不可甲乙，唯志可推耳。博赡可不及之，整理未必愧也。吾杂传论，皆有精意深旨。至于《循吏》以下及六夷诸序论，笔势纵放，实天下之奇作。其中合者，往往不减《过秦篇》。尝共比方班氏所作，非但不愧之而已。赞自是吾文之杰思，殆无一字空设，奇变不穷，同合异体，乃自不知所以称之。此书行，故应有赏音者。自古体大而思精，未有此也。"晔之高自夸诩如此。至以谓过班固，固岂可过哉？晔所著序论，了无可取，列传如邓禹、窦融、马援、班超、郭泰诸篇者，盖亦有数也，人苦不自知，可发千载一笑。

——《容斋随笔·卷第十五·范晔作史》

范晔秀才谋反。在狱中，估计时间不多了，他想自我安慰一下，给他的甥侄这样写信说：我已经写成了《后汉书》，细看古今的著述及有关的评论，很少有符合自己心意的，班固的名望最高，却全是随心所欲之作，几无体例，不值得评判其优劣，只是他著书的志向可嘉罢了。在材料占有的全面和丰富上，我可能比不上他，若论材料的整理创新上我却未必感到惭愧。我写在杂传末尾的那些议论性的文字，都有独到的见解！至于《循吏》以下及六夷部分的诸篇序，那真是笔力雄健，尽情挥洒，实在是天下的奇作。其中有好些篇章，往往不输贾谊的《过秦论》。——赞语的部分自然是我文章的杰出构思之处了，大抵没有一字是虚设的，行文奇异有变化，精彩处层出不穷，即使相同的内容，我也要追求不同的表达方式，说实话，这部书我是越看越喜欢，喜欢得我自己都不知道怎么赞美它了！

话说回来，像薛能、范晔这样大胆而直接自我表扬的不会太多，但一般文人可能有这样一个意识潜规则：文章是自家的好。因此，每每就有聪明人这样告诫自己和别人，要小心啊，人必须有自知之明的。

这里应该表扬一下曹植。有一次，曹子建在写给杨德祖的信中这样说：世人写作，不可能没有毛病的，我就常常喜欢听人们对我的作品评头论足，有不足的地方，我立马改过来。过去丁敬礼曾经写了一篇小文章，请我加以修改，我自知才能不及他，因而极力推辞，敬礼却对我说：您有什么可为难的，文章改得好，是我受益，人们都以为我写得好；万一改得不好也没有什么关系，后世又有谁会知道究竟是哪一位替我改定了文稿呢？我时常感到丁的这番话是至理名言，受益颇深。

曹子建《与杨德祖书》云："世人著述，不能无病，仆常好人讥弹其文，有不善，应时改定。昔丁敬礼常作小文，使仆润饰之，仆自以才不过若人，辞不为也。敬礼谓仆：'卿何所疑难，文之佳丽，吾自得之，后世谁相知定吾文者邪？'吾常叹此达言，以为美谈。"子建之论善矣。任昉为王俭主簿，俭出自作文，令昉点正，昉因定数字，俭叹曰："后世谁知子定吾文？"正用此语。

——《容斋续笔·卷第十三·曹子建论文》

曹子建懂得一个道理，玩文字就如玩魔方，有 N 种玩法，谁也无法称自己为高手，你只不过对其中的一种或几种玩法比较熟悉而已，还有无数种新的奇的怪的玩法，我们没有发现，就如同人们认识宇宙的奥妙一样，永远都处在探索之中，在这样的前提下，你的文章如果能引起人们的一些共鸣，那就很不错了。从某种程度上讲，越有争议说明人们越关注，评头论足的多了，肯定比书印完就回收到印刷厂要好。

吟得一个字，拈断十根须，甚至二十根三十根以至全断光，这样的精神永远是写文章之良好榜样。只不过，浮躁的社会，名声累重，约稿连连，稿酬高高，许多人怕是连胡须摸一下的工夫都没有呢！

贰

洪迈的 "油污衣"

洪迈七岁的时候，他老爹洪皓出使金国，因不肯屈服而遭拘禁，这一关就是十五年。因为老爹的气节，连皇上都认为他是苏武第二，宁死不屈。但小洪只好跟着两位兄长跑东颠西，缺少家庭温暖。

十岁的时候，他们避乱江南。有次经过浙江衢州到老家饶州去，在白沙渡口，岸边小酒店里，破败墙壁上，一首《油污衣》的白话诗深深烙在了洪迈幼小的心灵上：一点清油污白衣，斑斑驳驳使人疑。纵饶洗遍千江水，争似当初不污时。诗的意思真的很浅显，就是说，白衣服一定要保持它的洁白，如果不小心被油污染了，那么，纵使你洗掉了一千条江中的水，和当初没有被污的时候也完全两样了。这当然是夸张的，也是生物技术的局限，要是现在，随便用一点洗衣粉，别人绝对看不出来。当然，洪迈生在南宋。

> 予甫十岁时，过衢州白沙渡，见岸上酒店败壁间，有题诗两绝，其名曰《犬落水》《油污衣》。《犬》诗太俗不足传，独后一篇殊有理致。其词云："一点清油污白衣，斑斑驳驳使人疑。纵饶洗遍千江水，争似当初不污时。"是时甚爱其语，今六十余年，尚历历不忘，漫志于此。
>
> ——《容斋三笔·卷第五·油污衣诗》

这样一首白话诗，充其量也只说了一点普通的生活哲理，"今六十余年，尚历历不忘"，洪迈为什么就记得这么牢呢？他的《容斋随笔》第三部分卷五中，清晰地记载了这件事。我想，除了他的博闻强记，肯定还有别的原因。

果然，有心结在。

我是被一个词吸引住的。在宋词里，有一首《南乡子·洪迈被拘留》。孤陋寡闻，我以为"拘留"这个词很现代呢，没想到宋朝就有了，而且意思差不多，我们的语言文字真是神奇，千百年稳定，难怪我们有如此多的经典传承。

这首词作者标明"绍兴太学生"，相当于我们现在的首都大学生，应该是集体创作。

洪迈不是因为开宝马醉驾被拘留，而是因为一个外交事件。

且看全词：洪迈被拘留，稽首垂哀告敌仇。一日忍饥犹不耐，堪羞！苏武争禁十九秋？厥父既无谋，厥子安能解国忧？万里归来夸舌辩，村牛！好摆头时便摆头。

这简直就是微博啊，精短，犀利，幽默。重大事件，民众必定关注，必定转发。于是，一时间满城风雨，洪迈的日子要多难过有多难过了。

我们可以再现一下《宋史·洪迈传》里的相关内容：宋高宗三十二年（1162）春，金主雍登位。三月，宋高宗拟遣使者赴金，洪迈说，我去吧。他底气十足的原因也许是他有一个值得骄傲的老爹吧。此次奉使金国，洪迈原想弄出点动静来，如果坚持宋室南逃之前宋朝对待金国的礼节，那么我们就胜利了。所以他在给金主所上的国书中绝不自称为"陪臣"。到金都之后，金人说他所上的国书"不如式"，也就是不合外交要求，——强大的金国才没有这么笨呢，这可是事关他的主权哎！洪，你必须立即将国书中的自称改为"陪臣"，并让他按南宋以来宋金之间屈辱之礼来朝见金主。还想反了是不？"迈初执不可，既而金锁使馆，自旦至暮，水浆不进，三日乃得见。"洪迈最后屈服了，三天啊，滴水没进，这是什么滋味啊？他绝对没有老爹的气概，他一日之饥都受不了，怎么能跟他老爹十五年比呢，更别提苏武的十九年了。

在金主面前"稽首垂哀"的卑躬屈膝，这样的行为，绝对让南宋的官员和老百姓愤怒，于是骂他"堪羞"。更让人愤怒的是，他对自己的行为不仅不反省，反而扬扬自得，犹如功臣。"万里归来夸舌辩"，我们可以设想一下他归朝时向皇帝汇报工作时的情景：金国虽然强大，但我仍然有理有节，对于他们进一步提出的关于割让我国主权领土等不合理要求，我都严词加以拒绝，我想我应该是为咱南宋争得了面子。另外，个人认为，为了世界的和平大计，为了两国的和平相处，减少战争，让两国人民都有机会休养生息，我们也不必要和他们争个你死我活，必要时让一点，大度一点，换来长久的治安，这有什么不好吗？微博上这些天疯传《洪迈被拘留》，那帮不好好读书的太学生，还骂我"村牛"，什么意思啊，是说我像村里的牛一样愚蠢？我无所谓，我是这么看的，只要有利于国家的稳定和繁荣，我个人的名誉受点小损失，没有什么大不了的，他们要说就让他去说好了，陛下，您认真地想一下，我老爹都这么勇敢，我能熊吗？而且，我十岁时就将《油污衣》的诗印在脑中了，我自小便性格高洁，我能使金辱国？想想都不太可能的！此洪斩钉截铁：陛下，我问心无愧，我已经尽力了！

洪迈的自我辩护还是非常有效的。有效的原因自然是他的口才不错，另一个直接的原因是，他是高宗赵构派出去的，这赵构本也没想在金人那里讨得什么便宜，是洪自己雄心勃勃夸下海口，说能摆平金国，给大家一个惊喜，彼时的洪估计是初出茅庐，自以为有多大本事呢！还有一个原因是，等洪迈回国时，皇帝已经变成孝宗了。才几个月，这新皇帝自然不会不买老皇帝的账，实际控制权仍然在高宗手里呢。更何况，那个孝宗也是一个文学爱好者，以后的很多日子，他都喜欢读洪迈的《容斋随笔》，不断地夸洪有水平，弄得洪是信心越来越足，《容斋随笔》写了一笔又一笔，一直写到五笔还没有停止，前后达四十年。想想看，得到官方如此认可的作家，历朝历代能有几个呢？

自然，洪迈是化险为夷了。平安无事，第二年就到泉州当知府去了。不过，他的行为，除了当时绍兴太学生的《南乡子》外，还有别的同时代人也抨击。罗大经在《鹤林玉露》中说："景卢（洪迈字景卢）素有风疾，头常微掉，时人为之语曰：'一日之饥禁不得，苏武当时十九秋。传与天朝洪奉使，好掉头时不掉头。'"这里最传神的刻画是，洪迈有摇头病，这应该是身体残疾，本来应该尊重人家的，但是，因为他的行为，就"好掉头时不掉头"了。

现在我们要考虑的一个问题是，我们如何来对待一个文学家洪迈，一个官员洪迈？鉴于人非圣贤孰能无过的普遍原理，再鉴于民族融合的历史，我宁愿相信，洪迈出使金国的行为，只是有一种不太恰当的表现，但绝不是卖国，花花公子赵佶连国都丢掉了，被人掳走，惨死他乡，尸体都被点了灯油，因此不能对洪迈提更高的要求。我们关注的是，他的七十四卷《容斋随笔》，绝对是历史瑰宝。

叁

冗官是如何产生的？

1179年（宋孝宗淳熙六年），有一天，洪迈发牢骚讽刺本朝死板的人事制度。他愤愤不平地向我们投诉：

> 淳熙六年，予以大礼恩泽改奏一岁儿，吏部下饶州，必欲保官状内声说被奏人曾与不曾犯决笞，有无劓刺，及曾与不曾先经补官因罪犯停废，别行改奏；又令供与予系是何服属。父之于子而问何服属，一岁婴儿而问曾与不曾入仕坐罪，岂不大可笑哉！

——《容斋随笔·卷第十六·吏文可笑》

我因为大礼恩泽，要给一岁的儿子保官，材料送到吏部后，他们把材料转给我所在饶州的有关部门，并要求我在保官的材料内说明以下问题：被保人有没有刑事犯罪记录；是不是曾经补官过又被罢免了。我只好把这些材料补齐交给他们。不料想，吏部又要求我说明：被保人和保人是什么亲属关系。你们说好笑不好笑，组织部门的官僚化居然到这种地步，我们是亲父子，而他们却问我是什么关系。我的儿子是个一岁的幼婴，而他们却问他是否曾经做过官犯过罪！真是让人笑破了肚皮！

大宋的吏部确实该批评，这样简单的事却繁文缛节，真让人不通气。但组织部门也有苦衷，他们也是例行公事，如果不认真，有些官员浑水摸鱼怎么办？读者马上会反问：连一岁的孩子都要保官，难道当官就是你们官员之家的专利？确实是这样，大宋王朝有个"荫子"的规定，这个"荫子"就是，高级官员的子弟不经过学校的考试就可当官，有些甚至还是怀抱中的婴儿就委派了，就如上面洪迈的儿子一样。范仲淹看不下去了！他做宰相的时候就进行了小改革，注意，是小改，不是大改，大改他绝对吃不消。他只是淘汰了少数官员，限制"荫子"的数目，这种限定是：要求确实有儿子（想必没儿子的也拿亲戚冒充），而且必须年满十五岁才做官。但就是这小小的变动，就引来了大不满，范只有立即辞职。改革不能触动太多的既得利益者，就如洪迈，也算开明人士了，可是，大家都可以享受的我为什么不能享受？！不仅如此，你们做得不对，我还要批评！

自汉以来，官曹冗滥之极者，如更始"灶下养，中郎将，烂羊头，关内侯"，晋赵王伦"貂不足，狗尾续"，北史周世

"员外常侍，道上比肩"，唐武后"补阙连车，拾遗平斗"之谚，皆显显著见者。中叶以后，尤为泛滥，张巡在雍丘，才领一县千兵，而大将六人，官皆开府特进，然则大将军告身博一醉，诚有之矣。德宗避难于奉天，浑瑊之僮奴曰黄苓，力战，即封渤海郡王。至于僖、昭之世，遂有"捉船郭使君""看马李仆射"。周行逢据湖湘，境内有"漫天司空，遍地太保"之讥。李茂贞在凤翔，内外持管籥者，亦呼为司空、太保。韦庄《浣花集》有《赠仆者杨金》诗云："半年勤苦茸荒居，不独单寒腹亦虚。努力且为田舍客，他年为尔觅金鱼。"是时，人奴腰金曳紫者，盖不难致也。

——《容斋三笔·卷第七·冗滥除官》

为什么这么说洪迈呢？因为他也常常这样批评前朝的事情。他说，自汉朝以来，官员的冗滥到了极点。如新莽末年更始刘玄做皇帝的时候，有"灶下养，中郎将，烂羊头，关内侯"的歌谣。这样的谚语还有很多，西晋赵王伦时有"貂不足，狗尾续"，北周时有"员外常侍，道上比肩"，唐武则天时有"补阙连车，拾遗平斗"。这些谚语虽然有些夸张，但也是实际情况的反映。到了唐中期以后，官员更加泛滥，张巡在河南杞县时，才率领一县一千多兵马，大将就有六人，而且官阶都是开府特进之类，也就是说级别都挺高的，但大将军的凭证只能换取一次醉酒的钱，非常不值钱。唐德宗避难奉天，有个家童叫黄苓的，因为大力战斗，立即被封为渤海郡王。到了唐僖宗、昭宗时，于是有"捉船郭使君，看马李仆射"的谚语了。周行逢占据湖湘一带时，他的境内有"漫天司空，遍地太保"之说。李茂贞在陕西做官时，内外掌管钥匙的人，也都是司空和太保。

由此说来，洪先生对冗官泛滥也是有微词的。他也看不惯这样的现象，为什么有这么多的官员？干吗要弄这么多官员？这么多官员到底干些什么呢？

这样说下来，肯定要说到官员的制度了。这个话题我没有太多的研究，我只想说两件和这个相关的。

一是致仕。也就是退休。有许多朝代退休并不是到了六十岁就退了，而是要看具体情况。比如像沈德潜，考试就差不多考了半个世纪，考上时已经快七十岁了，怎么退？还有，有的官员，身体好，可以继续干，不是说到了五十八岁，一定要退下来，你如果精力充沛，又有很多想法，把一个部门治理得很好，那是可以干到干不动为止的。也就是说，老官员减少的速度和新官员增加的速度不是正比，加上官员的各项条件总要比一般人优越些，特别是医疗条件，因此，官员的队伍越来越庞大也是顺理成章的事了。

士大夫叙官阀，有所谓实年、官年两说，前此未尝见于官文书。大抵布衣应举，必减岁数，盖少壮者欲借此为求昏地；不幸潦倒场屋，勉从特恩，则年未六十始许入仕，不得不豫为之图。至公卿任子，欲其早列仕籍，或正在童孺，故率增抬庚甲有至数岁者。然守义之士，就曰儿曹甫策名委质，而父祖先导之以挟诈欺君，不可也。比者以朝臣屡言，年及七十者不许任监司、郡守，缙绅多不自安，争引年以决去就。江东提刑李信甫，虽春秋过七十，而官年损其五，坚乞致仕，有旨官年未及，与之外祠。知房州章骐六十八岁，而官年增其三，亦求罢去。诸司以其精力未衰，援实为请，有旨听终任。知严州秦焴乞祠之疏曰："实年六十五，而官年已逾七十。"遂得去。

齐庆胄宁国乞归，亦曰："实年七十，而官年六十七。"于是实年、官年之字，形于制书，播告中外，是君臣上下公相为欺也。

——《容斋四笔·卷第三·实年官年》

二是官年。什么叫官年呢？这是宋代特有的。宋代士大夫叙官进位的年龄，有所谓"实年"和"官年"的说法。平民初次应举，一定要虚减岁数，以期及第后凭少壮年岁的条件向富室人家求婚。而位居公卿品官的人，要荫补他的子孙，想让他们尽早登入仕途（因为有许多都还在幼童期），一般要虚增年龄，有的要加好多岁数。简单说来就是，这个年龄是因为工作需要可以适当加减的。这就出现了很有趣的现象：这个人明明七十多岁了，可以退休了，但他实际年龄远远没到，那个人看看履历表只有五十多岁，却已经六七十了，老态龙钟，工作根本干不动了。这种事情明显属于弄虚作假，朝廷绝对不允许，所以，要做也只是潜规则，所以你要在正宗的史籍上查到是很难的，这也是洪迈先生告诉我们的。

还有一个问题是，大批量官员的薪酬是由哪里支出的？当然是国家财政。各朝各代的财政状况有好有差，官员的待遇自然也有好有差，可是，不管如何，朝廷要靠大量的官员来运转国家机器，那么待遇自然不会太差，否则谁来给你卖命？另外，掌握权力的官员们一般也是不会亏待自己的，我为百姓工作得辛辛苦苦，创造了这么多的价值，吃点喝点拿点，也是理所应当的事情嘛。

说了这么多宋朝的事情，问题真的很多，但当权者难道没看到吗？绝对不是这样的。宋太宗赵光义，从他兄长赵匡胤手中接过大宋江山后，就弄了个《戒石铭》，想让官员永久铭记。这四句话我们许多官员都耳熟能详：尔俸尔禄，民膏民脂，下民易虐，上天难欺！我的理解，他突出和深化了最主要的三层意思：第一，百姓是你们的衣食父母，不要搞反了，以为你在为百姓工作，以为你有多大的能耐呢。你吃老百姓的，喝老百姓的，你们就应该是百姓的公仆。什么叫公仆？就是大家的仆人。怎么做仆人？战战兢兢，如履薄冰。第二，这个钱是老百姓的血汗钱，是一分一厘汇聚起来的。纳税人起早贪黑，纳税人节衣缩食。不错，你也是纳税人，你想对了，如果你经常这样想，你就会对这个钱珍惜了，十分地珍惜，一顿饭一头牛，屁股底下一栋楼，你不会那样做的。第三，要发自真心地对百姓好。既然是你的衣食父母，既然是分分都来之不易，那么，就应该敬之爱之抚之惜之，上天时刻在看着你的一举一动呢。

"尔俸尔禄，民膏民脂，下民易虐，上天难欺。"太宗皇帝书此，以赐郡国，立于厅事之南，谓之《戒石铭》。按成都人景焕，有《野人闲话》一书，乾德三年所作，其首篇《颁令箴》，载蜀王孟昶为文颁诸邑云："朕念赤子，旰食宵衣。言之令长，抚养惠绥。政存三异，道在七丝。驱鸡为理，留犊为规。宽猛得所，风俗可移。无令侵削，无使疮痍。下民易虐，上天难欺。赋舆是切，军国是资。朕之赏罚，固不逾时。尔俸尔禄，民膏民脂。为民父母，莫不仁慈。勉尔为戒，体朕深思。"凡二十四句。昶区区爱民之心，在五季诸僭伪之君为可称也，但语言皆不工，唯经表出者，词简理尽，遂成王言，盖诗家所谓夺胎换骨法也。

——《容斋续笔·卷第一·戒石铭》

前几天，我读《太平广记》，看到了一个非常具有市场经济头脑的县官：唐朝的时候，浙江新昌县令夏侯彪之，刚刚上任，就向里正打听，一钱能买几个鸡蛋？里正说：三个。夏县令就将十千钱交给里正，让他买三万个鸡蛋。他对里正说：不要把鸡蛋给我，将鸡蛋拿去让母鸡孵小鸡，能孵三万只小鸡，过几个月小鸡就长大了，帮我把鸡卖掉，每只鸡卖三十钱，半年之间，可得三十万。然后，夏县令又问里正，一钱能买几根竹笋？里正说，能买五根。他又将十千钱交给里正，让他买五万根竹笋，并告诉里正，他不拿走竹笋，让竹笋长在竹林中，到秋天，竹子就长大了，每根能卖十钱，一共可得五十万。可能是夸张了，但贪鄙无道的形象栩栩如生，你能保证现实社会没有这样官员的影子？

尔俸尔禄，民脂民膏。很希望它就是观世音传给唐僧的紧箍咒。这个咒如果灵了，那么，上面一些关于官员的问题估计可以得到有效的解决。

肆

科举复习班

在科举的历史上，如果能一次中举，或者连中三元，那一定是非常光宗耀祖的事情，纵然如广东的谢启祚，考上时都九十八岁了（我还是比较怀疑他能坚持这么久的），也仍然狂喜，第二年还到京城会试，乾隆帝感动得一塌糊涂，这不是我朝的盛事是什么？特授国子监司业！假如首次应试就中举，那更是不得了的事。所以说，历朝历代，那些举子差不多都是进过复习班的。

白乐天、元微之同习制科，中第之后，白公寄微之诗曰："皆当少壮日，同惜盛明时。光景嗟虚掷，云霄窃暗窥。攻文朝矻矻，讲学夜孜孜。策目穿如札，毫锋锐若锥。"注云："时与微之结集策略之目，其数至百十，各有纤锋细管笔，携以就试，相顾辄笑，目为毫锥。"乃知士子待敌，编缀应用，自唐以来则然，毫锥笔之名起于此也。

——《容斋五笔·卷第七·元白习制科》

这里说一下白居易和元稹。他们两个曾经同窗，一起在复习班里努力学习，将科举作为自己终生奋斗的目标。中举以后，白居易写给元稹一首诗这样回忆说：皆当少壮日，同惜盛明时。光景嗟虚掷，云霄窃暗窥。攻文朝矻矻，讲学夜孜孜。策目穿如札，毫锋锐若锥。他自己注释说：当时他们为了应付考试，想了许多的复习办法。其中一个办法是，他们共同收集考试的范文，各种各类的，历朝历代的，总共收了数百篇，每篇都用细锋细管的毛笔抄写，编扎成册，带在身上去参加考试。考试后，料想受益匪浅，两人于是相视而笑，称那纤锋细管为"毫锥"。

他们这样的做法有三点值得说道。

一是在成功中找寻规律。考试既然是规范化，那就不允许有太多的创新，尤其在形式上，你不可能突然创造一个，起承转合，都是有规定的，因此，那些写得比较好的，就有规律可以循了。二是讲究题旨情景。范文应该数不胜数，哪些东西有用，哪些东西对本次考试有用，那还是有讲的，这就需要研究，研究出题者的心理，研究当时的时事，只有这样，才会有一定的针对性。三是参考的形式。那时的考试，还是比较开明的，基本上是开卷，要求独立完成，还是要多靠平时的努力，考试时间也很人性，中间可以吃饭休息。否则，他们编的范文本带不进考场，那功课就白做了。

白居易他们算不算作弊？不算，唐朝考进士，可以带书和燃烛。但把范文微写成册，如微雕大师，数百篇的文章，操作起来肯定不是一件简单的事情，它需要高超的技巧和耐力。从没有记载说他们这种方式是作弊，也许这种把范文编排在一起记忆背诵，以提高命中率，在唐朝就是一种公开的做法。只是说，白居易他们把这样的方法做到了极致。考生携带的复习资料有限，自然要选择一些最有用的，我在电视剧里看到过这样的场景：不知什么朝代的某考生，将一些范文都写在长袍的里子上，监考老师不在的时候，他就偷看范文，天知道他抄了些什么，后来被揭穿，监考官将他的长袍脱下，翻开一看，里面密密麻麻一大片，很是滑稽。

估计是白居易元稹他们这种做法切实可行，因此，许多复习生都像他们一样做好这方面的功课。而且，白元的复习资料，也引得众考生争抢。若干年前，高考刚结束的时候，我们曾经策划了这样一个活动，让那些考进名牌大学的同学，比如北大清华复旦等名校的同学，动员他们将复习资料捐献出来，以供学弟学妹吸取真经，活动一开始就火得不得了，最焦急的是那些家长，他们千方百计想弄到这些资料，他们以为，有了这些宝典，能更容易考进名校。因此，有聪明的出版商，干脆将白元他们的习作编成了书，就如同现在的《高考满分作文选》。白元习作被编成了四卷，名字叫《策林》，其中《策头》和《策项》各有两道，《策尾》有三道。此外还有，《美谦逊》《塞人望》《教必成》《不劳而理》《风化浇朴》《复雍熙》《感人心》，等等，总共有七十五门。也就是说，白元他们为了应付考试，平时练习的作文，都成了考生们的经典。

事实上，这些东西，到底有多少用，只有考生自己知道。有学生曾经和我说，高考作文是根据某一篇范文仿写的，然而，从来没有发现有高分甚至满分的。因此，白元他们的习作被当作范文竞相模仿，估摸百分之一有用已经非常幸运了，白元都是少年及第，这样的人才也不是说学就可以学到的。

复习班的存在是个客观现象，只是人们不太关注，习以为常而已。但是，后来有些统治者已经清醒地看到，一考定终身，肯定有许多不可克服的弊端，于是他们会想尽办法改革。

宋太宗雍熙二年，已放榜公布新进士一百七十九人。这个时候，有人打抱不平了，说在落选的士人中，肯定还有许多有用之才。宋太宗开明得很，他想，这个说法有一定的道理，我也不完全赞成一考定终身哎，于是下令，那就再考一次吧，再给这些人一次机会，毕竟要三年一次嘛，大家都不容易。于是，第二次考试，又选得七十六人。这次考试中，有个叫洪湛的文采遒丽，皇帝特意升他为正榜的第三名，你看看，这个洪进士可是一步跃龙门噢。

士叶齐打鼓论榜，遂再试，复放三十一人，而诸科因此得官者至于七百。一时待士可谓至矣。然太平兴国末，孟州进士张两光，以试不合格，纵酒大骂于街衢中，言涉指斥，上怒斩之，同保九辈永不得赴举。恩威并行，至于如此。

——《容斋续笔·卷第十三·下第再试》

考试制度也是可以改变一下的嘛，我皇家不就是选拔人才吗？然而，一切的一切，标准的标准，都要由皇帝我来制定。

然而，有一个悖论却是从古到今不可改变的事实，每次考试都会留下不少的遗憾，许多真才实学者如蒲松龄都会落第，即便陆游同学考得第一，但你列在秦桧孙子名前，那就不行！那些史上的状元，没有多少成就卓著或者在文学史上留有显名的，尽管如此，考的人仍然乐此不疲，并以此为终生奋斗目标，于是历朝历代的科举复习班生意一直很好，考生们基本不用做思想工作，不用扬鞭自奋蹄，一颗红心坚持到底。复习生于是大量增长，这一批复习生成功了，又有下一批人挤进复习生的课堂。循环往复，生生不息。以至于复习班成就了复习班经济，成为一种兴旺的产业，梁山伯祝英台马文才，济济一堂，其乐融融。

对那些士人来说，活到老，考到老。不在考试的海洋中游到成功的彼岸，就在考试的海洋中淹死算了，死无葬身之地。

周武王的十七戒

周文王生了个好儿子啊！

武王姬发刚上任三天，立即召集下属开会。他问大家：有没有保存下来的，可以永远指导我们周朝子孙后代的古代规约和行动方法呢？大家都摇头，说没见过哎，也没听说过有这样的东西。

武王于是很郁闷。这时有人出主意了，我们把姜太公找来问问吧，他老人家懂得多。姜尚一来，武王就很谦虚地问：您老人家看见过黄帝、颛顼的治国方法吗？太公说，我在《丹书》上好像看到过。大王如果想听，请您斋戒三天。武王太高兴了，果真有高人呢。他立即斋戒。

三天后，姜太公很庄重地给武王讲起了先王的治国之道。这些治国方法，大概可以分成两个层次。第一层意思是说：干什么事情都要认真努力，绝不能懈怠，努力超过懈怠，就会吉祥，永世长存；懈怠超过努力，就会偏差，就会走歪门邪道，最终灭亡。第二层意思是讲：对天下百姓要怀有仁义之心，绝不能有过多的欲望，仁义超过欲望，顺利；欲望超过仁义，凶险。总起来讲，靠仁义得到国家，用仁义保护国家，就会有百世不变的江山；靠不仁得到国家，用仁义保护国家，就会有十世江山；靠不仁得到国家，用不仁不义去保护，祸害马上就来了。大王您说的古代流传下来的规约，大概就是这些吧。我记得不完全，也就知道这么多了。

王闻《书》之言，惕若恐惧。退而为《戒书》，于席之四端为铭。前左端铭曰："安乐必敬。"前右端铭曰："无行可悔。"后左端铭曰："一反一侧，亦不可以忘。"后右端铭曰："所监不远，视尔所代。"几之铭曰："皇皇惟敬，口生诟，口戕口。"鉴之铭曰："见尔前，虑尔后。"盥盘之铭曰："与其溺于人也，宁溺于渊。溺于渊，犹可游也；溺于人，不可救也。"楹之铭曰："毋曰胡残，其祸将然；毋曰胡害，其祸将大；毋曰胡伤，其祸将长。"杖之铭曰："恶乎危？于忿疐。恶乎失道？于嗜欲。恶乎相忘？于富贵。"带之铭曰："火灭修容，慎戒必共，共则寿。"屦之铭曰："慎之劳，劳则富。"觞豆之铭曰："食自杖，食自杖，戒之骄，骄则逃。"户之铭曰："夫名难得而易失。无勤弗志，而曰我知之乎？无勤弗及，而曰我杖之乎？扰阻以泥之，若风将至，必先摇摇，虽有圣人，不能为谋也。"牖之铭曰："随天之时，以地之财，敬祀皇天，敬以先时。"剑之铭曰："带之以为服，动必行德，行德则兴，倍德则崩。"弓之铭曰："屈申之义，发之行之，无忘自过。"矛之铭曰："造矛造矛，少间弗忍，终身之羞。予一人所闻，以戒后世子孙。"凡十七铭。

——《容斋续笔·卷第九·大公丹书》

　　武王听完姜太公的话，真是如遭雷击，醍醐灌顶，胆战心惊。散会后，感慨万千，思如潮涌，马上书就《戒书》若干。这些座右铭一共十七条，贴满了他的办公室及卧室及随时能看到的地方，日日提醒，时时警惕。

　　首先是他坐席的四边。左前边的铭为：处在安乐之中也一定要谨慎勤勉！右前边的铭是：没有让人后悔的行为！左后边的铭这样激励：时时记住自己的错误行为！右后边的铭则更具深意：一定要高瞻远瞩，不能只顾眼前！桌子上的铭文很实在：少说话，多干事，言多必失！

然后是他住所的角角落落。门口柱子上的铭文这样贴着：不要认为自己不残忍，那会导致残忍的发生；不要认为自己不会危害国家，那会导致大祸；不要认为自己没做伤害人的事情，那会对人有大伤害。门框上的铭文则如此告诫自己：人的美名积累需要一辈子时间，而失去美名却只要一件小事；一个人如果没有志气和勤劳，能说他聪明吗？一个人不经常反思自我，能说他自省吗？风吹来的时候，一定会使树摇摆，即使圣人，也要防止风吹树般的干扰。窗子上也不能空着，正好睡前可以提醒：一定要遵从天时，一定要利用地利！

连他卧室里也都贴了不少。早上起床就要用的盥盘上这样刻着：与其被人所溺（陷害），还不如溺于深渊，溺于深渊，还有机会游出来，被人所溺，那就没得救了！每天要照的镜子前这样写着：事前有所预见，事后有所思考！

姬发认为，这样日日诫勉自己还不够，还要时时。于是，他在帽子的飘带上这样写：火灭后一定要检查一下盛水的容器，常常谨慎提防，才会平安，平安才会长寿！他甚至在鞋子上也写着铭文：不能贪食，不能多喝酒，能逃则逃，如果过分了，一定要自我惩罚！周朝的君臣关系估计是相当的融洽哎，下属都敢灌他的酒呢。

姬发文武双全，他当然还要带兵呢。于是，在剑上也刻有铭文：带上它的时候，行动一定要合乎道德，合乎道德就会兴旺，违背道德就会崩溃！纣，你如此无道，就不要怪我不客气了！拉弓的时候也能看到铭文：人要能屈能伸，不要忘记自我反思！如果战斗，矛一伸出,照样有格言勉励:如有瞬息的不能容忍,就会铸成终身大错。

当然,姬发知道,国家的兴旺发达,必须有健康的体魄,否则一切等于零!于是在每天锻炼身体不离手的手杖上写着:什么时候最危险?挫折而愤怒时;什么时候会失去常道?贪图物欲时;什么时候会记性不好?富贵最容易相忘!每天,固定的小道上,拐棍笃笃响,戒条心中扬!

周武王把他一个人听到的,活化成十七条座右铭,告诫后世子孙!事实上,姬发也很有作为,不仅灭了无道的商纣,还创建了繁荣昌盛的西周王朝。据说,当时,他所向披靡,讨伐了九十九个国家,共有六百五十二个国家向武王臣服!够厉害了吧,你能说他的成功和十七条自戒没有关系?

陆

高帽子和怪眼睛

标题中两个词组都是比喻。

先说高帽子。以前我做老师的时候,讲古文常要讲到谥号之类。这个大家都懂的,就是盖棺才能论定。一般的平民百姓是没有这种待遇的,必须有突出贡献,皇家之类的就不用说了,那是他们家祖传,无论好歹,都得给一个。有趣的是谥号的变化,从一个字到后来数个字。而且,从变化中我们完全可以看出当时社会的某些印记。从这个角度说,谥号带有明显的社会学特征。

洪迈说,唐朝皇帝们的谥号,经过三次的加封,从唐高祖到唐明皇,都是谥七个字。唐代宗是四个字,唐肃宗、顺宗、宪宗都是九个字，其余都是五个字，唯有宣宗竟然谥了十八个字，曰：元圣至明成武献文睿智章仁神聪懿道大孝。宋朝的皇帝，都是谥十六个字，唯有宋神宗谥了二十个字：体元显道法古立宪帝德王功英文烈武钦仁圣孝。

> 唐诸帝谥，经三次加册，由高祖至明皇皆七字，其后多少不齐。代宗以四字，肃、顺、宪以九字，余以五字，唯宣宗独十八字，曰：元圣至明成武献文睿智章仁神聪懿道大孝。国朝祖宗谥十六字，唯神宗二十字，曰：体元显道法古立宪帝德王功英文烈武钦仁圣孝，盖蔡京所定也。
>
> ——《容斋续笔·卷第三·谥法》

前面说了，皇帝死了，功劳大大的，对继任者来说，加多少字都不为过，唯恐汉字不够表达后辈的心意。而且，绝对是选上好佳词，仁、德、英、烈、孝，等等，必须的。

不仅仅是皇帝。统治者觉得有用之人都应该这样加封。乾隆后期，大清的日子慢慢不好过起来了，每当有动乱发生，皇帝都要给关羽的封号加两个字，以求迅速平乱。因为他们寄希望关老爷手上那柄长刀啊，求求他，显显灵，横刀立马，那些反叛之徒还不秋风扫落叶？于是，到了光绪五年，关羽的封号就变成：忠义神武灵佑仁勇威显护国保民精诚绥靖诩赞宣德关圣帝君，数数，二十六个字。真是够大方的，护国保民，没有错，关羽自己想想也应该承担这样的职责吧，只是护谁的国呢？估计关羽自己也弄不明白。

这些绝美的形容词，一个一个加上去，我把它看成一顶顶的帽子，每一个词都是一顶漂亮的帽子，一顶一顶加上去，有的是一字一层，有的是两字一层，总之，帽子戴得高高的，大概有十多层。高帽子，我读小学的时候最早见到，一个或几个"地富反坏右"分子，头上戴着高耸的白帽子，许多是报纸糊的，尖尖的，后面跟着一群红卫兵，喊着打倒谁谁的口号。后来，一些宾馆饭店里的厨师都规范地戴着高帽子，特别是法国大厨的高帽子，挺有喜剧感的。只是，谥号的高帽就如同一顶顶的皇冠，街上的高帽却是一盆盆的污水，无形的污辱人格的污水。虽然都很滑稽，但观众的心态绝对不一样。

再说怪眼睛。还是做老师的时候，作文课上我经常强调的是，好文章也要有好标题，标题就是我们人的眼睛。眼睛要炯炯有神。但是，这样一个很普通的大家都认可的观点也有点老套了。标题是眼睛不错，但这个眼睛的长法各有各的不同，并不一定要像我强调的那样，简洁而生动。让我改变这个想法的是有一次读到了老杜一首诗的标题：《天宝初南曹小司寇舅于我太夫人堂下累土为山一匮盈尺以代彼朽木承诸焚香瓷瓯瓯甚安矣旁植慈竹盖兹数峰钦岑婵娟宛有尘外数致乃不知兴之所至而作是诗》，数数，六十八个字。按照现代阅读习惯，我们标点一下：天宝初，南曹小司寇舅于我太夫人堂下，累土为山，一匮盈尺，以代彼朽木，承诸焚香瓷瓯，瓯甚安矣，旁植慈竹，盖兹数峰，钦岑婵娟，宛有尘外数致，乃不知兴之所至，而作是诗。老杜这首五言诗共八句四十个字，为什么眼睛搞得这么大，大到超过整个身子很多呢？有点不明白。也许是长期生活困顿，作品又不太好卖，版税少而又少，想在标题上出出新，增加点销量。我不知道文学史上还有多少这样的眼睛，但确实有点怪，就如同传说中的九头鸟，既然有九头，那么，十八只眼睛也很正常。只是感觉怪怪的。

日本有一叫横尾是则的人，写了本书，书名和老杜有得一拼。

耐着性子读一下：《如果明白烦恼也是迷茫也是年轻人的特点，那就不必担心。因为大伙儿都是这样长大成人的。我也曾是烦恼和迷茫的天才哟。如果认识到在没有烦恼没有迷茫的地方就没有进步的话，那只要你喜欢工作，就什么都可以做。去找吧。》日文原文含标点为一百一十四个字节。看到这个书名，我甚至有个猜测，该横写这本书的时候，是不是刚刚读过老杜诗的长标题？想想，一千多年前，老杜如此创新，如果是首创，绝对是天才，那么，一千多年后，我也可以再创新一下，标题字数甚至更多，总之，我先用了，不管是十八只眼睛也好，三十六只眼睛也好。你们看了我的书，你们其实不用看我的书，如果你们中间有人胆敢再弄怪眼睛，我保证，你的书绝对卖不出去，出版社也不会给你出的，这样的事情，一辈子只能干一回！

不放心，搜索一下世界最长书名，又着实吓我一跳：2009 年，印度纳米尔纳德邦，一所学校的校长创下了一个新的吉尼斯世界纪录。他写了一本书，介绍哈利·波特的扮演者英国小演员丹尼尔·拉德克里夫，书名包含一千零二十二个单词，共由四千八百零五个字母构成，单词之间还没有标点。我傻了。

这样两类事情连在一起说，我都不知道如何结尾了。高帽子，怪眼睛，帽子可以无限高，只要你有这个权力；眼睛可以无限多，只要你能有足够的生存空间。只能想到这些了，抱歉得很！

《郁离子》——愤青刘基的虚拟现实

1358年，大才子刘基明显感到上级领导对他的不公正，一不高兴就不做官了，回到青田老家，大约用三年的时间写了本《郁离子》。为什么叫《郁离子》？离是八卦中的火，郁是有火光的样子，火烧得很旺啊。用这个作虚拟的评论员名字，太痛快了，和司马迁的"太史公曰"一样，很有看头。我把它看成很好的杂文，因为它处处都能和现实相勾连。一百八十八则短文，拣印象深刻的分说之。

以做生意为幌子

　　《郁离子》以做生意为幌子的有两处特别有意思。

　　一则是我小时候就读过的《良桐》。

　　　工之侨得良桐焉，斫而为琴，弦而鼓之，金声而玉应。自以为天下之美也，献之太常。使国工视之，曰："弗古。"还之。工之侨以归，谋诸漆工，作断纹焉；又谋诸篆工，作古窾焉；匣而埋诸土。期年出之，抱以适市。贵人过而见之，易之以百金。献诸朝，乐官传视，皆曰："希世之珍也。"

　　　工之侨闻之叹曰："悲哉世也！岂独一琴哉？莫不然矣！而不早图之，其与亡矣！"遂去，入于宕冥之山，不知其所终。

　　　　　　　　　　　　　　——《郁离子·千里马第一·良桐》

工之侨得到了一块极好的制琴材料，很精心地做了把琴，这琴有多好？"金声而玉应"，什么意思？就是这琴能弹出金钟的洪亮声，它发出的回声简直如同玉磬之声，总之是美妙得不得了。他以为这是最好的产品了，可以让它发挥大作用的，于是就把它献给有关部门。有关部门也很重视，立即找教授级的专家鉴定，专家的结论是：好是好，可惜不是古代的，不值什么钱。琴还给了工之侨，工之侨却不甘心，好东西你们不识货！他马上找朋友商量如何解决这个问题。朋友出了个点子，我们做旧吧，把所有关于古代的标识印记都弄上去，还要做得像，并把它装入匣子埋入土中。一年后，工之侨将琴挖出，拿到市场上去交易，一个识货的有钱人见到，喜欢得不得了，花了百金买下，并把它献给了朝廷。有关部门让专家再出来查验，那些专家检查了再检查，一致认为：稀世珍宝啊！

工之侨见到这样的场景，深刻领会到现实社会之良莠不分，这样的社会很危险，于是出世而遁。

刘基想讲什么？如果我们把它比作如何对待人才的话，这里至少透露出三层信息：第一，不识新人才，因为新人才再好，没有得过什么大奖，没有标记，他们不认；第二，文凭和资历极其重要，就如新琴，你凭什么说你这么值钱呢？不行的，我们是按组织程序来的；第三，身价是一定要用金钱来衡量的，百金，那说明很值钱，值钱的东西才是好东西。如果我们把它和社会现实联系起来，也有很多的话题可以展开，比如人们价值判断标准的偏离，古的一定比新的好，他们不知道古也是可以通过造假做出来的，在作假者看来，它也是一种艺术性创造。

二则是讲三个药贩子做生意的《蜀贾》。

蜀贾三人，皆卖药于市。其一人专取良，计入以为出，不虚价，亦不过取赢。一人良不良皆取焉，其价之贱贵，惟买者之欲，而随以其良不良应之。一人不取良，惟其多卖则贱其价，请益则益之，不较，于是争趋之，其门之限月一易，岁余而大富。其兼取者趋稍缓，再期亦富。其专取良者，肆日中如宵，旦食而昏不足。

　　郁离子见而叹曰：今之为士者亦若是夫！昔楚鄙三县之尹三：其一廉而不获于上官，其去也，无以僦舟，人皆笑以为痴；其一择可而取之，人不尤其取，而称其能贤；其一无所不取，以交于上官，子吏卒而宾富民，则不待三年，举而任诸纲纪之司，虽百姓亦称其善。不亦怪哉！

　　　　　　　　　——《郁离子·千里马第一·蜀贾》

　　这三个四川药贩子，都在集市上卖药材。第一个专门收购上等药材，他根据收进的价格适当加价卖出；第二个不管药材质量好不好，全都收进，顾客想要什么样的药材就给他什么样的药材；第三个专门收购劣等药材，只想多卖，顾客完全可以讨价还价。这样的结果是什么呢？第三个店铺前门庭若市，他家的门槛一月都要一换，踩的人太多了，一年不到就大富；第二个药贩子生意也不错，两年后也富起来了；那个只做上等药材并不追求过多利润的第一个，他的店铺到中午时分还是像夜晚一样冷清，日子自然过的是有初一没有十五的样子。

　　刘基把这个事情和做官联系起来了。说是楚地有三个县官：第一个官很廉洁，但不被上官喜欢，他离开的时候，连租一条船的钱都没有，人们都笑他是个白痴；第二个官是有选择地收，有些人的东西是不要的，人们都不怨恨他，而称赞他有才能；第三个官什么东西都收，什么人送的都要，并且他还把东西送给上一级的领导，对下属也非常好，平时结交的都是老板，三年不到，就被重点培养，升到外面做更大的官去了。

这三种形式的官和三种类型的药贩子，是不是有相通点？那是一定的！畸形的社会，明白的买卖反而不被认同，难道只是产品思路有问题？难道是人们的生活条件不允许这样？有一些因素，但不仅仅是这样。第一个药贩子和第一个官都让人尊敬，是我们现实中学习的楷模，但为什么都会当作先进和榜样来对待而不去认真地学习？第三个药贩子和第三个官，我们都不屑或不齿，但现实中他们活得很滋润，他们轻松地游走在道德和法律的边缘，有时还被人们称道；值得深思的是第二个药贩子和第二个官，他们是人们生活中的真正楷模，这一类人左右逢源，很吃香。对此，刘大才子也是百思不得其解。

说的是卖琴，讲的是药生意，其实都在说做人和做事。这样的道理，六百多年前合适，今天同样合适。

贰

失败的蹶叔

如何算成功，如何算失败，其实并没有定论。但《蹶叔三悔》中那个叫蹶叔的人，他一生的经历其实是很失败的。失败也没有什么，不可能人人都成功的，但蹶叔的失败很有点意思。

蹶叔好自信，而喜违人言。田于龟阴，取其原为稻，而隰为粱。其友谓之曰："粱喜亢，稻喜湿，而子反之，失其性矣，其何以能获?"弗听。积十稔而仓无储。乃视于其友之田，莫不如所言以获。乃拜曰：予知悔矣。"

既而商于汶上。必相货之急于时者趋之，无所往而不与人争。比得，而趋者毕至，辄不获市。其友又谓之曰："善贾者，收入所不争，时来利必倍，此白圭之所以富也。"弗听。又十年而大困，复思其言而拜曰："予今而后不敢不悔矣。"

他日，以舶入于海，要其友与偕，则泛滥而东，临于巨渊。其友曰："是归墟也，往且不可复。"又弗听，则入于大壑之中，九年得化鲲之涛，嘘之以还。比还，而发尽白，形如枯腊，人无识之者。乃再拜稽首，以谢其友，仰天而矢之曰："予所弗悔者，有如日。"其友笑曰："悔则悔矣，夫何及乎!"

人谓蹶叔三悔以没齿，不如不悔之无忧也。

——《郁离子·虞孚第十·蹶叔三悔》

此蹶叔，向来自信。这么说吧，别人的话他基本听不进，他要认定什么，你就是十一头牛也拉不回来。他的人生经历可以分为三个阶段。

第一阶段，在家里务工做农民。民以食为天，他当然也不例外。只是他的行动和别的农民不太一样。他们家吧，分到的地不是太好，在龟山的阴面，一般说来，这样的地方，更要用心思才能种得好粮食。他却将水稻种在旱地上，将高粱种在湿地中。地球人都知道的事，水稻要水，高粱性旱，他却偏要像袁隆平搞科学试验，人家袁大师是真正的科学家，而蹶叔肯定不是。邻居经常劝他改变一下方法，他就是不听。这样坚持的结果可想而知，种了十来年，他家的粮仓依旧空空，一顿接不着一顿。看着人家粮满仓，收成年年都不错，他于是醒悟：我后悔了，我一定要改掉自信的毛病！

于是，蹶叔进入第二个创业阶段，他去做生意了。从务农到经商，其实是一个很大的转型。一般的人要实现这样的转型都是很难的，更不要说个性鲜明的蹶叔了。果真，他依然老方一帖，还是完全按照自己的套路来行动。他看到哪种货好卖，就赶紧进货，而且常常和别人抢购，不管价格是不是高，一律收进再说，等到他的货物囤积到很多时，那些同样也收购到紧俏货的生意人都挤到他这个市场上，可想而知，价格马上跌下，他不仅没赚到钱，而且常常货卖不出去。这个时候，好心的朋友都看不下去，告诉他一个简单的道理：会做买卖的人，常买进人家所不急于买的货物，瞄准时机再出手，这样才会有钱赚，你不能这样跟风的！蹶叔还是不听。这样一直做了十年买卖，还是异常穷困。这个时候，他忽然又有所醒悟，对朋友说：我已经吃尽苦头了，从此以后，我一定要接受你们的忠告，再不能由着自己的性子来了。

估计此蹶叔前二十年的奋斗并没有什么成就，估计他也并没有娶妻生子，没有太多的负担，他想，自己做农民不成功，做商人也不成功，还不如换种方式，搞点新鲜的，说不定会一举成名的。忽然，他做出人生中的另一个重大决定：要去航海。于是蹶叔进入了他生命中的第三个阶段，做航海家。此蹶叔，失败归失败，还是很有人缘的，他还借得到钱租得到船邀得到朋友。于是一行人泛海东行，接近深海地带时，朋友相劝，不能再前进了，如果再前进，就会到海中的无底之谷，出不来的。蹶叔不听，没事没事，我们的船很安全的。不想，果真如他朋友所言，他的船进入到深海地带，漂啊漂，

225

一直在海上漂了九年才回到岸上，是怎么回来的呢？还是一次强烈的台风，顺风把他的船吹上来的。

回到岸上的蹶叔，又是一副怎样的形象呢？头发尽白，形如干尸，没有人认识他了。这个时候，他彻底地懊悔了，对着朋友抱拳，向着太阳发誓：我如果再不听你们劝，一定不得好死！朋友们都笑了：悔就悔吧，但那些逝去的光阴还能再追回来吗？

诚意伯显然是夸张，此蹶叔本来就是个虚拟的人，虚拟了就没有多少真实性可言，至少航海的过程有点夸张。然而，这并不影响我们对言外之意的理解。蹶叔为什么会走到今天这个地步呢？当然主要是性格，他就认一个理，自己很正确，而不管别人是如何做的。自己做自己的主总可以吧，我只要种子选好，施足肥料，再加上我的勤奋，不会没有收成的；人家卖得好，我也跟进，这肯定没有错的，做生意不卖紧俏的东西还卖什么呢？然而，别人成功的种种客观现实，恰恰在很大程度上反证了他理念和行动的荒唐性。

生活中真正像蹶叔这么死不改悔的，肯定不多，但具有与他一样的做人做事思维的，肯定不少。

还有一个问题是，有些人到死了还不肯改悔，我认为这比蹶叔要好，因为他的从来不后悔，也就没有什么忧虑可言了。

叁

牵牛记

盗犨以如芒之钩，系八尺之丝，钩牛舌而牵之，宵夜而牛随之行，莫之违也。故世之善盗牛者称犨焉。

郁离子曰：是所谓盗道也。中其肯，扼其害，操其机而运之，蔑不从矣！石羊先生曰：此古人制盗之道也。今人弗能也，盗用之矣。

——《郁离子·蛇蝎第十四·盗犫》

陆老师是 C 大学的客座教授。昨天的讲课中，他用了互动的方法。互动的题目是：刘基在《郁离子》中说，有偷牛贼拿着锋利的钩子，系在八尺长的绳线上，他们钩住牛舌头而牵之，所有的牛都乖乖地跟着他们走。刘基还说，这种方法本来是古人制服小偷的方法，今天的人不再用，反而被偷牛贼用上了。

陆老师问：本寓言主旨很明确，就是做事情要抓住问题的关键，尽管是从反面来说的。我们今天如何理解刘基寓言的言外之意，请同学们结合实际谈感想。

A 同学首先发言。老师，你不是写杂文的吗？我就说说这方面的事。我也很关注腐败问题。我会很仔细地读那些案件，那些案子有时一个比一个令人触目惊心。比如某某把巨额现金藏到水塘里，亏他想得周全。有一次，我好奇地统计了一下，绝大多数腐败官员都与金钱和女色有关系。老师，是不是可以这样说，这个钱和色就是盗牛贼锋利的钩子呢？那些形形色色的行贿人，就是盗牛贼，他们抓住了牛的关键以牵引牛，所以，每每牵牛，总是成功，基本不会失手！

陆老师说，A 同学分析得很对哎。但是，我请大家根据他的思路再延伸一下：盗贼如何才能钩住牛的舌头呢？

B 同学马上说，我以为，盗贼一定是用什么东西去引诱牛吧。比如，他用一把鲜嫩的草，一把使所有的牛都垂涎欲滴的草，甚至带有些许盐味的草，而那草里却裹着钩，牛只要张口，就一定会上钩。

陆老师再问：那么，牛如何才能不被钩住呢？

同学们开始七嘴八舌一二三四说了很多，陆老师总结起来，大致有两条：一是牛要学会淡定。对除主人以外的人，一概不放心，给什么都不动心，怎么引诱也不松嘴；二是主动出击，就是用脚踢，甩尾巴，或嗷叫，或长哞，不让他靠近，连续警告盗贼。

陆老师见课堂活跃，于是再把话题引向深入。还有哪位同学再来说说另外的话题？

C同学说，我是来进修的。他拿着一张提纲，显然是有备而来。他说，老师，我想就我们这次"满城尽断食用盐"的抢盐风说一下。

日本福岛的核事故，怎么会和我们的盐勾连起来了呢？事件虽然很快平息，但我认为，我们可以把这个抢盐风当成一个公共事件，而且，我坚定地认为，这个抢盐事件，若干年后，一定会成为著名的事件，因为有很多的教训可以吸取。如果从钩牛舌的角度看，有几点似乎已经很明确。第一，老百姓。普及科学知识，正确面对灾难，对新事物的接受程度，不盲目从众，这些环节都是牛舌。我昨晚刚刚看到一则电视新闻，一中年人晚上听说大家都在抢盐，他马上骑了自行车出去找盐，找一家，抢光了，再找一家，又抢光了，继续找一家，还是抢光了，他专心致志不断地找，在某街的转角处，不小心被一辆小货车撞倒了，脾脏割除，生命垂危，新闻补充说，那个小货车司机，也是出来找盐的，因为心急，开得快了些。第二，政府。和以往比，政府已经有一些积累的经验来应对这些公共突发事件，但还是远远不够。到了第三天，也就是说，所有店里的盐都抢光了，还是媒体主动联系盐业有关部门，他们才出来发表权威说话，好像是请他们出场样的，显然太迟了。从某种程度上讲，未雨绸缪的政府才是好政府，也就是说，什么事情都要有一些预见性，你要比一般的百姓想得多，看得远，这样你才能临事不乱。政府的牛舌，还没有很好地钩牢。如果没有真正地钩住牛舌，即使这一次处理好了，也显得勉强，下一次什么事件又来了，也仍然是脚痛医脚。SARS 的时候，板蓝根不是一样被疯抢嘛？再比如，有人还说这次抢盐风是资本大鳄发动的，先弄风潮，再在资本市场上升抬和盐有关的个股，等大家跟进，他赚足后立即跑掉。

说到这里，陆老师也很激动：是啊是啊，我一开始就把它当作谣言来看待的，既是谣言，完全可以不理它。若干年前，我写过一篇叫《拉普拉普鱼》的文章，就是讲一则谣言是如何形成的。这个拉普拉普鱼就是菲律宾著名的石斑鱼，人人都爱吃。有一天，一艘大船发生海难事故，死了几千人。随后，有人在这种鱼的肚子里发现了很多腐烂的肢体残留，有人甚至发现鱼嘴里含着人的生殖器！这还了得！一传十十传百百传千千传万，大家都不敢吃了。后来政府调查得出真相：原来是鱼贩子生意太好，肉贩子想搞垮鱼贩子因而造谣引起的，根本没这回事。

陆老师继续补充：昨天我一同事说，有人下手早，抢到了十五箱盐，据测算，这些盐可以够他们家吃八十七年了。

D 同学马上接茬：微博上还有一帖子被广大"脖友"转发："中国察尔汗盐湖的产量够全世界人吃一千年！"

……

停，停，停，大家说起盐来停不住了，陆老师向同学们连连拱手抱拳：要下课了，以后论以后论。

对于这堂牵牛课，陆老师还比较满意。牛是次要的，牵是主要的，牛是客观存在，牵是主观行为；主要的离开次要的，不会成功，主观没有客观配合，同样不会成功。

牵牛记，牵或不牵，官事件取决于牛，盐风潮取决于牵。

肆

唐蒙之死

唐蒙不是人，是一株草，但她是一株颇有个性的草。她傍到了能说会道风流倜傥的富家子弟松树。日子潇洒而又风光。

薛荔也不姓薛，她也是一株草，但她是一株很有思想的草。她傍到了一个老实巴交其貌不扬的贫民子弟朴树。日子平淡却有滋味。

唐蒙与薛荔俱生于松、朴之下，相与谋所丽。

唐蒙曰："朴，不材木也，荟而翳。松，根石髓而生茯苓，是惟百药之君，神农之雨师食之以仙。其膏入土，是为琥珀，爰与水玉、琅玕同为重宝。其干耸擎而干霄，其枝樛流，其叶扶疏，爰有百乐弦管之音。吾舍是无以丽矣。"

薛荔曰："信美。然由仆观之，不如朴矣。夫美之所在，则人之所趋也。故山有金则凿，石有玉则劚，泽有鱼则竭，薮有禽则薙。今以百尺梢云之木，不生穷崖绝谷、人迹不到之地，而挺然于众觊，而又曰有茯苓焉，有琥珀焉，吾知其戕不久矣。"乃袅而附于朴，钻蛴螬之穴，以入其条，缠其心而出焉。于是朴之叶不生，而柯枚条干，悉属于薛荔，中虚而外皮索，莩如也。

岁余，齐王使匠石取其松，以为雪宫之梁。唐蒙死，而薛荔与朴如故。

——《郁离子·麋虎第十六·唐蒙薛荔》

一个风和日丽的日子，这一对邻居小姐妹无拘无束地聊着天。

唐蒙说：薛荔妹妹啊，你看你那个朴树，猥猥琐琐，萎萎缩缩，生那么多的树叶干什么呢？不好看也不中用，它怎么也成不了材啊，你干脆离开他算了。你看我家松树，他们家根基扎实，关系都深深地扎到了石头缝里。家境富有，不说别的，只说他脚下的那些茯苓，就值钱得很，是所有药物中的大补药，神农皇帝的雨师吃了后都成神仙了。你再看，他身上那些汗液流出后掉进土里，结晶成了琥珀，这东西是和宝石一样值钱的啊。唐蒙说到这儿，很为她的主人骄傲，这些宝物似乎就长在她自己身上一样。她还不停止炫耀，继续吹：看看我们家松树的身材，挺拔魁梧，直上云霄，在我们这山谷中，简直就是树中姚明！他还健美，枝条弯曲有致，枝叶繁茂纷披，有风从远方来，他摇动发出的声音，真是太动听了，迷死一片森林，我真是爱死他了。

唐蒙的帅哥，并没有击倒薛荔，反而让她的脑子更加清醒。薛荔说：唐姐姐啊，你们家松树真是太好了，你说的呢也是事实。可我不这样看。在我看来，你那帅哥还不如我家朴树。因为你那帅哥太美了，他会成为众人拍马依附的对象，你真要小心哎，你喜欢他，别人也同样喜欢他，谁让他这么帅呢。而且，一个很简单的道理是，如果一座山上有金子，人们就会来开采，如果一块石头里有美玉，人们就会把它剖开，如果一个湖泊里鱼虾很多，人们就会来捕捉，如果野草群里有禽鸟，人们就会把它割掉。你不看看我们的处境，我们生在什么样的地方啊，我们是生在一个人人都可以到达的地方，而你家帅哥身上又有这么多宝贝，我看有点麻烦，树大招风呢，就怕被人盯上。

唐蒙面对薛荔的分析，认为有点道理，但她完全听不进去，她只认为薛荔是葡萄吃不到就说酸，依然每天和松树帅哥愉快地生活着。

这个薛荔还真是有远见。她的想法做法和唐蒙完全不一样，她不显摆，处事低调。你看她的行径：她温柔地缠着朴树，越缠越紧，而且，她还把枝条伸进了那些小虫钻过的树洞中，从朴树的心脏中穿进，弄得朴树很憔悴，一身的毛病，叶子也脱光，树心中空，树皮脱落，而薛荔却依然妖艳，青春勃发。

有一天，齐王要盖雪宫，派工人进山伐树。到了山间，一眼就瞧见了迎风挺立身体健壮的松树，工人们围着该松转了好几圈，一致认为今天运气实在太好，不费什么力气就找到了好材料，这个帅哥，完全适合做我们雪宫里的栋梁啊。

松树帅哥于是被工人们请去做栋梁了。依附在松树身上的唐蒙自然也死了。而薛荔和她的朴树却很滋润地活着。

现在，我们把可怜的小草唐蒙化身成人。这是什么样的人呢？这应该不是一个人，而是一类人的综合。

这一类人都具有这样的特点：一、喜欢攀高枝。不管自己是什么角色，他们天生喜欢依附，只要可以依附，他们必定依附，因为他们根本没有自己的脊梁。二、喜欢说好话。不管什么话，只要他们认为有利，他们都会朝着好的方向说，把依附的对象说得天花乱坠，说得舒服极了，他也就心甘情愿地让他们依附了。三、喜欢狐假虎威。他们的脸皮要多厚有多厚，他们往往会向别人炫耀，把依附对象的优势恬不知耻地当成自己的优势，还用他来谋利（比如说我认识某高官，可以办什么办什么），用他来吓人（比如"我爸是李刚"的延伸化），总之，胆小的眼浅的有很多可能会被他们忽悠。

如果化身成人，表面可爱的薜荔也不是什么好东西。

他或她甚至比小唐更可怕。对人类来说，小唐的帅哥好歹真成了材，可是薜荔呢，一门心思依附不说，更将所依对象弄得不死不活的。这一类人也具有两个明显的特征：一是阴险。她们可以把自己藏起来，藏得很深，不会让你看穿她的心思，为了达到目的，甚至可以牺牲自己，她也是如花似玉啊，凭什么要依附你，还不是看中你有她身上没有的东西吗？二是狠毒。小唐也就是个花瓶而已，自认为攀上了高枝，但心地还是比较善良的。而薜荔却不一样，她下手狠，钻空朴树的内心，用她的妩媚折磨朴树，以至于朴树被弄得惨不忍睹。看看结果就知道了，朴树虽然也活着，但绝对是痛不欲生。

《神农本草经》中说，唐蒙，一名菟缕，一名玉女，一名赤网，一名菟累。味辛性平。主治绝伤，补不足，益气力，肥健。汁，去面皯。久服明目，轻身延年。

《本草拾遗》说，薜荔，别名风不动、常春藤、爬山虎等几十种称呼。味酸性凉。功效祛风除湿、活血通络、解毒消肿。

看来，不管是唐蒙还是薜荔，都是好药呢，能治不少病！

那就不要让唐蒙薜荔成为人了，再说人也太多了，植物不嫌多，我们也需要绿色，还是让她们继续做草吧，起码她们死了还值钱，能成为人们的良药。

伍

情爱方程式

情爱方程式，在我看来，还远远没有形成固定的式，只有方程，而这个方程的答案似乎也只有单调的一种：下一个。

某卫视有一情爱节目，它的形式显然是克隆而来，不过貌似很火。先前另一节目好像要火得多，只是后来因为有造假嫌疑（那些来寻爱的，长相很好的，有好些是名花有主的，类似于婚介所名声非常不好的婚托）被警告过，现在收敛多了，情势一般般。

上述卫视节目大致的套路是：一个帅哥出场，五十个美女候着。主持人提问，女嘉宾盘问，帅哥形象片一形象片二播放，再加上心理咨询师测试，美女一轮一轮选，红灯一盏一盏灭。最后，那红灯有可能会剩下一盏或几盏，等待帅哥牵手。然而，我看的几期，帅哥一个也没牵着。有一个，我认为很优秀了，博士，留学生，大学老师，长相很好，但是，最后灯全灭了，按规则，帅哥最后又强行复活了他梦寐以求的美女，此美女据他说是早就注意到了（坦言已经看过好几期节目，老观众了，基本上是冲着她来的），美女也很心动，可就是不牵，他最后用几乎哀求的声音对美女说：能留个手机号码吗？美女犹豫再三，红唇微启，还是不给。很失败啊，很失败，我很替那个男博士难过。

我猜测美女不牵男博士的缘由大致有四：已经有朋友只是没公开，应节目之邀，被参与，真的不能牵；有点动心，还没有真动心，真动心也会豁出去了；我牵了就退出节目了，好不容易逮着个上节目的机会，我要把自己打造成全国著名恋爱专家；说不定还有更好的在后面，不，肯定还有更好的在后面。

　　我看过一个据说是很著名的关于爱情观的心理测试题，有趣得很。大致内容为：寻爱者们来到了爱情超市。在一楼的大厅里发现了很多合适自己的对象，但左右为难，迟迟下不了手，因为在通往二楼的楼梯口写着这样一块大告示"还有更好的在二楼"。于是，很多人都放弃在一楼本来有意向的选择，纷纷上了二楼，二楼虽然人少了些，但果然比一楼精彩多了，各方面都要比一楼的优秀，然而，选来选去，还是下不了手，因为在通往三楼的楼梯口也写着这样一块大告示"还有更好的在三楼"。于是，很多人也都放弃在二楼本来心仪的选择，纷纷上了三楼，三楼虽然比二楼人要少些，但又果然比二楼精彩多了，各方面的条件都要比二楼的优秀，然而，选来选去，仍然下不了手，因为在通往四楼的楼梯口又写着这样一块大告示"还有更好的在四楼"。于是，有不少人也都放弃在三楼本来已经决定的选择，纷纷上了四楼。上得四楼一看，什么也没有，空荡荡的大厅里，只有一句简单的提醒：对不起，您已选择完毕，请回头再来。

　　　　梁王嗜果，使使者求诸吴。吴人予之橘，王食之美。他日，又求焉，予之柑，王食之尤美。则意其犹有美者未予也，悫使者聘于吴而密访焉。御儿之鄙人，有植枸橼于庭者，其实大如瓜，使者见而愕之，曰："美哉煌煌乎！柑不如矣。"求之，弗予。归言于梁王，梁王曰："吾固知吴人之靳也。"命使者以币请之。朝而进之，荐而后尝之。未毕一瓣，王舌缩而不能咽，齿柔而不能咀，息鼻颦额，以让使者。

　　　　使者以诮吴人，吴人曰："吾国果之美者，橘与柑也，既皆以应王求，无以尚矣。而王之求弗置，使者又不询而观诸其外美，宜乎所得之不称所求也。夫木产于土，有土斯有木，于是乎果实生焉。果之所产不唯吴，王不遍索而独求之吴，吾恐枸橼之日至，而终无适合王口者也。"

——《郁离子·枸橼第六·枸橼》

梁国国王很喜欢吃水果，派人到吴国去弄，吴国人给了他橘，梁王觉得很好吃，再派人去弄，吴国人又给了他柑，梁王吃了更觉得好吃。这个时候，梁王私下里就想，吴国是不是还有更好的水果没给我吃啊？于是，他就悄悄地派使者秘密寻访。使者到了浙江桐乡地带，看见一老百姓家的院子里有枸橼（俗称香泡），个长得像瓜一样大，金灿灿地挂在树上，使者惊呆了，还有这么大的水果啊，味道一定比柑美，于是，就向主人索要，主人觉得莫名其妙来个人，不肯给他。使者跑回来，如实报告梁王，梁王一听，很生气地说，吴国果然把好东西藏起来不给我呢。于是，派使者拿着钱去买。等早朝时，使者把枸橼送进宫，梁王还要隆重地举行个吃的仪式。仪式毕，命人立即切开，迫不及待地吃了一瓣。当然，他倒牙了，因为这个东西太酸了，根本不能吃啊！

超市寻爱和梁国国王寻更好吃的水果，差不多的心理是，还有更好的下一个。有这么多可以选择，我如果就在一楼随随便便选了个，岂不是太吃亏了？他或她都知道，在这个世界上，也许只有一个很适合自己，一定要努力地不放弃地大浪淘沙地选，可结果往往是不合适，甚至很不合适。枸橼在形式上和那个柑一样，而且个大金灿，一定比柑类好吃。一个不容改变的事实是，寻爱可以回到一楼重新来过，但是，逝去的光阴、消失的青春能再来过吗？于是，众男女只有唏嘘叹息：早知道这样，还不如当初在一楼或二楼或三楼的那个选择呢。现在看来，当初那个选择很适合自己啊！梁王责怪使者，使者责怪吴人，但吴人的理由很简单：你不试试怎么就知道好吃呢？个大就一定好吃吗？

很多的娱乐明星，因为媒体的关注，那点儿情爱小事都被一一披露，高调恋爱，高调结婚，当然也高调分手。人们的感觉是，这么恩爱，甚至爱得死去活来，这么般配，绝对是天造地设，怎么会分手呢？还有许许多多的婚外情婚外恋，也基本都离不开情爱方程式的结果：下一个。

从理论上说，下一个是存在的。梁王只是没找到更好吃的水果而已。可是，许多人在寻找下一个的途中，因为诸种原因，又会不停地产生寻找再下一个的想法和理由，以至于累倒甚至累死在下一个的漫漫情爱征程上。

情爱方程式，或许根本就没有这种方程式，情爱无解！

《传习录》——
王阳明的心 《论语》

壹　学校不应该是监狱

贰　将好色贪财求名一一搜寻出来连根拔除

叁　天下的学者好像进入了一百场戏同时演出的剧院

肆　孔子说，我有知识吗？没有

伍　世界上有干什么都能成功的人吗？

陆　王论语陆微博

我把《传习录》看成《论语》，因为王阳明的思想都体现在他和学生的答问及书信中了。这个神奇人物，少始泛滥辞章，后则笃信朱学，继而又出入佛老，最后归宗儒学，格物致知，知行合一。他的人生论认识论修养论，让他名噪后世，张岱高度赞扬：阳明先生创良知之说，为暗室一炬；黄宗羲则形容：自孔孟以来，未有若此深切著明者也；有人甚至认为"日本就是以王阳明哲学为其民族的哲学"；蒋介石更是终生崇拜王阳明，将其奉为精神导师。

王有鸿篇巨制，我的理解只是一鳞半爪，挂一漏万。

壹

学校不应该是监狱

1518 年，王阳明出任南赣巡抚。他在任上做了很多事，其中在教育上尤其可圈可点。他不断完善乡规民约，兴办学校，培训教师，还亲自制定儿童教育的基本原则。

因为是个教育专家，他真切看到了教育的弊端。根据调查研究，他认为，近世的儿童教育，大部分的学校每天只知道督促句读课业，不重视道德及人文素质的培养。而且，有许多做法还非常过分：老师对待学生像对待囚犯一样，稍不满意就绳捆鞭打，学生把学校看成监狱而不愿去，把老师和长辈当作强盗而不想见。这样做更有严重的后果，学生们以各种形式消极学习甚至公开对抗：他们窥伺，逃避，作假，掩饰，说谎，极度地顽皮。

王阳明清楚地知道，这样教育的后果是极其可怕的。他在内心有坚定的教育理念，他觉得儿童的天性是喜欢玩乐而害怕约束，这就像草木刚刚开始萌芽，让它舒展地生长就能很快枝条发达，如果摧残压抑，它就会枯萎衰败。教育孩子就要顺着他们的天性，不断鼓励，使他们心中愉快，他们就会不断进步，这就好像春风细雨滋润花木，花木没有不萌芽生长的。如果花木遭遇冰霜侵袭，就会生机萧条，一天天枯萎。

所以，王阳明的教育主张很简洁，就是要顺应孩子们的天性而引导。比如他认为，让孩子们吟诗唱歌，不仅是开发他们的志向和兴趣，还能在歌咏中消耗他们多余的精力，而且，在音律中可以抒发他们的抑郁和不快；让孩子们学习礼仪，不但可以严肃仪表，还可以在打躬作揖中活动血脉，在叩拜屈伸中强筋健骨；即便是教导他们读书，也要在反复研讨中存养心性，在抑扬顿挫的朗诵中弘扬志向。

他甚至给出了很详细而科学的教案，学校和教师照着教就可以了。

　　大抵童子之情，乐嬉游而惮拘检，如草木之始萌芽，舒畅之则条达，摧挠之则衰痿。今教童子，必使其趋向鼓舞，中心喜悦，则其进自不能已。譬之时雨春风，沾被卉木，莫不萌动发越，自然日长月化。若冰霜剥落，则生意萧索，日就枯槁矣。故凡诱之歌诗者，非但发其志意而已，亦所以泄其跳号呼啸于咏歌，宣其幽抑结滞于音节也。导之习礼者，非但肃其威

241

仪而已，亦所以周旋揖让而动荡其血脉，拜起屈伸而固束其筋骸也。讽之读书者，非但开其知觉而已，亦所以沉潜反复而存其心，抑扬讽诵以宣其志也。凡此皆所以顺导其志意，调理其性情，潜消其鄙吝，默化其粗顽，日使之渐于礼义而不苦其难，入于中和而不知其故。是盖先王立教之微意也。

若近世之训蒙稚者，日惟督以句读课仿，责其检束而不知导之以礼，求其聪明而不知养之以善，鞭挞绳缚，若待拘囚。彼视学舍如囹狱而不肯入，视师长如寇仇而不欲见，窥避掩覆以遂其嬉游，设诈饰诡以肆其顽鄙，偷薄庸劣，日趋下流。是盖驱之于恶而求其为善也，何可得乎？

——《传习录·训蒙大意示教读刘伯颂等》

我们来观察体验一下。

如何做老师。每天早晨，学生们到校参拜行礼后，老师要依次耐心而亲和地问每个学生：在家时热爱亲人、尊敬长辈是否做到真切而没有懈怠疏忽？在自我的礼节上有没有身体力行而没有欠缺呢？早上来读书在路上行走时是否谨慎注意？有没有放荡不羁？自己的一切言行有没有做到忠信而笃实呢？每位学生一定要如实回答，有则改之，无则加勉。老师还要随时针对具体情况，委婉加以启发开导。然后，让他们各自回到座位上学习。老师布置的作业不在量多，而在精熟。要根据学生的资质，能认识两百字的只教一百字，让学生精力富余，他们就不会因为辛苦而厌学，反而会有收获而心情愉悦。

当然，这里有两个前提，一是学生必须诚实，二是小班化教育，否则问了也是谎话，大班甚至超大班，一天也做不完。

唱歌诵诗。学生们仪表要整洁，平心静气，吐字要清晰，节奏要均匀，不躁不急，不闹不狂，不气馁，不畏难，时间久了，就会气定神闲，心平气和。每个学校还可以根据实际情况，轮流诵唱，每天一个班唱，其余班观摩，每月初一、十五还可以到书院集合唱歌。

练习礼仪。练习礼仪时，必须排除杂念，平心静气，老师要仔细审察学生的礼仪细节，容貌举止，不懈怠，不拘谨，不害羞，不随便，不粗野，从容不迫。时间久了，礼仪就熟练了，德性也就坚定了。练习的方式可参照唱诗。

王阳明似乎很神，简直就是为现时的教育号了脉。

每日清晨，诸生参揖毕，教读以次遍询诸生：在家所以爱亲敬长之心，得无懈忽，未能真切否？温清定省之仪，得无亏缺，未能实践否？往来街衢，步趋礼节，得无放荡，未能谨饰否？一应言行心术，得无欺妄非僻，未能忠信笃敬否？诸童子务要各以实对，有则改之，无则加勉。教读复随时就事，曲加诲谕开发，然后各退，就席肄业。

凡歌诗，须要整容定气，清朗其声音，均审其节调，毋躁而急，毋荡而嚣，毋馁而慑，久则精神宣畅，心气和平矣。每学量童生多寡，分为四班。每日轮一班歌诗，其余皆就席，敛容肃听。每五日，则总四班递歌于本学，每朔望，集各学会歌于书院。

凡习礼，需要澄心肃虑，审其仪节，度其容止，毋忽而惰，毋沮而怍，毋径而野，从容而不失之迂缓，修谨而不失之拘局。久则礼貌习熟，德性坚定矣。童生班次，皆如歌诗，每间一日，则轮一班习礼。其余皆就席，敛容肃观。习礼之日，免其课仿。每十日，则总四班递习于本学，每朔望，则集各学会习于书院。

凡授书，不在徒多，但贵精熟。量其资禀，能二百字者，止可授以一百字，常使精神力量有余，则无厌苦之患，而有自得之美。讽诵之际，务令专心一志，口诵心惟，字字句句，绎绎反复，抑扬其音节，宽虚其心意。久则义礼浃洽，聪明日开矣。

每日工夫，先考德，次背书诵书，次习礼或作课仿，次复诵书讲书，次歌诗。凡习礼歌诗之类，皆所以常存童子之心，使其乐习不倦，而无暇及于邪僻。教者如此，则知所施矣。虽然，此其大略也，"神而明之，则存乎其人"。

——《传习录·教约》

楼上的孩子，读小学五年级。每天晚上我临睡前，都会听到楼上发出很响的动静，一会儿是她读英语的声音，一会儿是她爸爸纠正她发音的声音，还不时有爸爸的呵斥声，呵斥的内容包括语文数学英语及其他的习题。晚上十一点是常事，而孩子早上六点多就要起床。我也习以为常了，只是可怜那孩子。电梯里，碰到孩子爸爸，问他原因，他总是叹气，哎，作业多，小孩子做作业动作又慢。

我把楼上孩子做作业常到深夜的事当新闻说了，几个有初中生的孩子家长就嘲笑说，哎，你真是不知道现在的学校啊，谁家的孩子不这样？我们的孩子也经常要忙到深夜十一点。必须的。

昨天一朋友向我请教如何教他外孙写好作文。以下是我们简单的对话：

我问：外孙读几年级了？

他答：刚刚二年级。

我说：那还来得及，我家小子三年级才开始写呢。

他又自言自语说：我经常去书店给外孙买书的。

我说：那很好啊，你都买什么书？

他答：我都买各种作业习题集。

我说：你还嫌外孙不够忙吗？你这是害他呢！

他答：我这是为了训练他做作业的能力呢！听说以后他们的作业会越来越多，每天都要好几个小时，做不完回家还要做，双休日也要做，现在不练练，将来肯定要吃亏的。

我无语。只能叹气。

媒体上经常有这样的新闻标题：

1.《课外作业多导致小学生梦游做作业》

2.《学生早晨地铁写作业》

3.《学龄前孩子该不该做作业》

4.《谨防儿童"橡皮综合征"》

5.《孩子喊累老师嫌烦，书包越来越重谁是幕后推手》

6.《家长因孩子作业重模仿笔迹代写》

7.《孩子不堪课外辅导，要与母亲断绝母子关系》

8.《孩子课外学习负担重，引发夫妻离婚案逐年上升》

9.《三岁孩子上三课外班引争议》

10.《二年级学生体重19公斤，背5公斤重书包》

太多了，列举不完。可以断定的是，人人都痛恨，但就是没有好的解决办法，今后还会有各式各样的新闻出现。根子在哪里？原因多样，因素复杂。

王阳明的理念很先进，可以说是一语中的，但是，未必能实现得了，即便他那个时代，也只是一个理想而已。

贰

将好色贪财求名——搜寻出来连根拔除

王阳明的弟子陆澄，应该是个用心的学生，因为他将老师的语录整理得很全面。

现在我们来看一下王老师是如何教学生在做学问时集中注意力的。

> 一日，论为学功夫。
>
> 先生曰："教人为学，不可执一偏。初学时心猿意马，拴缚不定，其所思虑，多是人欲一边，故且教之静坐，息思虑。久之，俟其心意稍定，只悬空静守，如槁木死灰，亦无用，须教他省察克治。省察克治之功，则无时而可间，如去盗贼，须有个扫除廓清之意。无事时，将好色、好货、好名等私欲，逐一追究搜寻出来，定要拔去病根，永不复起，方始为快。常如猫之捕鼠，一眼看着，一耳听着，才有一念萌动，即与克去，斩钉截铁，不可姑容，与他方便，不可窝藏，不可放他出路，方是真实用功，方能扫除廓清。到得无私可克，自有端拱时在。虽曰'何思何虑'，非初学时事。初学必须思，省察克治，即是思诚，只思一个天理，到得天理纯全，便是'何思何虑'矣。"

——《传习录·陆澄录》

这其实是个很头疼的问题，因为人人都带着目的而来，而又想以最短的时间学得最多的东西而去，本身就是心浮气躁，王老师是再清楚不过了。

于是，他语重心长地告诫学生们。我们为什么不能集中精力？主要是我们考虑了太多的个人私欲。有没有办法让我们的心静下来呢？有的，其实也很简单，现在我和你们说。首先要静坐，平息私心杂念。过了一段时间，等你们的心态稍微平和之后，就进入了下一步：反省体察克制私欲。这种功夫任何时候都不能中断，没事的时候，将好色贪财求名一一搜寻出来，一定要连根拔除，使其永不复生，才能得到快感。打个比方吧，就像猫捉老鼠，一边眼睛紧盯着，一边耳朵细听着，一有私念产生，立即将其摒弃，态度要非常坚决，斩钉截铁，不能姑息迁就，不能提供一丝方便，更不能窝藏，网开一面，这样才算真正的下功夫摒除私念，也才能真正扫除心中的一切私欲。等到心中无私欲可除，自然可以端坐，拱手，轻轻松松。

只要是人，就会有情感。对于喜怒哀乐，王老师也有自己的独特见解：喜怒哀乐，就生发它们的本体来说，应该是中正平和的，只是人本身有别的意念，才会过度或不足，就成私欲了。

也就是说，我们要非常注意克制自己的日常情感，喜怒哀乐，一不小心，它们就会变成私欲，有了私欲，你就无法安静了。

让自己的内心安静下来，其实也是一种修行，这种修行，因为人们悟性不同，每个人对道的认识也就有一种深浅的过程。

王老师接着打比方说，有一间房子，人刚进来时，只看到一个大致的轮廓，待久了，才把梁柱、墙壁等一一看清楚，时间再长些，梁柱上的花纹都看得清清楚楚。不过，房子还是房子。

先生曰："道无精粗，人之所见有精粗。如这一间房，人初来，只见一个大规模如此。处久，便柱壁之类——看得明白。再久，如柱上有些文藻，细细都看得出来。然只是一间房"。

——《传习录·陆澄录》

针对一般人的弱点，即许多人都是嘴上说得好，其实行动上做得并不好，王老师接着又开了疗方。

一个人如果真正下决心不断用功修炼，那么，他对克制私欲的认识也是一天比一天深刻的。就像人走路一样，走过一段路之后才认识这段路，走到岔路口时，有疑惑便问，问了再向前走，才能慢慢到达要去的地方。所以，对认识到的私欲，如果不下决心清除，就如同空谈一样，没有什么好处的。内心也终究不会安静下来，也无从做好学问了。

我非常敬佩王老师。在那个物欲横流的社会，人们其实也浮躁得很。我从许多的明人笔记中都读到了这样的片段。

比如说，杨梅疮在明代大流行，说明明朝人的男女两性关系还是比较开放的。

比如说，"大街小巷，合共起来，大小酒楼有六七百座，茶社有一千余处，不论你走到哪一个僻巷里面，总有一个地方悬着灯笼卖茶，插着时鲜花朵，烹着上好的雨水，茶社里坐满了吃茶的人"（《儒林外史》二十四回）。这仅仅是明代南京的一个剪影，人们都在闲谈，做学问奢侈噢。

比如说，贪官严嵩家抄出的东西，别的不说，仅各类丝绸衣服就达一万多件，以严氏家族人口，数十辈也穿不完；漆筷子居然有数千双之多。虽是贪官，但也是官场一角呢！

比如说，张岱就曾直露自己的爱好：好精舍，好美婢，好娈童，好鲜衣，好美食，好骏马，好华灯，好烟火，好梨园，好鼓吹，好古董，好花鸟。虽然他有很高的文学成就，但从爱好看，基本也是一个花花公子，吃喝嫖玩乐基本占全了。

因此，王阳明的教人内心安定的理念就很有现实意义。

这种现实意义自然可以有效延伸。

有一天，一位管纪检监察的领导给我们作廉政专题报告，为了教育性更强，他讲述了许多生动的细节。而笑过之后，让人反思的是，那些腐败干部为什么会走那一步？有很多的因素，但其中最关键的一条是，在缺乏有效的监督制度下，在利益触手可及的环境中，甚至利益争着抢着向你涌来的时候，那是一种什么样的感觉？这些人基本是内心澎湃，心潮激荡，亲爱的钱啊美女啊，叫我如何能不爱？而所有的前提都是，有私欲，内心不安静，不拿白不拿，或者天知地知你知我知。

民间玩游戏，如果筹码是纸片木棍什么的，大家玩起来就很轻松。如果筹码换成铜板碎钱，大家一定很认真，这个时候，只要赌注不是很大，那么玩的气氛仍然不会很紧张，因为每个人都不会太看重这些小钱。等到筹码换成银子换成大额钞票，那么，可以想见的结果是，赌家们一定很紧张，因为一局下来，说不定就倾家荡产了。

游戏的道理很简单，因为心中有物了，有私欲了，就不会轻松。

叁

天下的学者好像进入了一百场戏同时演出的剧院

王阳明的心里很平静，又不平静。他平静，是因为他时时沉浸在他的世界里，他的世界都被圣人圣学或空灵等占据，他也在用平和的心谆谆教导学生；他的心又时时翻起波浪，因为残酷而现实的世界让他不满意，道德缺失的现实使他常常神往远古社会的美好。

> 唐、虞、三代之世，教者惟以此为教，而学者惟以此为学。当是之时，人无异见，家无异习，安此者谓之圣，勉此者谓之贤，而背此者，虽其启明如朱，亦谓之不肖。下至闾井、田野，农、工、商、贾之贱，莫不皆有是学，而惟以成其德行为务。何者？无有闻见之杂，记诵之烦，辞章之靡滥，功利之驰逐，而但使孝其亲，弟其长，信其朋友，以复其心体之同然。是盖性分之所固有，而非有假于外者，则人亦孰不能之乎？
>
> ——《传习录·答顾东桥书》

现在，他又开始怀念唐尧虞舜夏商周了。他说，就是那些在田间市井从事农工商贸的普通人，也都把自己的品德培养当作第一任务。为什么呢？当时没有乱七八糟的见闻，没有背诵的烦琐，没有数不胜数的诗词文章，更不用追名逐利，只是孝顺双亲，尊敬兄长，对朋友忠信，恢复人心本体所共有的良知。那个时候，天下百姓安居乐业才是最最重要的事情，人们不以身份高低分轻重，不以职业不同分好坏，如果岗位适合自己，就是一生都从事繁重的工作也不认为辛苦，一生从事低下琐碎的工作也不认为卑贱，因为天下所有的人都高高兴兴，亲如一家。那个时候做官，只是一种职业而已，他们只是将官职当作自己发挥才能的平台。

这样的结果一定是美好无比的：整个天下的事就像一个家庭的事务！呵，家庭，如果没有什么特别的情况，应该是很和谐的。

> 圣学既远，霸术之传积渍已深，虽在贤知，皆不免于习染，其所以讲明修饰，以求宣畅光复于世者，仅足以增霸者之藩篱，而圣学之门墙，遂不复可睹。于是乎有训诂之学，而传之以为名；有记诵之学，而言之以为博；有词章之学，而侈之以为丽。若是者，纷纷籍籍，群起角立于天下，又不知其几家。万径千蹊，莫知所适，世之学者如入百戏之场，欢谑跳踉、骋奇斗巧、献笑争妍者，四面而竞出，前瞻后盼，应接不遑，而耳目眩瞀，精神恍惑，日夜遨游淹息其间，如病狂丧心之人，莫自知其家业之所归。

> ——《传习录·答顾东桥书》

前面说了王老师内心的不平静，他当然要将现实社会批判一番了。很多人也都和他一样怀古。他首先不满意的就是春秋战国时代，别的不说，单说那些什么学者，他们流派众多，多得使人无所适从，天下的学者就好像进入了一百场戏同时演出的戏院，只见欢呼跳跃、争奇斗巧、献媚取悦的戏子从四面同时演出，令人前顾后盼，应接不暇，以至于眼花了耳聋了，精神恍惚了，日夜在里面沉溺游弋，就像心智狂躁失常的人不知道自己的家在哪里一样。

王阳明这样来比喻诸子百家的学说，虽有点偏颇，但还真是形象。各种学说都宣扬自己能定天下，高调得很，但其实大多空洞荒诞，杂乱不通，都不知道他们到底说了些什么！

一个结果是，追逐功名利禄的风气却一天比一天厉害了。

有人说佛老，但他们能战胜世人追名逐利的心吗？有人又拿群儒来折中调和，但他们又能战胜功名利禄吗？基本不可能的。

这样的风气一直延续，到今天看来，追求功名利禄的流毒已经侵蚀人们的灵魂，积习成性，数千年了。人们在知识上互相夸耀，在权势上互相倾轧，在利益上互相争夺，在技能上互相攀比，在名声上互相竞争。知识丰富，正好使他们能够作恶，见闻广博，正好使他们肆意诡辩，文采富丽，正好掩饰他们的虚伪。一句话，利欲熏了人的心。

这样的风气里，我们的良知能有什么地位？那些人自然不会把良知放在眼里，有的甚至把良知当作人性的短处。

然而，王阳明只说对了一半。无论从哪个角度，对功名和利禄的追求，都是人立身立世的根本，是人成长的原动力，他想要的那个时代已经一去不复返了，我们不可能回到过去，不要说他回不去，就是孔子也回不去了，对远古社会，孔子也是念念不忘。

只是，这种风气太盛了，才会引起王老师的不满。

过度了的东西，基本都让人讨厌。

王老师活画的现实，勾起了我也想把"没有乱七八糟的见闻"展开一下。让我非常想展开的是现在的微博。

在微博晴空霹雳问世两年多后，我终于也有了微博，马上体验到了什么叫作"乱七八糟的见闻"。一个多月来，我已发博八十多条，平均一天两条以上，开博第一周，我就有如下的心得：一、博是时间之杀手，一会儿就想去看一下，主要是别漏掉什么重要的国际国内大事，都没怎么读书了；二、博有君临天下之责任感，博一打开，诸多国家大事奏章样刷刷地涌进，要批示，要转发，要评论，要顶，要灌。现在又有了两点新感受：一是发了博之后，时时会想，有几条被粉丝转发了，有多少粉丝评论我了，有多少粉丝@我了，越多越好，多了就说明这条博写得好，写得到位，写到粉丝们的心坎上去了；二是这个世界有多杂，人们的思想有多杂，人们的工作生活有多杂，只要看一下博就可以了。在博上，我只关注了两百来个人，但就是这两百来个关注，给我的信息已经是海量了，一会儿工夫，就是 N 条，开始还不知道，老博主告诉我，五十条以上就不显示了，就是 N 条。我在想，有的人关注四百五百八百一千两千甚至更多的，他怎么能看得过来呢？在博上，你想看到什么就会有什么，许多内容让你大吃一惊，吃惊的不是什么重大新闻，吃惊的只是一些稀奇古怪的"乱七八糟的见闻"和评论。心情好，博；心情不好，更博。吃饭上菜了，博图片；旅游了，更博风景。看到好笑了，转博；看到愤怒了，评博。半夜睡不着，博心情；早上起早了，更要博自豪。博孩子优秀，博别人愚蠢，博自己升职，博愤怒心情，无所不博，居然还有博卫生巾型号的（不是广告噢）！

就这一个多月来，我都有好几次念头，把博关了吧，不要去看了吧，我干吗要去关注这些博？看这些博究竟有什么意思？这个全民娱乐的时代，需要这样娱乐吗？

博这个东西的双刃性太明显了，只一个多月，我已充分领教了它的厉害。许多人也都说博的好处，信息快，但我体会出了这么多的坏处，最关键是它让人心里很不宁静，我想应该是我过度了。

但是，通过这个博，更加体会到了王阳明讲的那种一百场戏同时开演的场面。在这个博上，我们就如置身于信息的太平洋中，茫茫无际，我们的四面八方，每一个空间都被信息包围，你很难逃得出来，信息无孔不入，信息见缝插针，让人无所适从。

一个问题是，现代人要这么多的信息究竟想干什么？事实上，有很多时候，我们什么也干不了！事实上，那些不关注博啊什么的现代人，他也活得好好的。我就曾看到某位主持人说离开博三天后的诸种好处，还有很多博控也终于停止了玩博，他们不仅没有受到影响，还得到了很多。

远古社会没有这么多信息人们不也活得好好的吗？就是嘛！

一百场戏同时开演，历史证明，效果不怎么好呢！

说归说，但又有多少人能看得透呢？包括我自己。

_肆_

孔子说，我有知识吗？没有

江西泰和人欧阳德，他也是王老师有出息的学生。后来，他官做到了礼部尚书。

有一天，他和王老师探讨了关于良知的一个问题。他问：良知虽然不是来自见闻，但学者的知识，未尝不是从见闻中产生的。王老师答：良知不来自见闻，但见闻是良知的具体运用。所以，良知不局限于见闻，但也离不开见闻。孔子说，我有知识吗？没有，良知之外就没有别的其他知了，所以做学问最关键是致良知，现在说专门探求见闻的细节，就是失去了最重要的东西。

我仔细体会了一下，见闻和良知都很重要，但无疑良知应该在见闻之上。欧阳德提出了这么个问题，一定是基于当时的现实，现实就是有许多人重见闻而轻良知，本末倒置。

良知不由见闻而有，而见闻莫非良知之用。故良知不滞于见闻，而亦不离于见闻。孔子云："吾有知乎哉？无知也。"良知之外，别无知矣。故"致良知"是学问大头脑，是圣人教人第一义。今云专求之见闻之末，则是失却头脑，而已落在第二义矣。近时同志中，盖已莫不知有"致良知"之说，然其功夫尚多鹘突者，正是欠此一问。

——《传习录·答欧阳崇一》

现在我想望文生义，专门谈一下见闻。

Z省虚假新闻投诉中心成立八个月来，就受理投诉700余件，其中涉及虚假失实报道的180多件。几乎没有记者故意失实，只是一不小心就失实了，其实还是态度和方法问题。

一个晚上，某路虎越野车和公交车发生了交通纠纷。路虎司机下来后，跑上了公交车跟司机理论，还发生了肢体冲突。这应该是一起普通的交通纠纷引发的治安事件，但记者从报料人反映的情况初步判定，路虎司机有点仗势欺人，气焰嚣张。某记者到达现场后，路虎司机已经不知去向，他通过对在场的目击者和公交司机的采访，了解了事情发展的经过，也抓了不少细节，因为临近截稿时间，记者赶回报社和编辑沟通后，完成了题为《这个路虎司机，你好嚣张》的稿子，文中主要叙述了公交车司机自己的回忆：当时，那个男的站在路中间，我只能踩刹车停了下来，因为男子手上拿着一根棍子，刚开始我没敢开门，后来是有乘客要求下车，我就把门打开了，然后男子就上车要求其他乘客全部下车，跟我没说两句就往我头上打。打人的事情记者也确实在别的乘客那里得到了证实，看来，稿子基本没什么问题。

稿子到了编辑那里，编辑从公交司机的话中看到了一个细节：男子手上拿着一根棍子。他觉得这个细节很能反映路虎司机的嚣张和霸道，也没有进一步核实，想当然地认为路虎司机在整个过程中都提着棍子打人，于是他将这个细节提炼出来做成了引题"男子手持棍子把乘客赶下车并猛揍公交车司机，目击乘客愤愤不平——"，第二天见报稿中的这个细节演绎成这个样子："路虎司机手持棍子把全车乘客赶下了车，接着拿起了棍子就朝公交车司机头上猛敲——"而事实上，记者的采访稿子中，无论是公交司机还是乘客都没有明确说路虎司机是用棍驱赶乘客并用棍子打人，几天后公安机关的调查显示，当时并没有出现这样的情节。

如此添油加醋的行为，让读者有很充分的理由相信：普通的争执已经变成了恶劣的持械殴打行为。这个路虎司机真是太霸道了！这样一来，性质完全变了。

路虎司机会同意这样的写法吗？他当然要投诉！你以为你们媒体是什么啊，黑的可以说成白的吗？凭想象就可以捏造事实吗？凭单方面说辞就可推测吗？绝对不行的！

还有一件事也错得挺离谱的。

N市某城中村要改造，村里召开了全体党员、村民代表、股东代表会议讨论，旧村改造计划全票通过。会后，该村就旧村改造的相关事宜向全体村民征询了意见，意见表和宣传单发放到户，回收率为85%。当地报社记者采访后，根据回收单在原稿中如实表述"得到了85%的户主同意"。

稿子自然要经审阅。这个村的上级单位某管委会，相关负责人审稿时，把"得到了85%的户主同意"一句改成了"并征得全部广大户主同意"。记者一看，认为既然主管部门把关了，就没错了，也没有对审稿修改这个细节进一步核实，就把稿件交给编辑。编辑看稿时，觉得这个说法有点别扭，但他也没有核实一下，就想当然地去掉了"广大"两字，认为这样更合乎语法，见报后就变成了"征得全部户主同意"。

投诉当然来了，村里还有未交意见表的15%的户主呢！这一部分为什么没交？是因为有一部分是持反对意见的，因为少数服从多数，本来就是个无奈，但一看到报道，情绪就上来了，他们"被代表"了，于是就认定这是虚假报道。

这样的例子一定很多，似乎也不是什么惊天动地的事，不至于出人命。我在新闻单位待久了，也知道一些规律，一些差错，基本上都出在常识上，有时错得很离奇，是因为，人们一般认为，这样的常识是不应该出错的，可是偏偏出错了。不仅我们的报纸是这样，其他的报纸也这样，这基本上是一条不算规律的规律了。每逢重大节假日来临，我们老总就在编委会上再三再四地告诫大家，一定要注意防错，防止常识出错！记者固然有责任，但上面两位编辑如果再多心一点，多问一个为什么，就不会出现这样比较低级而又让人哭笑不得的事情了。

着重说了"见闻"，是因为一般人都在"见闻"中生活着。

良知虽然只在心底，但良知支撑着见闻。

伍

世界上有干什么都能成功的人吗？

一群学生跟着名师学习，最大的愿望大概是如何才能具备先生的品德和学识了。就如那孙猴子，初学了一身的变化之术后，就想独闯天下一样。

而对学生这样的心理，王老师因材施教。

这一天，他谈到了人才。

> 问："名物度数，亦须先讲求否？"
>
> 先生曰："人只要成就自家心体，则用在其中。如养得心体，果有未发之中，自然有发而中节之和，自然无施不可。苟无是心，虽预先讲得世上许多名物度数，与己原不相干，只是装缀临时，自行不去。亦不是将名物度数全然不理，只要'知所先后，则近道'。"
>
> 又曰："人要随才成就，才是其所能为。如夔之乐，稷之种，是他资性合下便如此。成就之者，亦只是要他心体纯乎天理。其运用处，皆从天理上发来，然后谓之才。到得纯乎天理处，亦能'不器'。使夔稷易艺而为，当亦能之。"
>
> 又曰："如'素富贵，行乎富贵。素患难，行乎患难'，皆是'不器'。此惟养得心体正者能之。"
>
> ——《传习录·陆澄录》

他说，人一般会根据自己的特长才能兴趣做出成就。比如，夔对于音乐，后稷对于庄稼，他们的天性本来就适合从事这些工作。一个人，如果他做事都是天理自然的发挥运用，那么他就可以称为"人才"，他的心体存养达到纯粹为天理的程度，干什么都可以成功。如果让夔和后稷互换职业，他们也能做得很好。

王老师接着进一步延伸：身处富贵，就做富贵时能干的事，身处患难，就做患难中能做的事，这些都是人才。干什么都可以成功，只有存养心体达到中正的人才能做到。

王老师的人才观，让我想起了对垃圾的理解：垃圾是放错了地方的宝贝。理论上，人人皆可以成为尧舜的。

干什么都可以成功，应该是存在的，但综观古今中外，又基本上不存在，即便很多知名人士，那也只是在一个或几个领域，多个领域已经非常了不起了。全才几乎没有。

但是，这样的人才观还是有值得说道的地方。

干什么都可以成功，首先需要的应该是潜能。我们会从各行各业的人才现状得到这个答案，最明显的就是，大学里会设数十上百个专业，为什么要细分这些专业？最简单的考虑就是人有不同的潜能。三岁看到老，自然有偏颇的地方，但也不无道理，民间抓周，测的也是人生前途嘛。这些都说明，潜能很重要，潜能就是天分，如果没有潜能，你想以后成功，可能性不是没有，但概率很小。那天，在小区游泳池边，看到一长得非常高大的奶奶，在指挥着小孙子游泳。她对我说，小孩子只有六岁，但每天必须游两千米以上，他对游泳的感觉非常好，也很有兴趣。我说，你们是把他当运动员在培养吧。她开怀大笑。那个时候，正是伦敦奥运会孙杨、叶诗文夺冠的焦点时刻。全体小泳迷和全体小泳迷的家长都很兴奋，他们在孙、叶的身上，看到了潜能，看到了希望，看到了未来。

干什么都能成功，当然还需要适应时代。这个适应有两个角度：顺应和逆受。能顺应自然好，一个不能顺应时代和社会的人，注定不会成功。这个不多说。如果一个人只能顺应而不能逆受，那照样不会成功。在某种程度上说，逆受要比顺应有效得多。按孟子的说法，一个人要成功，"必先苦其心志，劳其筋骨，饿其体肤"的，因为"天降大任于斯人也"，如果不能逆受，那天还敢降什么大任吗？司马迁《史记》写得好好的，为什么突然会遭宫刑？原因自然因李陵而起，他说了不该说的话，得罪了皇帝你还会有好日子过？我想说的是，他在受了宫刑后的人生态度，除了忍受身体上的痛楚，更多是想到了一些和他有同样遭遇的先贤，屈原、左丘明、孙膑，这些人也不比他好过啊，这些人都给了他力量。所以他成功了。穷人的孩子早当家，能当家了，就是一种成功。富不过三代，是因为二代或三代缺少逆受，锦衣玉食，于是就被那些穷二代穷三代给比下去了。王侯将相，宁有种乎？历史很好地回答了：确实没有种噢。

干什么都能成功，还需要存养和修炼。虽然前面王老师的人才观讲得很哲学，很玄妙，但我的理解很直接，就是一个人如能做到和天地间的规律相适应，那他的潜能就会得到最大的发挥。而要做到适应，前提是修炼。修炼什么？修炼做事的功底。这个功底也可以理解为积累和坚持。板凳要坐十年冷，说的是一种积累，几十年如一日，说的是一种坚持。这个意思，王先生曾经特别告诫：与其挖一个数顷之大而无水源的池塘，不如挖一口数尺深而有水源的井，井里的水源源不断不会枯竭！王老师说这番话的时候，他刚好坐在池塘边，旁边还有一口井，他只不过是因材施教罢了。

干什么都能成功，那只是人类的一种梦想。

但一辈子掘出一口有水源的井还是很有可能的。

陆

王论语陆微博

1. 王语：有意于求宁静，是以愈不宁静耳。

陆博：宁静是个好东西，它能让我们内心平静。内心平静其实就是养生。肝火旺，伤身；秋燥，上火；心急，出错。所以，要求宁静。宁静，我想你了，你来行不行啊？宁静，宁静，你为什么还不来啊？宁静，你不来我怎么办啊？宁静的架子很大，就是不来，任你喊破嗓子也不理你！你想宁静，偏不宁静！所以，做什么事都不要功利性太强了。你不求宁静，宁静反而来了！

2. 王语：后世学者博闻多识，留滞胸中，皆伤食之病也。

陆博：吃了不消化，怎么能滋养身体呢？但好像便秘除外。便秘者，吃得照样多，几天拉一次，那些东西都到哪里去了呢？难道都消化成营养了？不消化，又去了哪里？便秘好吗？肯定不好，否则就不是毛病了。有趣的是，现在的少数学者，刚好反一反，他们吃得不多，产出倒是很多，而且产出的颜色都是金黄黄的，甚觉可爱。我宁愿他们便秘！

3. 王语：人但得好善如好好色，恶恶如恶恶臭，便是圣人。

陆博：好德如好色，这并不是王先生的发明，只是他强调了。不过还是很精辟。看看人们怎么好色便知色的厉害了，权力是最好的催情剂，那些个被捉起来的官儿，几乎没有不和色联系的，近来"和多名女性发生关系"成为网络热词就是一很好例证。如果，我们喜欢德行能像喜欢美色那样，讨厌恶行像讨厌恶臭那样，那会是一种什么样的境界啊！这就是圣人的境界嘛！

4. 王语：文字思索亦无害，但作了常记在怀，则为文所累，心中有一物矣，此则未可也。

陆博：真是让人醒悟。自己写的文章，数年后还不会忘记，甚至都记得起写那段文字时的心情和感觉，怎么可能都忘记呢？可是，王老师就是要让你忘记。他的意思我知道，他并不是要我们去抄袭别人的文字，那样的文字不经过自己的思考，容易忘，不是这个意思，他的意思是让你放下，写完了就放下，心里不要装着东西，就连你最钟爱最得意的文字也不要放在心里。确实如此，心中装着物，不管什么东西，都会被牵累的。

不要担心东西丢失噢，阿里奥斯托在《疯狂的罗兰》中描写了月球上的一条峡谷，峡谷里存放了所有在地球上丢失的东西，里面不仅有未兑现的承诺和荒废掉的光阴，还有各种常识。你忘记掉的文章说不定也全部存在那峡谷里呢！

5. 王语：人若着实用功，随人毁谤，随人欺慢，处处得益，处处是进德之资。

陆博：你心中有目标，有坚持，随便别人怎么伤害，你却是处处受益，处处都是品德进步的资本。任尔东西南北风，我自岿然不动。面对对手，有各式各样的态度，你的态度取决于你的修养，你的态度还决定着你的成功，千万不要中对手的计。最好化废为宝，让对手气死！但是，如果你没有目标，那些诽谤和欺侮就会像魔鬼一样，最终你会被对手累倒！一个人这样，一个民族这样，一个国家也是这样!

6. 王语:你未看此花时,此花与汝心同归于寂;你来看此花时,则此花颜色一时明白起来,便知此花不在你的心外。

陆博:王先生说这句话的前提是,一行人游览,一朋友指着岩石中的花树问:先生说心外没有事物,像这花树,在深山中自开自落,和我们的心有什么关系呢?呵,有的,你没看到这个花,它和你的心都处于寂静的状态,你看这花了,它的颜色一下子鲜艳起来,这花难道在你的心外吗?任何事物都有联系的,我家楼下那棵樟树,和奥巴马有联系吗?有的,你看,它他都是存在物,都存在于一定的空间,一在中国杭州左岸花园,一在美国华盛顿白宫。你能说它他没联系吗?哈哈!

7. 王语:譬如大树,有多少枝叶,也只是根本上用得培养功夫,故自然能如此,非是从枝叶上用功做得根本也。

陆博:我们都明晓这样的道理,一棵大树,不管有多少枝叶,都必须从树根上去用功培养,才能枝繁叶茂,你绝不会从枝叶上去培养树根的。可是,我们许多人并不太明白这个道理的延伸,在做许多事的时候,都是往叶上培根:教小孩子要诚实,不说谎,守纪律,做一切事情都要遵守规则,可大人们却不诚实,整天撒谎,不守纪律,做一切事情都千方百计寻求潜规则!

8. 王语:觉懒看书,则且看书,是亦因病而药。

陆博:懒得看书,那就去看书,这也算是对症下药了。书有千万种,每一种书都可以看作一个人,但这是一个不戴面具的真实人，他的思想完全裸露在你面前。和真实的人打交道其实是一件很快乐的事，你可以随心所欲，时空千里万里，却可以倾心交流。前提是，书也必须是真正的不戴面具，否则就是千人一面，看这样的书更累！

《仿洪小品》——

明朝的那些碎烦事儿

壹　明世宗，农科所里野心多

贰　明宣宗，农夫是个好老师

叁　年终考核，相貌胡子业绩一把抓

肆　边角料呢？朱元璋反腐一剑封喉

伍　智救人，县尉周甘是个好榜样

陆　考试，没有一毛钱关系也是你死我活

朱国桢心中一定是将洪迈称作尊敬的老师的,因为《仿洪小品》就是直接仿洪迈的,只不过,朱也有自己的创新,他从一个当事人(内阁首辅)的角度,将明朝的那些碎烦事儿一一铺陈,治乱兴衰,韬略权谋,凡人趣事,奇人异事,鬼神怪异,杂记评论,谈仙论道,史海钩沉。官爱读,民也爱看。茶余饭后,读着说着,可乐可乐!

壹

明世宗,农科所里野心多

世宗立农坛于西苑,耕熟地五顷七十亩有奇。岁用农夫五十人,管农老人四人,骡夫八人。日食口粮三升,太仓关给,仍复其身。耕畜一十六头,御马监给以草料。其农具俱出之内官监。五谷种子,顺天府送用,仓廒、农舍、牛房,工部盖造,每岁户部侍郎一人,郎中一人,提督之,所获纳之恒裕仓,以备郊庙之粢盛,拨太仓军斗三十人守之。岁终,户部奏报其出入之数。

——《仿洪小品·卷一·西苑农坛》

明世宗经过充分的思考,决定在西苑设立一个农业科学研究所,这个农科所共有耕地五百七十多亩,每年聘用临时干活的农夫五十人，管理农事的老人四名，骡夫八人。耕畜十六头，草料由御马监供给。农科所使用的各类农具，各类综合用房，都由工部专项建造。农科所的所有收入，都要由户部建立档案，纳入管理范围。

我没有看到更多的记载，但可以推想出世宗建立这个农科所的四点深深野心。

第一，锻炼身体。说实话，国家一年的财政收入还是蛮可观的，国家的钱不就是我皇家的钱吗？钱多有什么用？身体才是最重要的，比如像我们做皇帝的，辛苦程度可想而知，皇帝为什么短命的多？人人皆知的原因就不去说了，没有多大意思，传宗接代的需要嘛，要那么多的女人干什么？因此，我是非常注意身体锻炼的。建立这个西苑农科所，最大的好处是，我经常可以来做一些体力活，赶着牛犁着田，感觉很好，那种感觉跟我用人的感觉没什么不同，只要牛听话，听我的指令，我让它往东，它绝不往西，那么，我就会给它好的草料吃。

第二，以点知面。这个研究所，每年不可能收支两抵，绝对要财政拨款，那我也不是纯粹闲得慌，搞个研究所玩，我不是这样的。设立这个研究所，主要想自己体验一下农事的艰辛。每年我一定会花一些时间来这里，从播种到收获，几个关键的节点，我都会来看下，目的也很清楚，从一可以知十，知百，知天下，无农不稳啊！我还想知道，这个研究所如果研究出什么先进的技术，我们就可以向全国推广，治国最大的事情，就是要让农民吃饱饭，肚子不饿，他们才会听你的，他们才有力气去干别的事情，否则免谈。

第三，锻炼干部。和平时期的干部管理，有时候要远远难于战争时期，我祖先那个时候，大家心都很齐，目标也明确，队伍好带。而一旦进入建设时期，舒服的日子过久了，人必定会懒惰，整天迷于吃喝玩乐，不事稼穑，时间久了，那些官二代官三代，甚至连最基本的东西都不会，麦苗和韭菜都分不清楚，也不知道米是如何生产出来的，这样的干部如何能对农村工作进行具体的指导呢？农村情况一点都不了解，完全空对空。而且在农民中也没有威信，这样，我们国家的形象就会大打折扣。我想通过这个研究所，让一些高级干部，适当的时候都去体验，还要以此为契机，在各自管理的范围内，建立各级巡抚体验点、知府体验点、知县体验点，把到基层去作为各级干部考核的重要依据之一。

第四，保护农田。我皇家都要如此开垦土地，如果将全国可以耕种的土地都拿来耕种，我想，只要人们稍微勤快点，生活一定没有大问题，但前提是，农民必须有足够的田来耕种。我的想法，各地要以西苑为榜样，多垦地，多垦好地。还有，那些被垄断掉的，掌握在大户手中的地，也要注意使用价值，杜绝无节制的土地扩张，绝对不允许无限制开发，但存方寸地，留与子孙耕，绝对不允许无缘无故征用老百姓的土地，不能乱拆迁，我分封的除外。更重要的是，要让那些地得到生产的最大化，种粮种草，六畜兴旺。

嘉靖皇帝在位四十五年，有几点是得到充分承认和肯定的，比如减轻租银，还地于民，鼓励耕织，体恤民情，勤于政务。

这个西苑农科所，绝对可以称得上是他皇帝任期内的一个亮点吧。至少它比我们有些所谓的领导责任田什么的，要实在多了。

明宣宗，农夫是个好老师

显然，明朝皇帝重视农业还是有传统的。

明宣宗陪皇太后祭拜完成祖、仁宗的陵墓，回程的时候，看见路边田中有耕地的百姓，就亲自下田，问长问短，并且三次将干活农民的工具举起来察看，还记录下农民所说的话，交给各位大臣看。

我们来看看宣宗的民情日记。

> 庚戌春暮，谒二陵归，道昌平之东郊，见道傍耕者，免而耕，不仰以视，不辍而休，召而问焉，曰：何若是之勤哉。跽曰：勤，我职也。曰：亦有时而逸乎？曰：农之于田，春则耕，夏则耘，秋而熟则获，三者皆用勤也，有一弗勤，农弗成功，而寒馁及之，奈何敢怠。曰：冬其遂逸乎？曰：冬，然后执力役于县官，亦我之职，不敢怠也。曰：民有四焉，若是终岁之劳也，曷不易尔业？为士、为工、为贾，庶几乎少逸哉。曰：我祖父皆业农，以及于我，我不能易也。且我之里，无业士与工者。故我不能知，然有业贾者矣，亦莫或不勤，率常走负贩，不出二三百里，远或一月，近十日，而返，其获利厚者十二三，薄者十一，亦有尽丧其利者，则阖室失意，戚戚而忧。计其终岁，家居之日，十不一二焉。我业是农，苟无水旱之虞，而能勤焉，岁入厚者，可以给二岁温饱，薄者，一岁可无忧，且旦暮不失父母妻子之聚，我是以不愿易业也。朕闻其言，嘉赐之食。
>
> ——《仿洪小品·卷六·陵祭》

庚戌（1430）暮春，我们祭拜二皇陵回来时，经过昌平的东郊，看见路边田间有一个农夫，一直低着头在耕地，不抬头张望，也不停下来休息，我就很奇怪。我问他：你为什么这么勤劳呢？农夫回答我说：勤劳是我的职责，我们做农民的，不勤劳还能做得好农民？（内心独白：是啊，我做皇帝的，不勤劳还做得好皇帝？）我又问：那也应该有休息和娱乐的时间啊？他回答说：农夫对于田地，春天时要耕种，夏天要除草，秋天谷物熟了要收割，这三项都必须勤劳，有一件事情或有一个过程不勤劳，这一年的收成就不会好，人误地一时，地误人一年呢。如果收成不好，那我们全家就会挨冻受饿，我怎么敢偷懒呢？（内心独白：我做皇帝的，如果不勤劳，那也要耽误国家大事呢！）我又问道：那冬天可以休息了吧？农夫说：冬天来了，我就要为皇帝服徭役了，这也是我的职责呢，不敢怠慢的。（内心独白：有这么好的百姓，我又有什么理由不好好做皇帝呢！必须做好皇帝！）

我又问他：老百姓有多种职业可以选择，像你这样一年四季都辛苦，为什么不换一种职业呢？做士、做工、做商人，应该会稍微轻松一点吧？（内心独白：我是真想体谅他！）

农夫回答我说：我的祖父、父亲都是务农的，等到了我这一辈，我也不能改变这一点。况且我们这个地方，没有从事士与工的人，我也不知道他们的情况。不过呢，商人还是有一些的，但据我了解，那些商人也很辛苦，他们都非常勤劳。比如，从事长途运输的人，如果不出二三百里，远的也要一个月，近的十天才能回家一次，但是，他们所赚到的钱也最多只有十分之二三，少的只有十分之一，也有些赚不到钱而完全赔本的，那些人只好关起门来，整天提心吊胆，不知如何过日子呢！这些商人，长年辛苦，一年到头待在家里的时间也只有十分之一，我虽然务农，假使没有水灾旱灾，又能勤快一些，一年的辛苦劳作，可以够两年的吃穿之用，虽然过的是紧日子，但一年也就不用担心了，而且早晚都可以和父母妻儿团聚在一起，因此，我不愿意随意改变我的职业。（内心独白：真是有些感动啊，人人都活得不容易，我还以为只有我做皇帝累人呢！）

听了他的话，有些触动，我想，这是一个尽职本分守法的好公民啊。于是我赏给了他不少的食物。我又问他：你平时观察到的，难道只有商人的辛苦吗？还有没有其他的？

农夫回答我说：我知道的实在太少了，我曾经到县城服徭役，偷偷观察县里的两个长官，一个寅时（凌晨三时到五时）就出来工作了，直到酉时（下午五时到七时）才回家，尽心尽职地做事，从来不偷懒，唯恐老百姓不满意他的工作。这个人升官后已经调走很久了，我们这里的老百姓直到今天还想念他，没有忘记他。另外一个官，早上太阳老高了才拿着一本书出来坐着办公，太阳西斜就回家喝老酒抱老婆去了，老百姓的喜乐哀伤，他从来不过问，这个人后来被罢了官。此官后来还来过我们县里一次，大家都将他视为路人。这两个官是我亲眼所见的，其他的我就不知道了。（内心独白：都说天地之间有杆秤，那秤砣是老百姓。我如果不好好做皇帝，那天下的老百姓也同样要骂我啊！）

我听到这样的话，非常感慨，一个平凡的农夫，他的话质朴纯真，句句在理，这个农夫真是个活生生的好老师啊！这难道不是周公所教导我们的那样，不要贪图安逸吗？我又送了这个农夫很多东西，并且把他的话都给记了下来。

宣宗察农情，问农事，想不到问出了这么多的事情。有农情，还有国情，有民情，更有官情。

可以想见的是，这份日记被作为文件下发以后，官员们一定会受到莫大的震动。

叁

年终考核，相貌胡子业绩一把抓

大明规定，官员都要进行政绩考核，京官是六年一次，京外官是三年一次，有关部门会根据官员任职期间的理政情况严格核查，但仍然有不少怪现象出现。

陕西省领导葛端肃，到京城去见吏部尚书，尚书一看葛的考核档案上写着：年纪大了，而且有病，应该免职。葛领导就请求尚书，您看我身体不是很健康吗？年纪又不是很大，我要求留任。尚书说：这个考核结果是由你们省府报上来的啊，你自己难道不知道？葛回答说：因为负责考核的同志工作地所处偏远，许多情况与记载的有些出入，如果只根据材料就决定人的命运，这是不符合实际的，而现在，您见到了我本人，应该知道是个差错。当然，我是主管领导，这个差错责任都在我，我不可以让那个小官员受冤枉的，所有的责任都由我来担。

尚书听了葛领导的话，很受感动，他说：有哪一个领导能在我们吏部的公堂里自己坦承工作失误？由此看来，葛同志应该是一个贤能的官员啊。

我觉得明朝对官员的考核，相互牵制，对官员的日常行为应该是有制约的。布政使是一方的主要领导，而他的考核居然要由他的部下来负责，这个部下居然对他的情况不太了解，不熟悉人的考核，应该是很有好处的，那就是能够公正，以局外人标准评判。另外，中央吏部尚书，亲自担任考核官，也有一种权威性，严格把关，以防蒙混过关。

用人部门在组织考核时，要的就是公正，而不能以貌取人。

山东副使贾俊，只有五十六岁，但头发全白了，而且，他又不太讲究修饰，整个脸部看上去很脏。负责考核他的官员，都是来自监察部门，对他的印象很不好，自身形象这么不注意，还怎么做领导？于是要弹劾他。一位考核组官员问他了：贾同志，您今年年纪多大啊？贾回答：我年纪已相当大了，今年有八十二岁了。官员听了默不作声，他心想，哎，这个老贾，明明只有五十六岁，为什么要说八十二岁呢？百思不得其解。

贾的同事们也不理解，就问他原因了，贾说：那些考核的人不是都认为我老了吗？要罢免我，那我索性就多报一些，以了却他们的心愿。

当然，考核组长还是知道贾的真实情况的，也知道他很有才能，所以就保留了他的职位。后来，贾俊凭他的才能做到了工部尚书。

贾俊，束鹿人，为山东副使，年才五十有六，须发皤然，不事涵饰，清戎御史恶其肮脏，因考满，将劾之。一日，正色问曰：贾宪副高寿几何？对曰：犬马之年，八十有二矣。御史默然。既退，同僚问曰：何故不以实对？俊曰：渠以我老，将劾我，虚认几岁，以成袖中弹文之美，不亦可乎？冢宰尹旻素知其贤，得寝，后官至工部尚书。

——《仿洪小品·卷八·增年待劾》

人的长相有显年轻的，也有显年老的，二十来岁的小青年头发照样可以全白，因此，头发白实在不应该是考核不合格的理由。但是，年龄的事，对官员来说确实是非常重要的一道坎，像贾副使这样报大年龄的官。

是不是所有的官员都要考核？这其实是一个很有趣的问题。后宫里那些太监、宫女，其实都是有级别的，这些如何考核呢？我还没有看到过这样的资料，估计只凭他们主子的满意程度，满意了就继续干，不满意就换掉，如果犯错什么的，甚至会丢性命，因此，也不必启动考核这样的繁杂程序。

那么，和一些重要岗位（比如掌握国计民生甚至国家命脉的）相比，那些岗位特别是文职岗位，如何考核呢？大学里大部分是由学生给老师打个分，也就是他的教学水平如何而已，并不全面。

1497年，弘治十年，又要考察京官五品以下的官员。这个时候，一批讲读学士，就向皇帝提建议了：我们这些人，都是五品以下的，按理都在考核之列，可是，皇上，您看看我们的工作是什么呢？我们平时负责的都是讲读写作之类的事情，并不负责钱谷、刑狱、簿书等具体的公务；况且，我们给您上课都数十年了，我们水平的好坏，您是一清二楚的，对我们这样的干部进行考核，真是有些浪费了，完全没有必要。

哎，你还别说，真是在理呢，孝宗皇帝于是批准了这个请求：那你们这一系列的干部，就不参加考核了。

大概人都有怕被评判的心理，平时工作生活多自在啊，想说什么就什么，想怎么做就怎么做，可是，一到年底，来个年终考核，考核什么呢？无非是评个等级呗，但好的等级总是有名额限制的，不可能人人都优秀，于是，矛盾就来了，最好你们合格我优秀。于是，各种各样的考核故事或事故就发生了，古今一样，官员要考核，非官员也要考核，只要你是公家养着的，那一定要进入考核的序列，否则，我拿什么来管理你呢？

讲读学士经过皇帝的批准可以不用考核，但绝大部分逃不过考核的准尺，因为，在中国，无论古今，考核，或者被考核，它都是一门很深的学问，一个很大的产业呢。

肆

边角料呢？朱元璋反腐一剑封喉

有个曾经守边的将领曾经对朱国桢说了个事，令他义愤填膺而又无可奈何。这是典型的下级忽悠上级，或者边将忽悠皇帝的事情嘛。

边将守边关，天经地义的职责是保卫祖国，这按我的理解有两层意思：一是保国家的平安，不让外敌侵犯；二是保边境老百姓的平安，如果边关不稳，那里的百姓则无法生活。

但是，守边关的重任就在边关的将士身上，将领的素质决定了一切。明朝的边疆万里长，太长了也难管理，有时经常听说边将杀平民报功，人所共知的事，上级如何考察？说不定也是为了应付考核呢？长久无战事，你的政绩如何体现呢？而消息又不是那么灵通，谁能查得清楚你杀的是敌寇还是平民呢？反正杀的都是外国人外族人。

这还算好的，更有让人跌眼镜的例子呢。有时有投降的异族，身体强健，又能说几句汉语的，就留为家丁，让他们改穿汉服。而那些老弱的以及言语不通者，就被另外集中起来，高墙深锁，严加看管，并让他们保持原来的饮食、发式、服装。一旦边境有事，或者打了败仗，就拖出去斩首，或三五个，或十余个，砍下头往上报，上级一查验，哎，都是真的异族的首级哎，边将因此不但逃掉了罪责，而且还有功，有赏，这样的做法，竟然从来没有人怀疑。

边将杀平民报功，不必言矣，更有一弊，时有降虏，至健，而审译无他者，留为家丁，束以帽服。其老弱言语可疑者，另置一处，高墙垣，严扃之，食以虏法，不改椎结。俟有失事，取斩之，或三五，或十余颗，报上，验之，真虏首也。因而免罪，且加赏。人皆不疑。盖一参将曾守边者，为余言如此。此最可恨，惜无有发之严禁者。

——《仿洪小品·卷二十八·报功之弊》

读者都非常明白，这是一种什么样的做法，明显的作弊，大大的欺骗。这样的结果我们马上就可以联想：

第一种，不利于皇帝掌握国家外交政策。一个国家和另一个国家的关系，就如一个村里一户人家和另一户人家的关系一样。村里有强势的，有弱势的，有村长，还有其他村领导，邻里的关系有好的，也有一般的，还有交恶的，关系非常复杂。如果两家关系好，那是睦邻友好，今天你家新摘的菜，会送一碗到我家，明天我家买了两斤糖，会送几块到你家，两家互相帮助，互相关照，绝对不会发生言语或者肢体的冲突。但是，明明两家关系非常好，你却要说他家对我们家不敬，经常犯边，报告给家长，家长就会很恼火，以至于判断失误，甚至大动干戈，边将常杀平民，就会给国家假情报，造成两国关系紧张。

第二种，国家安全存在严重的隐患。总是有人来报功，皇帝就会认为他的边关将领实力很强，常胜将军，从而在国防事务上有所松懈。大军如果长久疏于训练，一旦发生战事，那些异族就会长驱直入，因为，小打小闹的边将其实不堪一击，到那时，为时已晚。这样的事，历史上也不是没有发生过。

性质再往严重了说，整个军队也会因为弄虚作假，战斗力大大下降，从而出大的乱子。

那些边将的上级，或者上级的上级，未必不知道这样的内情，然而他们却很平静，他们绝对不会报告给什么人。朱国桢书生一个，气愤是自然的事了。

对于这样的事，真的是防不胜防。明朝的开国皇帝朱元璋，应该说是个铁腕人物，尤其是在治理腐败方面。

明朝开国之初，朝廷命令各县乡制作军衣。有个里长叫章叔良的，工作非常认真和仔细。乡里分配到的衣料制作完后，章多了个主意，他将剩余的边角料布用来缝军衣的衣襟，并且将管理和缝制人员的姓名写在上面，也就是说，他那个时候就考虑到了，每件产品要保证质量，责任一定要到人，如果质量有问题，一查工号，马上就可以知道责任是谁了。其实，章还有一层深意，别人都不理解，他深深地知道朱皇帝是个极认真的人，要想骗他实在不容易，他也知道，公家的东西半分半厘都不能沾手，他还听说了，有的地方有的人，将多余的边角料拿回去做各种衣物，但他不这样干，他将所有的边角料全部用上。

章叔良，文懿公曾祖也。洪武初，创造黄册，时叔良充里长……又国初令邑各里造军衣。既毕，叔良计令以余布缝各衣襟，仍书管造姓名。同事诧之。及解至京，高皇帝验视余布，独叔良者，一掣领而见，得免侵欺之罪，且赏以钞。今县中各都皆有永军籍，独本都无者，叔良之先见也。

——《仿洪小品·卷十七·免祸》

朱皇帝就是这么细心，这些军衣运到京城，他就检查了，质量问题自然重要，但他关注的是，那些边角料到哪里去了？他下令，凡是将边角料贪污拿回家的，查到一个，处罚一个，处罚的结果是永远充军。结果是，每县都有被充军的人家，唯独章叔良管理的这个乡，没有人出事，因为他们把所有的边角料都用上了，都可以查到出处。皇帝很高兴，大大嘉奖了章里长。

表面上看，章叔良是免祸，但实质上他是有效防范。这样的有效防范给我们的启发很多。

公私分明。能将公私分明的，实在是不那么容易的。当官不发财，请我也不来。十年清知府，十万雪花银。那各级官员，理论上每月的薪俸是极其有限的，国家的财力还远远没有到可以一下大面积给官员那么多的薪酬，因此，我们看到的听到的，往往是官员的财产和他的实际收入不相符，大大的不相符。法律上有一个名词，叫"不明财产"，财产的不明，大部分出现在公私不明上，公私不明，或者公权私用，那么就会招财进宝了。朱皇帝太知道这中间的界限了，于是制定了近乎极端的残酷刑法，什么剥皮实草啊，炮烙啊，太多了。

制度严厉。这应该是所有的前提，这种制度一定要让人害怕，害怕到他哪怕做一次也不敢。在开国之初，百废待兴，如果不用重典治吏，那么可以想见的不仅是人心的涣散，更是纪律的拖沓，任意妄为，鱼肉百姓，如果民众都不聊生，那么离下一次的揭竿而起就不远了。制度的高压下，人就会感到一种压力，当压力成为一种自觉的行动并且化为日常的行为准则时，所谓的廉政教育也就落到了实处。

朱皇帝大大嘉奖章叔良，无疑是一个强有力的号召，他在全国范围内树起了一面廉政为公的旗帜，大家都来学习吧，这样的人才是我们大明需要的。

伍

智救人，县尉周甘是个好榜样

时间往回倒推三百多年，这样的场景还是可以上报纸头版的。因为这是一个明代的县领导下基层"走转改"途中活生生的实践案例。

浙江乐清县东边有个叫左原的村庄，村中有口非常深的古井。正值冬季，天少下雨，井中水位很低。

一个很平常的早上，几个姑娘嬉嬉哈哈，担着水桶去井中打水。打水其实也是个技术活呢，一般的程序是，用绳子吊着水桶，慢慢放到井里，然后反转水桶猛扎一下，水就贮满了，然后提上来，要一定的力气才行，影视中常见这样的镜头。不过，这一天却出了点小意外，绳子在放桶的时候突然断了，水桶一下子就掉进了深井。

哎呀，麻烦，我们还要回去烧水做饭呢，姑娘们很着急！这个时候，恰好一男青年经过井边，他毅然脱去衣服，跳到井中去捞水桶。没想到的是，桶还没有捞上来，突然轰隆一声巨响，井石崩塌了，井很深，石头很多很重，人们认为那男青年一定被压成了粉末。姑娘们都吓呆了，只好含着泪离开。

三天后，县尉周甘到左原村走访调查，考察工作。当地群众就向他反映了这样一件事。周认为，这是一个非常典型的见义勇为事件，一定要好好挖掘和宣传一下。于是，他来到了事发地点，围着井口仔细观察，对见义勇为青年深表同情，要求随行工作人员，一定要好好安葬他。他马上召集有关人员，开始清理现场，挖了很长时间，都不见尸体。忽然，营救人员听到了一种声音，大家都很害怕，认为是男青年的鬼魂，周立即说：是他还活着，我们必须赶快救他。周为了让营救人员加快速度，还主动现场激励：我拿出一年的工资，谁出力就奖给谁！在金钱的刺激下，救援速度明显加快。不一会儿，男青年的头就显露出来了。

正当大家认为大功即将告成的时候，又发生了意外，井石又开始松动滑落，抢救的人吓得要逃。周急中生智，临时调整救人方案，用木板加固井壁，还把救人的奖金提高了一些，大家于是再拼命相救。

长时间的施救，周是空着肚皮在指挥，下属送来饭让他吃，他推辞说：我一定要等着把人救活后才吃饭！

太阳落山了，井里一片黑暗，营救人员点起蜡烛继续干，最后，在几百人目光的注视下，那男青年被救了上来。大家都欢呼了起来，认为是个奇迹。

乐清之东，地名左原。中有古井，深数丈。时冬旱水枯，井仅盈掬。有女子数人提罂而汲，缏绝罌堕。俄有男子，锐然解衣，入井取之。既而石陷，声震山谷。井深石重，咸谓压者必齑粉矣。越三日，事闻于邑尉周，以职事来，环井而视，恻然嗟悼，命役夫具畚锸，扶石取骸，将以葬焉。

自旦逮午，犹未及尸。俄而役者惊相告曰：井底有声，

其鬼物乎？周曰：此陷者不死，须吾以生。于是捐资募出之，
众力争奋。头颅稍露，而语可辨矣。土石撼动，势将复压，救
者惊溃。周乃整衣焚香，叩井而拜，命工植板，以捍石危堕。
益以缗钱啖役夫，俾蹈死以救。时尚未饭，吏以进，却之曰：
必活人而后食。日没井昏，继之以烛。用长绠系凳，挽而出。
观者数百人，欢呼震动，嗟异之。

——《仿洪小品·卷二十二·主梅溪诗》

朱国桢在《仿洪小品》卷二十二中，饱含深情地记载了这件事。
陆春祥就事论事并结合当下现实评论道：

左原村风淳朴，助人为乐见义勇为已成生活常态。助人为乐有
多个层次，此谓雷锋说的，做一点好事并不难，难的是做一辈子好
事。女青年担水出了麻烦，男青年助人为乐，但在冬季，要脱掉衣服，
下到深不见底的井里捞桶，这个难度还是大的，而且还有危险，然
而男青年奋不顾身，这里，首先要感谢的是那无名氏男青年，他的
精神高度，远远超出佛山"小悦悦"事件中见难而不救的那些无名氏。
可以想见的是，虽是捡桶的小事，但这样的风气形成，需要时日。

周县尉深入基层。一般的县领导，如果不是什么很特别的事，
一般很少会深入到村。但周县尉不是，他深入基层，这样才能听到
真正的民声。

周县尉体恤民情。他听到男青年捞桶而被压这样一件事，敏感
度很高，立即决定要厚待他，这样的决定是瞬间做出的，是周平时
一贯的作风所决定的。

周县尉厚德。在救人途中，事情几经转折，他都临危不乱，并
且指挥有方，他没有再向上级汇报，他将自己的工资拿来做激励奖

金，我还没有听说过，从古到今也没有听说过。他没有唱高调，他只是在按他的基本道德做事，这样的德比我们有些人厚多了。"一定要把人救出来才吃饭"，真是让人感动得要落泪。

周县尉救人，对他本人来说，是平常事一桩。不过，好人好事，总是有人提起的，记挂的，积德的，当然还会流芳百世的。

陆

考试，没有一毛钱关系也是你死我活

文人写书，自然少不了关于考试的事情。

考试有多难？只要看看录取名额就知道了。第一、第二、第三，状元、榜眼、探花，都只有一名，后面的二甲，也不会录取很多，即使是乡试，也是难度极大，就是县试，考个秀才都挺不容易的，有的书生胡须都考白了，还是个童生，文学作品里，这样的人多了去了。

我的家乡老分水县就有一个唐朝状元，叫施肩吾。其实，他只是个进士，唐宪宗元和十五年（820），施肩吾以第十三名的优秀成绩和另外二十八人荣登进士榜。一个辽阔而欣欣向荣的大唐，没几把刷子，想从众多带着必胜信心的考生中胜出，根本就不可能，可见难度。因此，进士也是不得了的事情。

所以，范进中举，才会有那样的举动，实在是不容易。

于是，考生无形中也形成了竞争，考试就是你死我活的事情。

二秀才俱春秋有名，相善。秋试前夕，同榻。一生俟睡

熟，密取彼生誊真之笔，悉嚼去其颖。明日抽用已尽秃，大
惊，取起草者姑代，则湿滥如帚，乞诸邻，又皆坚拒，恸哭，
欲弃卷出，倦而假寐。有神拊其背，曰：起，起，写，写。
既起，视笔，依然完好，执之，且疑且写。既毕，仍秃笔也。
交卷至二门，一生在焉，迎问曰：试文称意否？谢曰：无之，
但得完卷耳。其人面发赤，趣出宿于别所。明日，其名粘出，
不得终试。秃笔生魁选联第。

——《仿洪小品·卷七·爵笔》

    甲乙两秀才是很要好的朋友，都因为攻读《春秋》而闻名乡里。
秋季大考的前一天晚上，他们两人同床而睡。甲秀才等到乙秀才睡
熟之后，偷偷取出乙的行李，找出用来誊写试卷的考试笔，把笔尖
全部嚼掉。考试的时候，乙秀才抽出毛笔用时，发现笔毛全部秃了，
大为惊讶，只好用打草稿的笔来代替，但是写起来又粗又黑，墨迹
浸湿了试卷一大片，卷面非常不整洁。他向邻座求助，又都被拒绝，
乙秀才失声痛哭，想想自己几年的努力要毁于今天了，几乎想要弃
考退出。疲倦打盹的时候，乙秀才忽然感觉到有人拍着他的背说：
写。再看那秃笔，忽然完好无损了，他一边疑惑一边不停地抄，写
完以后，又变成了秃笔。交卷后走出门来，甲秀才问他：你考得还
好吗？乙说：没有什么特别的好，只是刚刚做完试卷罢了。甲秀才
脸色发红，就搬到别的房间去睡了。第二天，甲秀才没有进入下一
轮考试，而乙秀才不仅考取了第一名，紧接着还中了进士。

    乙秀才似乎有神助，但故事情节还是合理的，心理作用有时具
有强烈的暗示性，不管怎么说，卷子一定要答完整，考官终究是以
文章的好坏为标准的，卷面非常重要，但绝对没有文章重要，我想，

这大概是乙秀才能考上的原因。

至于甲秀才这样的人，他的理解绝对狭隘，他只盯住他的好朋友，他好像还不知道考试是在一个大平台上比较的，拉下了乙，你也不一定能上。此所谓损人不利己。

损人不利己的事情太多了。也许是"我不好，你也别想太好"的心理在作祟吧。

美国人前些时间，一定要通过一个什么法，目的就是让人民币升值，连他们自己的专家都说了，咱美国的经济不景气，和中国币没有关系的，损了人却不利己。可是，那些议员不听，坚持认为中国钱损害了他们。我们的有关部门又说了，那你们多卖点东西给我们啊，我们十分愿意花钱，十分愿意买你们的各类产品，可是，他们又说，这个不能卖，涉及国家科技，那个不能卖，涉及国家机密。

昨天，我碰到一位朋友，他是中层领导，他说很郁闷，为什么呢？年终考核的时候，有一些人给他打了"不称职"，而不称职的票数多了，那是要被找谈话的，甚至还有落任的危险。可能和他的工作水平有关系，但是，有些人的评判标准不是工作，如果真是工作不称职，那也算了，更多的是人事纷争，你得罪过我，你和我不是一路人，那么，对不起了，我就要打你"不称职"，纵然，这个"不称职"和他一毛钱的关系也没有，即使他调离了，也轮不上你啊，但，"不称职"还是要打的。

因此，总有一些人的心理和甲秀才是一样的，也因此，暗算人的事也就层出不穷了。

宋代端拱年间，有一年的状元是梁灏。这个第一名本来应该是古成之。古是什么人呢？他是宋朝广东省的第一位进士，号称"岭南首第"，以文章见长，政治也很有成效，胸怀大略。当时，有叫张贺、刘师道的两人，嫉妒广南人超过他们，晚上一起喝酒的时候，偷偷在古的酒中放了哑药，结果第二天，皇帝宣布成绩：第一名，古成之！哎，这古成之居然发不出声来，不能答应，太宗大怒，将他赶出去，再举他人登第。这个事故于是衬托了前面的故事。后来，太宗搞调查研究，知道了这回事情，要将张、刘两人绳之以法，成之却替他们辩护，说没有这回事。皇帝于是更加敬重古成之了。

> 端拱中第十九名为古成之，字亚爽，广之增城人，广举进士，自古始，梁灏及第之年，次即成之，有张贺、刘师道者，嫉广南人右己，夜召饮，置喑药焉，比胪传，成之不能应，太宗怒，抉出，再举登第。与选，上闻前事，欲置二人于法。成之申救，谢无有，上甚重之。
>
> ——《仿洪小品·卷十·馆长》

哑药的成功，是因为张刘们知道胪唱的规矩，点名不应，随即取消资格。而古成之的宽容和大度，即便遭人暗算，他也很无所谓，学问在自己的脑子里，第一名第二名真的无所谓。

但事实上，第一名和第二名完全是两回事。如果比赛，冠军总是春风得意，功成名就，而亚军都不太有人会记得。每一年的高考状元更加了，更多的体现在商业行为上，虽然有很多的禁止，但仍然有人喜欢打状元牌，不亦乐乎。至于眼下最热最难的各类公务员招生考试，故事更多。

前些时山西出现了第一名被第二名取代的事情，闹得沸沸扬扬。由于第一名的抗争，最终事情解决圆满，第一名如愿以偿，给第一名设置各类关卡的相关人员也得到了相应的处罚。而最近一个第一名被第二名取代的事情，却没有那么幸运，第二名被取消，但第一名还是没能录取，原因是，我们可以不录取第二名，但我们为什么一定要录取第一名呢？

更有搞笑的在后头。

绍兴人范春，有文学之才。嘉靖三十四年（1555），他参加考试，试卷誊完后，他拿着自己的卷子，再校对一遍，很是得意，今天发挥得不错，至少可以考个解元。正在此时，突然狂风大作，一下子把他的试卷刮到了天空中，飞啊飞，再也找不到了。范春只好丢弃笔墨，退出考场，叹息说：命中注定啊！

> 范春，会稽人，有文学。嘉靖己卯场中，誊真已毕，手试卷自校，得意甚，谓可取解元。忽飓风骤攫去，凌空莫知所之。投笔墨，叹息而出，曰：命也。后得长汀主簿。
>
> ——《仿洪小品·卷七·闱中定命》

一则《事业单位公招惊现 2.2 分进资格复审》的帖子，使四川省资阳市安岳县成了舆论热点。在该县 2011 年事业单位招考中，一名考生以 2.2 分的笔试成绩进入资格复审（笔试满分为 100 分），一时引来众多非议，甚至有网友怀疑这属于"萝卜招聘"。记者调查后得知，这是殡仪馆的尸体修整和火化岗位，属冷门职位，报考该职位的只有 3 人，而真正参加笔试的只有两人。第一名 61.8 分，第二名 2.2 分。而据对第二名的考生了解后得知，他在殡仪馆长期做编外员工，考试因不懂答题规则而造成这样的局面。

我不知道安岳县最后的录取结果，但是，这个 2.2 分考生绝对要比范春运气，至少他进入了面试。范春卷子飞走了，功夫自然白费，任何解释都没有用；而那个2.2分考生，不论是理论上还是实践中，都存在着极大的机会。

　　所有的这一切，我都把它们当作事故，因为它完全具有事故的非正常性特点。

　　关于考试的有趣事故仍然在继续。一定还会更精彩。

《陶庵梦忆》——
张岱的前朝往事

《陶庵梦忆》，显现了张岱的才情，明朝的大量日常，被这个没落的贵族弟子，以诗意的力量活灵描写，也是他血与泪的情绪表达。

虽是苦难过后的追忆，但是，乡土情怀，故国之思，都在寄兴亡之叹，抒沧桑之感。

喜欢游山玩水的人，一般都钟情花花草草。旅游，不就是和草木的一种交流吗？地理不一样，气候不一样，草木生长得自然就不一样，所谓"人间四月芳菲尽，山寺桃花始盛开"呢。那些关于草木的文字，芬芳虽成永远，可读来仍然清新，闲适，随意，亲切。

壹

金山寺半夜发神经

崇祯二年中秋后一日，余道镇江往兖。日晡，至北固，舣舟江口。月光倒囊入水，江涛吞吐，露气吸之，噀天为白。余大惊喜。移舟过金山寺，已二鼓矣。经龙王堂，入大殿，皆漆静。林下漏月光，疏疏如残雪。余呼小仆携戏具，盛张灯火大殿中，唱韩蕲王金山及长江大战诸剧。锣鼓喧阗，一寺人皆起看。有老僧以手背揉眼翳，翕然张口，呵欠与笑嚏俱至。徐定睛，视为何许人，以何事何时至，皆不敢问。剧完，将曙，解缆过江。山僧至山脚，目送久之，不知是人、是怪、是鬼。

——《陶庵梦忆·卷一·金山夜戏》

崇祯二年（1629）中秋后一日，张岱到了镇江，此行，他的目的地是兖州。

下午三四点钟的样子，他的船就行到了北固山下，在江口停好歇息。

晚上的月光甚好，江水平静，巨大的影子倒映入江，月亮的那种白，似乎是饱吸了寒露之气，显得圆而大。看着眼前这景，张大作家一下子来了兴致，为何不去登金山寺呢？

张岱喜欢戏剧是出了名的，他不仅自己写自己唱，连他的仆人都是演艺方面的行家里手。他们将船往金山寺方向划，等到了寺脚，天已经二鼓了。

夜深的金山寺，特别安静，树林里散透进白白的月光，月光照到地上，黑白斑斓，黑的是地，白的是光，好像冬日暖阳下已经开始消融的残雪。

张岱的仆人，背着戏具，随张岱穿过龙王堂，到了金山寺的大殿中，里面暗暗的，看不清，他们立即将灯点燃，所有的灯，都点起来，整个大殿灯火通明。

张岱兴致正浓，拉开嗓子唱大戏。在金山寺，在长江边上，他自然唱的是韩世忠和梁红玉了。

我们眼前仿佛出现了激烈的战场。

金兀术十万大军气势汹汹杀至镇江，韩世忠率战船诱敌深入，梁红玉则在金山顶上的妙高台播鼓助威，一通鼓，韩世忠正面迎敌，勇猛无比；二通鼓，韩将军假装不敌，且战且退。三通鼓响，金兀术已经不明就里，追至芦苇荡纵深地段，虽然兵力悬殊，但"旱鸭子"碰到"水鸭子"，金兀术还是折兵大半，一路逃至黄天荡。韩世忠乘胜追击，一直围了他四十八天，弄得金兀术灰溜溜，好几次都不想活了。几年前，我在兴化的黄天荡，看过一场大型的声光演出，展现的就有南宋建炎年间这场激烈的硝烟。

张岱唱得兴起，毫无顾忌，深夜的金山寺，空旷无比，声音的穿透力异常，那些老僧小僧，纷纷来看戏。张大作家，不愧是作家，嘴上虽然唱着，眼光也不闲着。他看见，有老僧用手背揉揉眼睛，嘴巴张得老大，半天合不上口；有的边看边打呵欠，显然没睡醒；还有的一边看一边笑。这一寺的人，都张大了眼在看，这个突然而至的唱戏人，到底是谁呢？为什么到这里唱戏？但是没有一个敢问张岱，这很适合他们的性格，随遇而安，眼前有景就赏，别再问为什么。

本来想唱几段，发发兴致。没想，人越来越多，这就必须好好唱，唱一本完整的戏。

张岱唱完戏，天差不多已经亮了。

山僧们都送他到山脚，虽解缆过江，僧们却久久目送。

张岱心里乐开了花：估计这帮僧人现在都还没清醒过来，这个唱戏者，到底是人呢怪呢鬼呢？！

张岱半夜到金山寺突然发了一回神经，并不奇怪，兴致所至，其实是他的一贯行为。

三年后的十二月，他游西湖，去湖心亭，也是如此这般，酒喝完了，痴痴而回。但留下了写西湖的千古名句：雾凇沆砀，天与云、与山、与水，上下一白。湖上影子，惟长堤一痕，湖心亭一点，与余舟一芥，舟中人两三粒而已。

金山寺林子里的白月光，西湖大雪三日过后的上下一白，都只是一种景色，而张岱内心深处的白，那种失落，寂寞，无奈，却更让人深省，虽然隐藏在字里行间，但透出的信息，依然强烈。

看过张岱金山寺半夜发神经，他以后的什么行为我都能理解。

任何人都需要通道发泄，只是方式不同而已。

贰

以牡丹花的名义

这一天，应该是牡丹花盛开的季节，张岱因朋友之邀来到了浙江天台。

天台的牡丹，真是又大又漂亮，不像别的地方那么艳，但绝对魁梧，花中之帅哥。

让我们的目光停留。

五圣祠前，这是一株鹅黄牡丹，粗大的主干，枝叶繁盛，主干上有三枝分流，花大如小斗。就这一株牡丹，枝连枝，叶接叶，花捧花，将整个院子都充满了，来看花的人啊，络绎不绝。

我们到的时候，这里正在唱大戏，以什么名义呢，就是以庆祝这株牡丹长得好，长得帅啊。戏台搭在牡丹花外，当地人就是要营造这样一种氛围：这是花神呢，她会保佑我们的，你们别去碰她，绝对不能摘花，如果冒犯了她，那你就会招致祸害，对于这样的花神，我们只能敬仰，让她自然生长和消逝。

我们还可以设想一下，张岱进入这个村的时候，那台戏正热闹地上演，他没说演的是什么戏，但肯定和花有关，说不定就是卖油郎独占花魁之类，一定是神话，一定有很强的故事情节，那样才叫人过瘾。

而且，戏台的周围，也一定是热闹无比，各类小摊小贩，孩童老人，走村串户的亲朋好友们，把它当成一种节日，这不就是牡丹搭台、经济唱戏吗？

张岱想，有花看，有戏看，日子过得挺好啊。

有敬畏总比没敬畏要好，不管是以什么样的名义。

喝酒去，喝酒去，张岱的朋友们，见张岱这么高兴，于是更加高兴。

那么就去喝酒吧，痛快地喝！

叁

园艺师金乳生

张岱的朋友遍天下，他走到哪里，访到哪里，哪里的人就成了他的朋友，吃喝拉撒睡，各式各样。

金乳生，一个很喜欢种花的园艺师。

他的房子前，刚好有一大块空地，又有一条小河。于是，他就临河建起小房子三间，用竹篱围起来，总之，经过一番精心设计，就很像一个小花园了。

筑好庭院，目的当然是种花。

他的花园，品种繁多，百余种花，浓淡疏密，非常有情趣。

春天，以虞美人、罂粟为主，而山兰、素馨、决明子为辅。想想看，那虞美人开起来，还有谁能和它争艳，野性而又有张力，春天似乎就是它迎接来的。

夏天，以洛阳花、建兰为主，而蜀葵、乌斯菊、望江南、茉莉、珍珠兰为次。夏天虽火热，但这些花仍然在太阳底下顽强生长着，越热越有生命活力。

秋天，以菊为主，而剪秋纱、秋葵、秋海棠、雁来红、矮鸡冠佐之。秋天是菊的天下，就如女人在夏夜的晚上，可以施展出她十二分的妖媚那样。

冬天，以水仙为主，而长春佐之。如果从造型的角度，那些被雕刻装扮过的水仙，也会使冰冷的冬天绽放出春天的光彩。

这位金园艺师，还非常懂得生态的协调。他将那些粗大的木本植物，如紫白丁香、蜡梅、西府滇茶、日丹白梨花，都种在墙头屋角，用来遮挡烈日。

如果这样写金园艺师，那还没有特别的突出点，这样的人也是很多的，这样的庭园更多，只要有钱，弄几个人种种就可以了。

可是金乳生不这样，他是亲力亲为，正是这种亲身经历，让张岱很感动，这些美丽的花花草草，种出来真不简单，它们简直就是金园艺师汗水和心血的结晶。

看弱质多病的金先生是如何种花的。

早上一起床，不洗脸，不梳头，他就趴在花丛中了。对每一株花都要查一遍，主要是查病虫害，花根叶底，一点都不放过，虽有上千盆，他也耐心得很。这样的检查是很有必要的，火蚁，象干虫，蜒蚰，毛猬，蚯蚓……太多了，不一一列举。而对付这些害虫，要分别用不同的方法，他坚决不打农药（呵呵，虽然那时也没有农药可打）。他用什么方法呢？比如，对付火蚁，以鲞骨、鳖骨放在边上，将其引出消灭；比如，对付蜒蚰，在夜深人静的时候，提着灯灭杀它；

比如，对付毛猬，用马粪水消灭它；比如，对付蚯蚓，用石灰水灌浇弄死它。

金乳生的满园春色，原来这么不简单。

金乳生说，这也是一种创造，如此美景来自自己的努力，再苦再累也值得！

这次采访，张岱无限感叹，任何风景，都需要付出。

肆

孔庙思想桧

己巳，至曲阜谒孔庙，买门者门以入。宫墙上有楼耸出，匾曰"梁山伯祝英台读书处"，骇异之。进仪门，看孔子手植桧。桧历周、秦、汉、晋几千年，至晋怀帝永嘉三年而枯。枯三百有九年，子孙守之不毁，至隋恭帝义宁元年复生。生五十一年，至唐高宗乾封三年再枯。枯三百七十有四年，至宋仁宗康定元年再荣。至金宣宗贞祐三年罹于兵火，枝叶俱焚，仅存其干，高二丈有奇。后八十一年，元世祖三十一年再发。

——《陶庵梦记·卷二·孔庙桧》

1629 年的某天，张岱来到了曲阜。

这样的大文豪，一定要来曲阜的，不去看看孔子，怎么能体悟他的博大精深呢？

进门抬头一看，大吃一惊，只见孔庙的宫墙上有一块十三不搭的匾额：梁山伯祝英台读书处。这给人的感觉非常不好，这像什么啊，做旅游广告？这也太那个了吧，唉，估计这孔庙管理有问题呢。

幸好，进了仪门，就能看见孔子的手植桧，这是孔子精神的象征，一定要看个究竟。我就是奔着这棵树来的呢。

这是一棵经历沧桑的名树啊。历周、秦、汉、晋，至晋怀帝永嘉三年（309），它突然枯了。枯对于这棵名树来说，就是休息，这一休息，就休息到隋恭帝义宁元年（617），三百零九年啊，它又活过来了。这一觉睡得真是长啊，然而，孔子的子孙一直守着它，不离不弃。到了唐高宗乾封三年（668），它又突然枯了。好在已经枯过一次了，子孙们有经验，就让它一直睡吧，这一觉，比上一觉还长呢，三百七十四年，一直到宋仁宗康定元年（1041）才醒。金宣宗贞祐三年（1215），这棵名树，遭受兵火，枝叶都烧光，仅存二丈高的树干，在风雨中挺立。七八十年后，元世祖三十一年（1294），孔子桧又活过来了。后来，一直长得很好，还生发出其他的枝干，枝繁叶茂。

孔子的子孙们，一直将这棵树的荣和枯，当作家族和国家的命运来看待。

2013年6月，我也来到了曲阜。

我这样的文学爱好者，也是一定要来曲阜的，不去看看孔子，我们怎么能体悟他的博大精深呢？

我不用买门票，拿着记者证，在收票处晃一下，尽管他们看得很仔细，比较照片，还让我摘下墨镜，还要验证一下条形码，但我比张岱运气好，不用买票就能瞻仰孔子。

一进门，"梁山伯祝英台读书处"的垃圾广告，早已不见踪迹，只有"万仞宫墙"四个大字，当然，张岱看不到的，这是乾隆皇帝写的，我拍了照，合了影，就听到导游在介绍这四个字的渊源。鲁国大夫叔孙武叔，在朝中夸赞子贡：子贡的学问很深啊，我认为比他的老师仲尼还要强些。子贡听说后，也不去反驳，只是打了个比方：人的学问好比宫墙，我家的围墙只有肩膀那么高，谁都可以看到我房里的东西，可是，我老师的这道墙呢，有好几仞高呢，如果找不到大门走进去，那你就根本无法看到他房子的雄伟。一仞一两米呢，子贡以数仞来比喻老师的学问比他要深得多。后来，人们干脆越加越高，加到万仞以上了。万仞，你们说孔子的学问有多高多深呢？

我当然也是奔着孔子手植桧去的。

这棵名树，虽然有名，但毕竟不是神树。张岱以后，已经移植过，叫第四代手植桧。不想，明弘治十二年（1499），孔庙着火，名树被烧毁，仅存树身；清雍正二年（1724），再次着火，连树身也烧毁，仅存半米高的树桩了。但是，它毕竟神奇，雍正十年（1732），树桩旁发出新枝条，被称为"再生桧"，就是我到孔庙看到的"先师手植桧"。

看着这棵名树，我一直感叹，是什么赋予它力量，枯枯荣荣，枯了又生？

孔府、孔庙、孔林，我走了一遍，给我最大的感觉是，三孔中那些数以万计的桧柏，包括尼山孔庙，都是历史的见证人，它们有枯有荣，无论枯荣，都是一种存在。我曾问过导游，三孔有多少枯木？因为，不时可以见到那些虽枯但仍然挺立的桧柏，导游说，这个真不知道，没有人统计过。这些枯木，和孔林中的那些碑，在我看来，都是差不多的，只是表现形式不一样而已，它们都是历史的见证人。

还有，三孔的发展历程也如那些桧柏的枯荣。

公元前478年，孔子死后的第二年，鲁哀公将孔子生前的所居之堂改为"寿堂"，只有房三间，里面陈列着孔子用过的一些东西。

几百年后，刘邦"以太牢祀孔子"，这才使孔子的运气好起来。到了雍正的时候，连修孔庙的施工图纸，他都要亲自审过，这就可以看出孔子从人到神的变迁了。

在尼山孔庙、曲阜孔庙、孔林，孔子像前，孔子墓前，我都合掌膜拜，很虔诚，我是带着向全民偶像虚心学习的动机拜的，我希望像孔子那样，遇到困难不妥协，坚定自己的意志，为自己的心灵做事。

在我看来，所有桧柏的枯荣，都只是表面自然现象，重要的是孔子所代表的人文精神。统治者看重的就是这种为他们所用的精神，因为精神力量巨大，孔子是最好的象征。他们千方百计要让他的精神活下去，一直栩栩如生地活下去。

伍

菊的海洋

上回张岱采访了园艺师金乳生的种花经历。这回，他到了山东兖州，专门写菊花。

兖州一本家朋友，约张岱去看他的菊花园。张岱一向对花花草草很感兴趣，自然乐得其往。张岱先这样卖关子：我到了他家，在园子里走了一大圈，没有发现一盆菊花，又在他房子的周围走了一大圈，还是没有发现一盆菊花，我正纳闷呢，花呢？过了一会儿，主人来了，将我引到一块面积很大很大的空地，这里，有用芦苇编起来的厂房三间，原来，菊花就在这里面。厂房里的菊花，把我看傻了，这简直就是菊花的海洋嘛。

这个厂房的三面，都是用菊花搭成的墙。每一面墙，都砌了三层的坛，坛子从大到小，菊花也是从大盆到小盆，呈阶梯状，依次往上。

这些菊花，大的花朵，如瓷盆大，一朵，一朵，一朵，都像球一样滚圆，都像金银荷花瓣，新鲜，艳丽，华贵，而花与花之间，都是翠叶层层，没有一张叶子脱落，勃勃生机。

是自然的力量，是泥土的力量，还是人工的力量？我想应该是数种力量的综合，才有了这芬芳的菊海洋。

附带说明一下，兖州这个地方，大凡生活有点富裕的人家，都对菊非常钟爱。赏菊之日，这些人家的桌子上，炕上，灯旁，炉边，凡是吃的用的，都离不开菊，菊花是他们生活方式中极为重要的伙伴。

张岱喜欢菊，我也喜欢菊。

读书的时候，老师讲到陶渊明的"采菊东篱下，悠然见南山"，我还不是很理解。我只是认为，陶渊明不为五斗米折腰，宁肯不做官，不受气，也要过自己的生活。但是，对陶渊明内心那种高尚的境界，怎么也理解不透。他为什么采菊，为什么不种其他农作物，不生产劳动，有得吃吗？那时还没有退休工资吧，他写作也没有什么稿费，怎么养活家人啊？

老师笑笑说，采菊只是形式罢了，他一定要找一样东西，来表达他内心深处的想法的。你们以后会慢慢理解的。

杭州植物园，每年秋天，都会搞一个菊花展，规模大得很，我去看过好几次了。现在的种花技术，当然要比几百年前的先进多了，菊花的品种也要多出好多。为了吸引市民观看，那些菊花的造型，都是精心设计了又设计。小朋友看花，有的时候，只是关注那些奇形怪状的动物，游人也喜欢那些庞大的动物，什么熊猫啊，孔雀啊，可爱，好玩。

十月，杭州就是花的海洋，菊花当之无愧是表演的主角。

观赏菊自然养眼，但我更喜欢白菊，那可以食用的白菊。

有好几年的时间，白水老家门口的空地上，都栽有白菊花。这种花很好养，基本不用什么管理，随它们自由生长，秋天只需要收获就行了。虽然不多，妈妈仍然会将它们采摘下来，用水蒸过，晾干，泡茶时加几朵白菊，顿时清香满口。

白菊性辛、甘、苦，微寒，平肝清目，清热解毒。

《神农本草经》将菊花列为上品，称为"君"。

《本草纲目》说菊：（花）苦、平、无毒，主治风热头痛、膝风痛、病后生翳、妇女阴肿、眼目昏花。

朋友刚从西北高原来，带来一盒野菊，花朵极细，呈淡黄色，味苦，应该可以泡一壶极好的清凉茶。

陆

范与兰的"小老婆"

范与兰是张岱的同学，这个同学，不是少小一起读书的那种，而是习琴。就如我们现在的各类培训班，都可称同学的。

这位范同学还是比较有个性的。

他起先学琴，不是跟张岱的老师，后来偶然的机会，见识到张岱老师弹琴的技术，就又跟张岱的老师学了，这样就和张成了同学。范同学起先已经学会《汉宫秋》《山居吟》《水龙吟》三首了，但他和后面的老师学半年，才学得一曲《石上流泉》，弹起来还磕磕碰碰，经常出差错，而张岱仅用了半年就学会了二十多首曲子。

于是，这个范同学，后面的曲没学好，前面学的又都忘记了。老师突然去世，范同学等于什么也没学到，虽终日抚琴，但也只是弹弹和弦而已。

然而，就是这么一位同学，他对养花却有独到的经验。

范同学喜欢种兰花，还喜欢弄一些小盆景。他种的建兰有三十余缸，都是大盆。夏天的时候，早上将兰搬到屋内，晚上再将兰搬出屋外，让兰们吸露水避阳光；冬天的时候，早上将兰搬出屋外，晚上再将兰搬到屋内，让兰们沐浴太阳的温暖。他简直就是大自然的搬运工啊！长年如此，一点也不亚于那些干繁重体力农活的人，辛苦得很。

他的辛苦，终于得到了很好的回报。

建兰开花的季节，香气直透屋外，客人来他家坐一小会，香气就会袭满人的全身，三五天不散。

我（张岱）去他家玩，吃睡都在他家。建兰的香气愈加浓烈，浓到我的鼻子都不敢闻了，只好张大嘴巴，用嘴来吸吐那些浓烈的香气，那些香气就如流动的水汽一般，充盈着屋子的每一个角落。

建兰的花要开谢了。那么多的花倒掉多可惜啊，我真的不忍心，于是和范同学商量：我们能不能将这些花吃掉呢？范同学张大眼睛看着我：怎么吃？我说：这个我有经验，花草我吃得多了，可以将花和面粉搅在一起煎，可以将花和蜂蜜拌一起浸泡，还可以将花烘干泡茶喝，这些都可以的啊。那好吧。于是，那些花都成了我们的美食。

范同学的奇事还在后面呢。

范同学所养的盆景中，有一盆豆板黄杨，极其珍贵。它的枝干苍古奇妙，曾有人出二十两金子向他买，他不肯出手，他太喜欢它了，怎么喜欢？他平时都将这盆黄杨叫作"小老婆"。因为我们是非常要好的同学，我也很喜欢这黄杨，于是就强行开口：借我观赏一下噢，在我书房案头放三个月吧，三个月后，我一定还你！

范同学勉为其难，实在不好推辞，于是再三交代：小心，小心，你可千万要小心！

到底不是专业，我只会欣赏而已，三个月后，黄杨的一根小枝干不幸死掉，我非常后悔，急忙送还给范同学。我都不知道怎么形容范同学见到"小老婆"的那一刻，他是惊慌失措，六神无主，如同死了亲爹妈那样。

也不知道范同学在哪里看到的方子，他立马取出一根上好的人参，煮起人参汤来，将汤吹凉后，用参汤来浇灌黄杨木，日夜陪着"小老婆"。每天煮，每天浇，一个月后，奇迹终于出现，那黄杨枯掉的枝干竟然复活了。

我连连感叹，真是范公有情，"小老婆"不忍离他而去啊。

我在想，做人做事，如果到了范与兰种花这样的痴迷程度，也许不是一件坏事，最起码，对花，他心心念念，从无懈怠。

人的内心不可能无限庞大，有时候，只要放进一两件就足够了，让别人去说范与兰是学琴的白痴好了。

柒

岱　奶

乳酪自驵侩为之，气味已失，再无佳理。余自豢一牛，夜取乳置盆盎，比晓，乳花簇起尺许，用铜铛煮之，瀹兰雪汁，乳斤和汁四瓯，百沸之。玉液珠胶，雪腴霜腻，吹气胜兰，沁入肺腑，自是天供。或用鹤觞花露，入甑蒸之，以热妙；或用豆粉搀和，漉之成腐，以冷妙；或煎酥，或作皮，或缚饼，或酒凝，或盐腌，或醋捉，无不佳妙。

——《陶庵梦忆·卷四·乳酪》

"岱奶"不是泰山齐鲁一带生产的牛奶，也不是袋装牛奶。"岱奶"是我的杜撰，它是张岱因为环保和美食的需要而创制的一种牛奶饮品。

张岱以好吃出名。他自己也大大方方地承认是越中最好吃的。

《乳酪》一篇，总的意思是，他喜欢吃乳酪，但是嫌从别人那里买来的不干净，味道又不好，于是就自己养一头奶牛。这应该是一头体格健壮又生机勃勃的奶牛，否则产量不够张岱折腾的。他完全参与了整个的制作过程：夜晚取奶，沉淀一夜，大概为的是乳脂分离。天亮开始，用一斤乳汁，四瓯（小盆）兰雪茶，掺和调匀，用铜铛久煮，煮多少时间？要"百沸之"。经过这样的程序，得到了他理想中的乳酪：玉液珠胶，雪腴霜腻，吹气胜兰，沁人肺腑。但这只能说乳酪的品质比较好，还远远没有达到张岱美食的要求。他对于吃，真是想尽办法试验：或用鹤觞花露入甑蒸之，以热妙；

或用豆粉掺和，漉之成腐，以冷妙。热饮冷吃，都是有讲究的。或煎酥，或作皮，或缚饼，或酒凝，或盐腌，或醋捉，无不佳妙。

好了，功夫不负有心人，张岱终于研制出了他自己想要的乳酪。

张是富贵人家的后代，虽没做过什么官，日子却很逍遥，这种逍遥都体现在《陶庵梦忆》和《西湖梦寻》里。他的吃功，他的玩功，他对于戏剧的理解和实践，都让他的才情得到了充分的展示。虽然后来生活拮据贫困颠簸曲折，仍然不妨碍他沉浸在旧日的梦想欢乐中。

显然，"岱奶"是为了他的舌头的快感，尝更多美味。自养奶牛只能算他的一种情趣而已。

几百年过去，虽然机械化生产已普及，"岱奶"现象却又重新出现。

一朋友也学张岱。他说，他是被逼的。三聚氰胺什么的让他害怕了，但他又喜欢喝奶，于是自养奶牛一头。显然，由于他的精心饲养，奶产量挺高的，一家人根本喝不完，于是，他又分送给一些亲朋好友。

听到这则"岱奶"新闻，我很羡慕，但认为不具有操作性和推广性。因为有很多问题不能解决：

奶牛养在哪里？农家可以试试，住别墅的可以试试，但大部分人没地方放奶牛吧。我们总不可能将一头奶牛养在地下室里，即便全楼居民都同意，那不见阳光的奶牛会生产出优质奶？

饲料如何解决？我看电视里放一些牛奶品牌的广告，都是在辽阔的大草原上，一群硕大的花奶牛，吃着青青草，喝着山泉水，很快乐地生活着，如果只喂饲料，那也不可能生产出鲜美优质的牛奶。

卫生如何保证？虽然你想到了很卫生的方法，虽然你按很卫生的程序，但外人仍然担忧。我们的记者采访浙江台州椒江一位叫阿更的"岱奶"专业户，他的奶很畅销，口碑很好，他是这样来保证鲜奶卫生的：凌晨挤的奶先冷藏在冰柜里，下午挤的奶，挤完就拿去卖。挤奶前，阿更用毛巾擦洗奶牛的奶头，同时，阿更的父亲陆续拿来西兰花和麦麸喂奶牛。洗完两头牛后，阿更推进吸奶机同时给两头牛吸奶，阿更的妻子则负责分装牛奶。

前两天看到一幅国际漫画，内容大致是这样的：一奶店内，一头大奶牛站在柜台上，奶牛的奶头就如一个个啤酒桶下面的开关，柜台外有两个顾客，老板顺手在挤奶。看来，这个漫画作者和我一样，都没有"岱奶"的基本常识，鲜奶必须煮熟了才能喝，煮的过程也是杀菌的过程。不过，从画的内容看，人家外国也有奶忧奶患。

不管怎么说，"岱奶"都是高级营养品。当高级营养品变成日常之需，当内地的奶粉让人信心不足后，目光自然瞄向外面。许是有人财大气粗，动不动就抢购。还要不要让人家吃了？于是，香港人不高兴了。为限制内地居民抢购奶粉，适当预留婴儿奶粉给本地居民，香港特区 2013 年 3 月 1 日起实施《2013 年进出口（一般）（修订）规例》。根据该法例，离开香港的 16 岁以上人士，每人每天不得携带总净重超过 1.8 公斤的婴儿配方奶粉，这相当于普通的两罐 900 克奶粉，违例者一经定罪，最高可罚款 50 万港元及监禁两年。

奶已成患？无语。

"岱奶"是张岱味觉上作乐的结果，不喝岱奶不会死的，只是更加快活而已。但诸如奶粉之类，则关乎国家的未来。

开个玩笑，还是鼓励年轻妈妈们生产自销"岱奶"，不要过多地在乎身材的美观不美观，妈妈哺育孩子，天经地义。

"岱奶"如果盛装，问题自然迎刃而解。

捌

湖边的盛宴

这一节，依据《陶庵梦忆》有关章节想象而成，有真有假，请自我辨识。

> 甲戌十月，携楚生住不系园看红叶。至定香桥，客不期而至者八人：南京曾波臣，东阳赵纯卿，金坛彭天锡，诸暨陈章侯，杭州杨与民、陆九、罗三，女伶陈素芝。余留饮。章侯携缣素为纯卿画古佛，波臣为纯卿写照，杨与民弹三弦子，罗三唱曲，陆九吹箫。与民复出寸许紫檀界尺，据小梧，用北调说《金瓶梅》一剧，使人绝倒。是夜，彭天锡与罗三、与民串本腔戏，妙绝；与楚生、素芝串调腔戏，又复妙绝。章侯唱村落小歌，余取琴和之，牙牙如语。纯卿笑曰："恨弟无一长，以侑兄辈酒。"余曰："唐裴将军旻居丧，请吴道子画天宫壁度亡母。道子曰：'将军为我舞剑一回，庶因猛厉以通幽冥。'旻脱缞衣，缠结，上马驰骤，挥剑入云，高十数丈，若电光下射，执鞘承之，剑透室而入，观者惊栗。道子奋袂如风，画壁立就。章侯为纯卿画佛，而纯卿舞剑，正今日事也。"纯卿跳身起，取其竹节鞭，重三十斤，作胡旋舞数缠，大嚎而罢。
>
> ——《陶庵梦忆·卷四·不系园》

1634年10月，大明王朝虽已进入残喘的暮季，但张岱心情依然大好。

这一天，他带着女演员朱楚生，住进了杭州西湖边的不系园。这是富商汪然明精心建造的一只游船，船名"不系园"，取自庄子"泛若不系之舟，虚而遨游者也"，由陈继儒题字，陈继儒、董其昌、李渔、钱谦益，这些著名人物都曾在这条船上饮宴过，并留下诗文。

张岱是去看红叶的。十月的西湖，已是游人脚尖脚跟相撞。行到花港观鱼，忽然碰上数位老朋友：南京曾波臣，东阳赵纯卿，金坛彭天锡，诸暨陈章侯（陈洪绶），杭州杨与民、陆九、罗三，女演员陈素芝。呀呀呀，真是太巧了，真是太好了，我们一起去不系园喝酒吧。

这基本就是一个文艺沙龙啊，著名戏曲家，著名画家，著名作家，著名演员，这帮人碰在一起，似乎要将西湖的夜闹翻：

陈章侯为赵纯卿画古佛。

曾波臣替赵纯卿画像。

杨与民弹三弦子，说《金瓶梅》，使人绝倒。

罗三唱曲。

陆九吹箫。

彭天锡与罗三、杨与民，演本腔戏，妙绝。

彭天锡与朱楚生、陈素芝演调腔戏，又是妙绝。

陈章侯唱村落小歌，张岱拿琴伴奏，像小孩子牙牙学语。

赵纯卿很难为情地对着张岱拱手：兄弟我真是一点文艺细胞也没有啊，不然，我也可以为你们喝酒助兴。张岱笑了：唐代裴将军替吴道子舞剑，以激起他的创作灵感，陈章侯不是为你画佛吗？你今日不舞剑，更待何时啊！赵纯卿于是平地跳起，取下他三十斤重的竹节鞭，像跳少数民族的舞蹈一样，很卖劲，很投入，众人大笑。

欢乐一夜。

晨起，"张岱们"兴致仍然高涨。

品着美艳的西湖景色，张岱忽然讲起了湖：前几日，我弟弟将西湖、鉴湖、湘湖做了比较。弟弟说，西湖是美人，鉴湖是神仙，湘湖是隐士。我不太同意，我以为，湘湖是处女，美丽而羞涩，就如一位姑娘待嫁之时。而鉴湖则是名门闺秀，高傲不可碰。西湖呢，简直就是名妓，声色俱丽，倚门献笑，人人得而嬉笑轻慢她。各位，我们不如去萧山湘湖吧，看看这个待字闺中的处女。

众人自然积极响应。

从西湖去往湘湖，雇上船，大约两个时辰，跨江就到了。

踏着杭州秋的节奏，微风鼓浪，和着摇橹的欸坎声，身上溅着些钱塘江小朵浪花，这一行人就出现在湘湖边的越王城山遗址脚边了。嗯，首先要城山怀古，这可是湘湖八景之一呢。

王城旧址，有许多地方虽被草丛掩着，却是游人常来的地方。

目标，王城遗址城山寺！"张岱们"毕竟还年轻，兴致也高，五百级石阶，不费多少力气，就立在了越王旧城边。俯瞰王城，张岱立即在精神上和唐朝的宋之问作了文学交流：江上越王城，登高望几回。南溟天外合，北户日边开。地湿烟常起，山晴雨半来。宋大诗人描写的，正是眼前这个景象。细细观察，越王城，不大一块地方，却是个屯兵的理想场所，它隐蔽在丛山中，就像待发的利剑。最神奇的是那口佛眼泉，山顶上居然还有泉，且常年不枯，不是神是什么？越国士兵，斗志昂扬，士气高涨，金戈铁马，声振山野，越王练兵的场景仿佛就在眼前。在城山寺的越王塑像前，点香，叩首，心中默念，越王的那一份英气，让人振奋，磨剑十年，雪耻复国，这不是常人能做得到的。

下得山来，湖边寻见一茶室，"张岱们"坐下细细地品味了。

茶店老板看着这群人，气质不俗，走南闯北，见识广博，连忙将最好的东西捧上。

茶，湘湖旗枪。来自湘湖边的山岭间，云雾缭绕中。片片挺拔，淡绿中闻得缕缕清香，但见纯真，拙厚。

水，北干山泉。在张大作家的嘴里，他老家绍兴的陶溪，萧山的北干，杭州的虎跑，这三个地方的泉水最好。他的嘴基本是检测器，什么地方的水，一进他的嘴，立马就辨得出。

一入口，嗯，这茶不错，好茶，好水。张大作家是十分懂茶的，两浙的名茶——家乡绍兴的"日铸茶"，他将其唤作"兰雪茶"，并投入极大的人力物力研制改进它，扚法、掐法、挪法、撒法、扇法、炒法、焙法、藏法，怎么采摘，怎么制作，怎么收藏，都非常讲究。

各色小点心端上。杨梅干，湘湖的白杨梅，想必今年又是丰年。这梅干，晶莹，核小，粒紧，丢一颗到嘴里，吮而嚼之，味香，绵长。

樱桃。诸暨的陈大画家突然喊道：假如我等四五月份来，这湘湖的樱桃才水灵呢，它可是朝廷的贡品，皇帝爱吃。朱楚生、陈素芝，两位漂亮的女演员，嘴里含着杨梅干，娇滴滴地回应：那我们明年五月再来啊，吃湘湖的樱桃，做一回皇帝！音乐声，笑闹声，传到很远的湖上。

当然，张大作家最爱的是萧山方柿。

这方柿，皮绿者不好，皮红而肉糜烂也不好，在树上挂着的，青里泛红，且肉硬硬的，脆如莲藕，这才是方柿中的绝品。当然，这样生吃还不行，柿子涩口，必须用一种特殊的方法腌制：以桑叶煎汤，候冷，加盐少许，放进缸中，将柿浸在里面，大约两个晚上，就可以吃了，生脆香甜，清香异常。

吃着小点心，尝着各色水果，不一会儿，湘湖的著名特产，湖蟹上来了。

店主人笑呵呵地分发着吃蟹的配料：快尝尝，快尝尝，这湖蟹，今早刚刚从湖里捉上来的，个大得很，湘湖正是吃蟹的时候。

张大作家笑看这一桌的湘湖蟹，一边向小伙伴们传授着吃蟹的经验：蟹至十月与稻粱俱肥，壳如盘大，螯如巨拳，小脚肉出，油如蚯蚓，掀其壳，膏腻堆积，如玉脂珀屑，团结不散，味道好得赛过其他山珍海味。哎，老板，一人一只，不够，不够，每人六只！不要让它冷掉，轮番煮着！

饮着"湘荷露"，这是当地的一种土酒，是湖边百姓将湖中的荷花采下，晒干而酿制的，有酒劲，却带着荷的清香。张岱最喜欢花了，在他眼里，花可以赏，也可以吃，更可以酿酒喝。餐桌上，当然还有青鲫鱼，鸠鸟肉，还有莼菜汤。虽是文化人，对着美食，吃相一点儿不文雅，一个个撑着了。

"张岱们"从湖心云影，一直吃喝到跨湖桥上升起了新月，醉了，差不多都醉了。

新月有些朦胧，张作家醉眼观湖，眼中的湘湖，小阜，小墩，小山，乱插水面，四围山趾，棱棱砺砺。哎，再将那一双大臭脚伸进湖水，那刺骨的凉啊，酒一下子醒了许多。

十年后，一个延续了二百七十多年的大明王朝，转眼间就灰飞烟灭了，他很有些留恋，他留恋的不是王朝，他留恋那帮吃货玩货小伙伴呢。

晚年的张岱，常常做梦，梦他如花似玉的女朋友，梦他花天酒地的醉生活。他常梦见他的"琅嬛福地"，有古木，有层崖，有小涧，有幽篁，还要种果木，以橘，以梅，以梨，以枣，用枸菊围之。在这个福地中，可以闲坐，可以纳凉，可以赏月。

自然，他一定忘不了，1634 年 10 月，萧山湘湖边，让他陶醉的那个夜晚。

后记：阅读是为了活着

阅读是为了活着。

2010 年世界读书日期间，我曾以此为题，应浙江省作家协会之邀在浙江图书馆的文澜大讲堂做过一场关于阅读的讲座。

这是法国著名作家福楼拜 1857 年写给《致尚特皮小姐》信中的一句话。按照我的理解，有几个层次。

第一，阅读如同氧气。氧气是我们生命的必需品，也就是说不阅读你就会死亡，就像我们平原地区的人到了高原，当那里的含氧量只有平原地区的百分之七十百分之六十甚至百分之五十时，就会头痛欲裂，身体好的人更加如此。我就有高原反应，九寨沟头都晕。

第二，阅读如同水。水更是生命延续的必需品。离开氧气不能活，离开水照样不能活，有水没有食物据说能活七天以上，有食物没有水据说很难活过三天。即便水质不太如人意，但至少可以活下去。

第三，阅读如同精神食粮。人和其他动物的区别，大约就是会思考有思想了，阅读是帮我们产生思想的最好食物。只要活着，就要阅读。

第四，阅读如同＿＿＿＿，这个请你填空，可以加上自己的感觉，填写的应当都是我们生命中的必需品。

然而，生有涯而知无涯，阅读必须读经典。

经典，字字锦绣。

阅读经典，才会延长我们的生命。

仿佛，塞缪尔·斯迈尔斯请我分享他的阅读体验：让我们置身于古往今来那些伟大的心灵之中，瞻仰他们的风采，分享他们的喜怒哀乐，吸取他们的经验，不知不觉地把自己融进他们匠心独运的幽美意境之中。

仿佛，听到了山本玄绛禅师在龙泽寺的讲经：一切诸经，皆不过是敲门砖，是要敲开门，唤出其中的人来，此人即是你自己。

确实是这样，阅读经典有许多快乐的时光。和先哲面对面，枯燥会变成有趣，寂寞会变得热闹，每一次新的发现都会让人激动不已。双休度假，睡前晨起，生活中许多无聊寂寞的时间碎片，都可换成巨大的享受时刻，见贤思齐！

一点一滴的努力，满仓满屋的收成。

我平时读书，非常杂乱，有两类最喜欢，一类是历史，一类是哲学。这数年来，我又迷上了历代千年笔记。它也是另一种很好的历史，可以多角度观察历代社会。历史是昨天的今天，今天也马上会变成昨天，站在今天看昨天，往往让人明智。哲学呢，不能让人发财，但它能告诉我们解决问题和分析问题的一些方法，甚至告诉人们在哪里发财，我觉得哲学有这个功能。

《列子》《荀子》《淮南子》《东坡志林》《郁离子》《传习录》《陶庵梦忆》，等等，你把它们看成哲学书它们就是哲学书，把它们看成文学书它们就是文学书，角度无限，理解无边。因此，

《字字锦》的写作积累，也就是数十年时间的经典阅读。一部经典，读一遍真是太可惜了。这是我的阅读，我的体验，我的表达。

《字字锦》写完出版，布衣其实只完成了一半的工作，还有一半，等待着读者您来完成。不要责我太粗鄙简约，不要怪我太断章取义，正是您挑剔的眼光，才将那些千百年来的经典又一次延续。

阅读经典，虽不能避开现代都市车马的喧闹，但至少可以在我们的心中修篱种菊！

本次修订，删去第八章中的第一节《官舟官牛官猪官马之类》、第二节《信天缘和漫画的普通人生》，删去第九章中的第二节《勇敢的鹿》、第四节《蜂之语》，将它们一并收入《笔记中的动物》，删去外一章《看乾隆如何颠覆历史》，新增《张岱的前朝往事》一章，其他章节亦有少量的字句修改。

另外，本书的语音版已经由浙江华云文化传播有限公司录制完成，著名播音员天明先生朗读，咪咕、天翼阅读、掌阅等都可以下载收听。

2013 年 6 月杭州问为斋初版

2019 年 12 月杭州壹庐修订